NICOLA CORNICK

La mala reputación

Editado por Harlequin Ibérica.
Una división de HarperCollins Ibérica, S.A.
Núñez de Balboa, 56
28001 Madrid

I.S.B.N.: 978-84-9010-282-4

Capítulo 1

Quien no arde de deseo, termina helado.
Proverbio del siglo XIX.

A los veintisiete años, James Devlin tenía todo lo que un hombre podía desear. Un lugar entre la alta sociedad, una prometida rica y bella y un título. Aun así, la noche que su primera esposa regresó a su vida tras nueve años de ausencia, estaba aburrido. Todo lo aburrido que podía llegar a estar un caballero en el momento más álgido de la temporada de bailes londinense.

Era otra noche más de exceso, despilfarro y entretenimiento vacuo. Los duques de Alton organizaban las mejores fiestas de la ciudad: opulentas, de buen gusto y exclusivas. Pero para Devlin, aquélla sería otra noche más empleada en conseguir limonada para Emma cuando ésta estuviera sedienta, en localizar su abanico cuando lo perdiera y en adular a la mamá de Emma, que no lo soportaba y, probablemente, ni siquiera supiera su nombre a pesar de que llevaban ya dos años prometidos. En otra época de su vida, Devlin había tenido que enfrentarse a los elementos en la cubierta de un barco azotado por la lluvia, había tenido que trepar y aparejar las jarcias y había luchado por su vida. Cada día entrañaba nuevos peligros, nuevas emociones. Habían pasado solamente dos años desde entonces, pero tenía la sensación de que había transcurrido más de un siglo. Últimamente, no tenía que enfrentarse a nada más peligroso que ir a recoger su abrigo y tenderle a Emma el bolso.

–¿Estás celoso, Dev? –le preguntó su hermana Francesca, posando la mano en su brazo.

Dev se dio cuenta de que estaba frunciendo el ceño mientras observaba a Emma, que bailaba en la pista de baile. De hecho, la estaba fulminando con la mirada mientras ella giraba al ritmo del vals en los brazos de su primo Frederick Walters. Chessie no era la única que había notado su actitud adusta. Reconoció miradas de reojo y mal disimulada diversión a su alrededor. Todo el mundo pensaba que era un hombre posesivo, que le molestaba que Emma, una consumada coqueta, dedicara su tiempo a otros hombres. Si de verdad hubiera sido celoso, se habría pasado el día batiéndose en duelo, pero para ser celoso había que estar enamorado y a él le daba exactamente igual que Emma flirteara con todos los hombres de Londres.

Se enderezó y borró el ceño de su frente.

–No estoy en absoluto celoso.

Chessie recorrió su rostro con sus enormes ojos azules, buscando algún gesto que le indicara que estaba intentando engañarle.

–No es ningún secreto que los condes de Brooke prefieren a Fred como marido para Emma –le advirtió.

Dev se encogió de hombros.

–Los condes preferirían hasta un sabueso con moquillo como marido de Emma, pero la cuestión es que Emma me quiere a mí.

–Y Emma siempre consigue lo que quiera –había cierto deje afilado en la voz de Chessie.

Dev miró a su hermana. Chessie todavía no tenía lo que quería, aunque llevaba meses esperándolo. Fitzwilliam Alton, hijo único y heredero de los duques, llevaba tiempo dedicando a Chessie una notable atención. Tan notorio trato sólo podía terminar de forma respetable con una propuesta de matrimonio, pero hasta entonces, Fitz no se había declarado, y estaban comenzando a correr los rumores. La alta sociedad, pensó Dev, no había sido en absoluto amable con ellos. Desde el primer momento les habían considerado motivo de escándalo a él y a Chessie en particular. Carecían de un origen noble y no tenían dinero. Devlin al menos había conseguido hacer carrera en la Marina antes de recurrir a buscar una fortuna. Chessie sólo contaba con su belleza y su vivaz personalidad para causar una buena impresión. Las mujeres siempre lo tenían más difícil.

—No te gusta Emma —comentó Dev.

Sintió, más que vio, la mirada burlona de su hermana.

—No me gusta lo que ha hecho de ti —replicó—. Te has convertido en una de las mascotas de Emma, como ese perrito blanco o ese mono malhumorado.

Aquello le dolió.

—Un pequeño precio a pagar a cambio de lo que busco —respondió Dev.

Dinero, estatus. Llevaba diez años buscándolo. Había nacido sin nada y no tenía intención de volver a sufrir la pobreza de su juventud. Por fin lo tenía todo a su alcance y si para conseguirlo tenía que convertirse en el perrito faldero de Emma durante el resto de su vida, conocía peores destinos. O, por lo menos, eso se decía a sí mismo.

—Tú no eres mejor que yo —le recordó a su hermana, consciente de que estaba acercándose peligrosamente al ojo por ojo que había presidido su relación durante la infancia—. Tú también has atrapado a un marqués.

Chessie cerró el abanico con un gesto con el que expresaba un profundo desdén.

—No seas vulgar, Dev. Yo no me parezco nada a ti. Es posible que también sea una cazafortunas, pero yo amo a Fitz. Y, en cualquier caso, todavía no le he atrapado.

–Seguro que pronto te propondrá matrimonio –la consoló Dev.

Había advertido cierta inseguridad en la voz de su hermana que evidenciaba la poca confianza que tenía en sí misma. Dev quería tranquilizarla, aunque pensaba que Fitzwilliam Alton no era un hombre suficientemente bueno para Chessie.

–Fitz también te quiere –le aseguró, esperando tener razón–. Sólo está esperando el momento adecuado para dar la noticia a sus padres.

–Ese momento no llegará nunca –respondió Chessie secamente.

–Debes de querer mucho a Fitz para estar dispuesta a soportar a la duquesa de Alton como suegra.

–Y tú debes de desear mucho el dinero de Emma para estar dispuesto a soportar a la condesa de Brooke –replicó Chessie.

–Así es.

Chessie sacudió ligeramente la cabeza.

–No merece la pena, Dev. Terminarás odiándola.

–Estoy convencido de que tienes razón. De hecho, ya me desagrada bastante.

–Me refería a Emma –repuso Emma, con los ojos fijos en las parejas que bailaban–, no a su madre. Aunque si Emma va pareciéndose a su madre a medida que envejezca, también será difícil de soportar.

Dev no podía negar que era una perspectiva en absoluto halagüeña.

–Si Fitz termina pareciéndose a su madre, podrás exprimirle como a un limón.

La duquesa de Alton era una mujer muy agria, siempre con la boca apretada en un gesto que advertía de su mal carácter.

Chessie se echó a reír.

–Fitz no se parecerá a sus padres.

Pero la risa no tardó en desaparecer de su rostro y comenzó a juguetear nerviosa con el encaje de su abanico. Últimamente, pensó Dev, Chessie había perdido parte de su chispa. En aquel momento la vio buscando a Fitz con la mirada en el abarrotado salón. Sus sentimientos eran más que evidentes. Dev sintió entonces la necesidad de protegerla. Chessie lo había apostado todo a la posibilidad de un compromiso y Fitz, un hombre simpático, pero arrogante y consentido en igual medida, era consciente de su estima y estaba jugando con su reputación. Chessie se merecía algo mejor. Dev apretó los puños a ambos lados de su cuerpo. Un paso fuera de lugar y le haría tragarse a Fitz la cucharilla de plata que le habían metido en la boca nada más nacer.

–Pareces furioso –dijo Chessie, apretándole el brazo.

–Lo siento –Dev volvió a suavizar su expresión. Le sonrió–. No nos ha ido mal, para ser dos huérfanos del condado de Galway.

Chessie no contestó y Dev advirtió que estaba de nuevo pendiente del vals, que giraba en aquel momento hacia su triunfante clímax. Fitz un hombre moreno, alto y distinguido, estaba al final del salón, casi perdido entre los danzantes. Formaba pareja con una mujer vestida en un traje de gasa plateado, una mujer alta y morena también. Hacían una pareja magnífica. Fitz siempre había tenido debilidad por los rostros hermosos. Al igual que su prima Emma, pretendía casarse con alguien a quien pudiera exhibir como trofeo. Pero aquella mujer no se parecía a las damas con las que habitualmente flirteaba Fitz. Había algo en su forma de moverse, en la cadencia de sus pasos, que Dev reconoció a pesar de no haberle visto el rostro.

–¿Quién es esa mujer? –preguntó con la voz ligeramente ronca.

Algo extraño, una premonición, cosquilleaba por su espalda. Él era el menos supersticioso de los hombres, pero sintió un aire frío acariciando su piel a pesar de que en el salón de baile de los duques de Alton el calor era sofocante.

Comprendió que Chessie también había sentido algo. Estaba tan tensa como las cuerdas de un violín y había palidecido. Un estremecimiento recorrió su cuerpo.

—Una mujer rica —contestó con amargura—. Una mujer bella y conveniente para Fitz que, seguramente, le han presentado sus padres esta noche para que me olvide.

—Tonterías —la tranquilizó—. Será otra mujer con cara de caballo nacida de esas relaciones endogámicas que...

—Dev —le reprochó Chessie, en el momento que una noble viuda pasaba por delante de ellos con gesto de manifiesta desaprobación.

La música terminó con un sonoro acorde y hubo aplausos en el salón. Fitz caminó hacia ellos junto a su pareja. Era obvio que pretendía presentarle a Chessie. Dev no estaba seguro de si aquello debería tranquilizarle o preocuparle.

—¡Dev! —también Emma acudió a su encuentro, jadeante y sonrojada, arrastrando a Freddie Walters tras ella—. ¡Ven a bailar conmigo!

Por primera vez desde que podía recordar, Dev no obedeció inmediatamente a la imperiosa demanda de Emma. En cambio, observaba con atención a la mujer que acompañaba a Fitz. La recién llegada no estaba en los albores de la juventud, se aproximaba más a su edad que a la de Chessie. La edad, o la experiencia, o ambas cosas quizá, le infundían una confianza de la que no parecía consciente. Caminaba con la misma elegancia con la que Dev la había visto bailar, con una desenvoltura que acentuaba el sinuoso vuelo del vestido de gasa. La tela acariciaba sus senos y sus caderas envolviéndolos como el beso de un amante. No había un solo hombre en el salón, pensó Dev, que no estuviera mirándola fijamente, con la boca seca de deseo y la mente poblada de imágenes que intentaban reproducir aquellas curvas desnudas.

O quizá aquello fuera una fantasía.

Era una mujer pálida, con la piel casi traslúcida y las pecas características de las mujeres celtas. El contraste entre sus ojos, de un verde muy vivo, y el pelo negro, era impactante, excitante, incluso. Le daban un aspecto frágil y mágico, como el de una ninfa o un hada, demasiado exótico para ser humano. Llevaba los rizos negros recogidos en lo alto de la cabeza en un revuelo de tirabuzones sujetos por una peineta de resplandecientes diamantes. Unas joyas a juego adornaban su esbelto cuello y sus muñecas. No era una pariente pobre, por tanto. Tenía un aspecto magnífico.

Y le resultaba curiosamente familiar.

A Dev se le paralizó el corazón para, casi inmediatamente, comenzar a latirle a toda velocidad. Por un instante, se sintió como si todo se hubiera detenido: la música, las conversaciones, la respiración. Durante largo rato, fue incapaz de hablar o pensar.

Habían pasado casi diez años desde la última vez que había visto a Susanna Burney. Su último recuerdo de ella no era fácil de olvidar: Susanna gloriosamente desnuda y profundamente dormida en la cama que habían compartido tras su breve y apasionada noche de bodas. Cuando aquella noche había apagado las velas, Dev no sabía que no volvería a verla nunca más.

A la mañana siguiente, Susanna había desaparecido, y, con ella, su matrimonio. Ese mismo día, le había hecho llegar una nota. En ella le decía que todo había sido un terrible error y le suplicaba que no fuera tras ella. Había dicho que buscaría ella misma la anulación del matrimonio. Joven y orgulloso como era, enfadado, traicionado y herido, Dev la había dejado marchar.

Dos años después, tras regresar de su primera misión en la Marina Real, había reconsiderado el abandono de su díscola esposa y había viajado hasta Escocia con intención de encontrarla. Se había dicho a sí mismo que era sólo por curiosidad, para asegurarse de que había sido efectiva la anulación de su matrimonio. Tenía planes para el futuro, proyectos ambiciosos, y en ellos no estaba incluida una joven a la que había seducido y con la que se había casado en un impulso, para luego dejarla marchar. Rompió a sudar al recordarse llamando a la puerta de la rectoría para enfrentarse a los tíos de Susanna. Éstos le habían dicho que Susanna había muerto. Todavía podía recordar la fuerte impresión que había derrotado a su determinación. Quería a Susanna mucho más de lo que pensaba.

Pero en aquel momento, Susanna Burney le parecía muy viva.

El enfado y la perplejidad batallaban en su interior. Se enfrentó a su indiferente e ignorante mirada y una segunda oleada de furia rugió en su interior. Susanna estaba fingiendo no conocerlo.

–¡Dev!

Emma le tiró de la mano, reclamando su atención. Un ceño afeaba el habitual equilibrio de sus facciones.

Emma, su prometida, una mujer rica, bien relacionada que iba a proporcionarle todo lo que siempre había querido.

Dev nunca le había hablado de su precipitado y fracasado primer matrimonio. Eran muchas las cosas que no le había contado a Emma. Se decía a sí mismo que era porque había puesto fin a sus indiscreciones del pasado, pero lo cierto era que su prometida era una mujer celosa y posesiva y no podía predecir su reacción ante una revelación como aquélla. Dev no quería ponerla a prueba y arriesgar el castillo de naipes que había levantado para sí mismo y para Chessie.

Un gélido cosquilleo de tensión descendió por su espalda. El daño que Susanna podría llegar a hacerle era incalculable. Si revelaba el más mínimo detalle de su pasado, Emma pondría fin a su compromiso y Dev perdería todo aquello por lo que tanto había trabajado.

Observó que Susanna se acercaba y posaba la mano en el brazo de Fitz con un gesto de evidente confianza. Inclinaron la cabeza el uno hacia el otro. Ella le sonreía a su acompañante como si fuera el hombre más fascinante del universo. Fitz, pensó Dev, parecía completamente deslumbrado. Se sonrojaba como un joven enamorado por primera vez.

Susanna alzó la mirada y la cruzó con la de Dev durante un largo momento. Dev no fue capaz de interpretar su expresión. Continuaba sin haber en ella ninguna señal de reconocimiento y no había el menor rastro de nerviosismo en su comportamiento.

Dev sintió frío, mucho frío. Se enderezó, cuadró los hombros y se preparó para ser presentado a su esposa, que creía fallecida.

Capítulo 2

Susanna no le reconoció hasta que ya era demasiado tarde para salir corriendo e igualmente imposible esconderse. Aunque, por supuesto, lo de correr no era su estilo.

El baile que habían organizado los duques estaba abarrotado y la presión de los invitados había dificultado la visión de Susanna. Hacía un calor sofocante en el salón, apenas se podía respirar y el ruido era tal que no podía oír lo que Fitz le decía mientras la acompañaba a lo largo de la pista. Le había comentado algo sobre que quería presentarle a unos amigos, un gesto que Susanna había considerado muy amable, puesto que no conocía a nadie en Londres. Y en el momento en el que la multitud se había despejado, se había descubierto mirando a James Devlin. El aire había abandonado sus pulmones, la cabeza había comenzado a darle vueltas y había estado a punto de desmayarse. Sólo una rígida autodisciplina había impedido que terminara en el suelo.

Fitz no había notado su incomodidad. No era, pensó Susanna, un hombre observador. Atractivo, encantador, mimado, arrogante... Había descubierto aquellos rasgos de su personalidad a los cinco minutos de ser presentados. A los diez, ya sabía que era un enamorado de los caballos y los vinos. Quince minutos después, había llegado a la conclusión de que era un hombre sensible a la belleza de una mujer, algo que le sería útil, puesto que era una mujer bella y estaba decidida a seducirle.

Fitz continuaba hablando cuando se acercaron al grupo de personas entre las que se encontraba James Devlin. No tenía la menor idea de lo que le decía, pero, afortunadamente, no parecía esperar ninguna réplica por su parte. Lo único que Susanna veía frente a ella era a Devlin. De lo único que era consciente era de su altura, de la anchura de sus hombros y de la frialdad de sus ojos azules mientras la recorrían con absoluto desdén. Imaginaba que no podía culparle por ello. Había sido ella la que le había abandonado antes de que la tinta de su contrato matrimonial se hubiera secado, antes de que las sábanas se hubieran enfriado tras su noche de amor.

Susanna alzó la barbilla y enderezó la espalda. Había estado fingiendo durante tanto tiempo que, seguramente, no le resultaría difícil borrar toda expresión de su rostro y ocultar el hecho de que estaba temblando por dentro. Pero aun así, le resultó extraordinariamente difícil hacerlo. Deslizó su mirada sobre Devlin en una lenta apreciación. La fuerza con la que le latía el corazón contra las costillas contradecía la calculada frialdad de su mirada.

Había una autoridad y una confianza innata en Devlin que contrastaban con la deslumbrante juventud del joven de dieciocho años que tan bien recordaba. Ya a esa edad era un hombre enérgico y brillante, pero también impaciente y falto de experiencia. Era como si el mundo, con sus afiladas aristas, todavía no hubiera endurecido su alma.

Una carencia que, ciertamente, había salvado en el lapso de aquellos años. Tenía los hombros anchos, el pecho fuerte. Estaba más alto, más musculoso, definitivamente, más hombre que el joven que recordaba, y tan guapo que su rostro podría haber sido calificado como femeninamente bello si no hubiera sido por la fuerza de su mandíbula y lo pronunciado de sus pómulos, que restaban de su rostro cualquier suavidad. Susanna sintió un repentino y completamente inesperado arrepentimiento al ver al joven al que ella había conocido convertido en un hombre tan formidable. Jamás lo habría imaginado. Pero años atrás había tomado una decisión. Ya no era momento de arrepentimientos. La vida le había enseñado que los arrepentimientos no eran más que una forma de indulgencia para con uno mismo.

Vio a la bonita rubia que se aferraba al brazo de Devlin. En eso no había cambiado, por lo visto. Por supuesto, le importaba muy poco después de nueve años. Pero siempre había mujeres rondando a James Devlin, como las abejas revoloteando alrededor de la miel. Devlin sabía que era un hombre atractivo y era consciente del efecto que tenía en las mujeres. El gesto arrogante con el que inclinaba la cabeza así lo decía.

La estaba observando. No había apartado la mirada de ella desde que había cruzado la pista de baile del brazo de Fitz. Se arriesgó a mirarle de nuevo a los ojos y estuvo a punto de quedarse paralizada ante lo que vio allí. En vez de la indiferencia que había esperado, encontró un fiero desafío y una turbulenta sensualidad que parecían demandar una respuesta desde algo tan profundo de ella que se estremeció visiblemente. El estómago le dio un vuelco. El pulimentado parqué del salón de baile pareció mecerse bajo sus pies. El corazón se le aceleró todavía más al ver la mirada de Devlin fija en su cuello, donde un diamante prestado reposaba su frenético pulso. De pronto, Susanna se sintió empapada en sudor y supo que había palidecido. Supo también que Devlin había visto el resplandor traicionero del diamante que parecía moverse en respuesta al martilleo de su pulso. Advirtió que curvaba la comisura de los labios en una perturbadora sonrisa de masculina satisfacción. Y descubrió algo más que no había cambiado en él: su orgullo.

Susanna alzó la barbilla y le dirigió una sonrisa de profundo desagrado salpicada de desafío. Había demasiadas cosas en juego como para salir huyendo, aunque todo su instinto la impulsaba a huir.

La chica que estaba a la izquierda de Devlin, la mujer que Fitz quería presentarle, era, evidentemente, la hermana de Dev. Compartía la misma estructura del rostro, los mismos ojos azules y el pelo rubio dorado. Susanna se mordió el labio. Aquélla era la mujer de la que los duques de Alton pretendían separar a Fitz, sirviéndose de ella. La chica a la que iba a destrozarle la vida. La chica a la que debía robarle el marido.

Era una desgraciada casualidad que aquella mujer a la que la duquesa se había referido despectivamente como «el capricho de Fitz», hubiera resultado ser la hermana de Devlin.

–Lady Carew –Fitz, sonriente, se acercó a la hermana de Devlin–. ¿Podría presentaros a la señorita Francesca Devlin? Chessie, ésta es Caroline, lady Carew, una amiga de mis padres que ha llegado recientemente a Londres desde Edimburgo.

Susanna sintió, más que vio, que Devlin se tensaba al oír su nombre, pero se obligó a no mirarle. Francesca Devlin hizo una elegante deferencia. La luz de las velas arrancó destellos cobrizos y bronceados de su pelo. Sus ojos fueron cálidos, su saludo, incluso cariñoso. Susanna admiró su táctica. Cuando un atractivo marqués te presenta a una mujer hermosa, lo mejor es fingirse encantada con aquella nueva conocida.

Era una de las normas del manual de una aventurera. En otras circunstancias, pensó Susanna, podría haber disfrutado haciéndose amiga de la señorita Francesca Devlin, con la que tenía muchas cosas en común. Desgraciadamente, le estaban pagando una generosa suma de dinero para engatusar a Fitz y hacerle olvidarse de Francesca, lo cual no era la base más prometedora para una amistad.

James Devlin cambió de postura. Susanna le miró a los ojos y reconoció en ellos su abierto antagonismo. A diferencia de Francesca, no se molestó en ocultar su hostilidad. Susanna la sintió atravesando su cuerpo. Suponía que era una ingenuidad pensar que Devlin se mostraría indiferente ante su repentina aparición tras nueve largos años de ausencia. Le había tratado muy mal, eso era innegable. Por lo menos, le exigiría una explicación. En el peor de los casos, tomaría represalias contra ella. Se le secó la boca al pensar en ello.

Devlin no era un hombre al que quisiera como enemigo. Era demasiado fuerte, demasiado decidido. Y ella todavía se encontraba en una situación muy precaria.

Devlin inclinó la cabeza hacia ella, como si le hubiera leído el pensamiento. Había un filo de cínica diversión en medio de su abierta antipatía. El peligroso brillo de sus ojos le advertía que, estuviera jugando a lo que estuviera jugando, iba a vigilarla de cerca y estaba dispuesto a ganarla.

Vio que Devlin miraba a su hermana de reojo y se acercaba a ella como si estuviera ofreciéndole su apoyo en silencio. Chessie le dirigió una sonrisa que, durante unos segundos de descuido, estuvo rebosante de gratitud y afecto. Así que Devlin era el protector de su hermana, pensó Susanna. Eso era lo último que Susanna necesitaba cuando estaba a punto de destrozar la vida de aquella joven. Aquel asunto, ya de por sí suficientemente complicado, comenzaba a empeorar. El corazón se le cayó a la altura de sus elegantes zapatos.

La otra dama del grupo, la joven rubia, dio un paso adelante en un torbellino de seda y encaje azul.

—Deberías haberme presentado antes a mí —señaló con un puchero—. ¡Soy una dama!

Fitz, disculpándose profusamente, le presentó entonces a su prima, lady Emma Brooke, y al caballero que la acompañaba, el honorable Frederick Walters. Susanna era plenamente consciente de la mirada de Devlin fija en ella, de aquellos ojos entrecerrados que la mantenían cautiva. Emma se acercó a él como si fuera un trofeo.

—Es mi prometido —anunció con orgullo—. Sir James Devlin.

A Susanna le dio un vuelco el corazón. Sabía que Devlin había conseguido un título. Pero no sabía que estaba prometido.

Unos celos profundos y afilados la dejaron sin respiración. Se preguntó por qué nunca le habría imaginado casado. Jamás se le había pasado por la cabeza aquella posibilidad, aunque durante los nueve años que llevaban separados, podría haberse casado, dos, tres o incluso seis veces, como Enrique VIII.

Si no fuera por el ligero inconveniente de que todavía estaba casado con ella.

Debería haberle dicho que continuaban casados. Debería habérselo dicho mucho tiempo atrás.

La conciencia de Susanna, a menudo impertinente, era una desventaja para una aventurera, y en aquel instante, comenzó a aguijonearla. Sin embargo, aquél no era el momento más oportuno para darle a Devlin la noticia, estando su prometida sonriéndole con aquel aire posesivo y un brillo de inconfundible advertencia en la mirada.

Susanna tragó saliva. Su intención había sido conseguir la nulidad del matrimonio el primer año de la separación. Le había prometido a Devlin que lo haría. Después, había descubierto que estaba embarazada y de pronto, tanto el anillo como el contrato matrimonial se habían convertido en lo único que podía salvarla de la ruina. Sola, repudiada por su familia y casi en la indigencia, se había aferrado a la única posibilidad de continuar siendo considerada mínimamente respetable. Tiempo después, cuando había recordado su promesa y había vuelto a pensar en anular su matrimonio, había descubierto que las anulaciones, al igual que otras muchas cosas en la vida, eran prodigiosamente caras y mucho más difíciles de obtener de lo que había imaginado. Para entonces se había gastado ya hasta el último penique que había ganado intentando sobrevivir en las calles de Edimburgo. No tenía dinero para pagar abogados. A veces, apenas tenía lo suficiente para comer.

El recuerdo de aquellos días oscuros invadió el pensamiento de Susanna y sintió el pánico y el miedo aferrándose a su garganta. Tenía las manos empapadas en sudor que ocultaban aquellos elegantes guantes de encaje. Sentía el calor de las velas, la temperatura sofocante del salón. Todo el mundo la miraba. Haciendo un gran esfuerzo de voluntad, apartó los recuerdos y sonrió a Emma Brooke.

—Os felicito por vuestro compromiso, lady Emma —le dijo—, aunque debería felicitar sobre todo a sir James por el suyo.

Se produjo una ligera pausa, mientras Emma intentaba averiguar si aquello había sido un cumplido. Tras decidir que sí, sonrió radiante. Susanna vio a Dev curvando los labios en algo parecido a una sonrisa.

—Efectivamente, me considero el más afortunado de los hombres —respondió con naturalidad—. Y, lady Carew —añadió con un brillo de oscura diversión en las profundidades de unos ojos ensombrecidos por el enfado—, parece que también a vos debo felicitaros, puesto que la última vez que nos vimos, si mal no recuerdo, ni erais una dama ni os llamabais Caroline Carew.

Su tono era cortés, pero sus palabras no podían serlo menos. Se produjo un ligero revuelo en el grupo. Susanna vio cómo se aguzaba la expresión especuladora en los ojos de las mujeres, y advirtió un interés de otro tipo en los de los hombres. No era extraño. Dev acababa de insinuar que era, como poco, una aventurera y, poniéndose en lo peor, una prostituta disfrazada de dama.

Fue un momento de vértigo. Susanna sabía que tenía que tomar una decisión, y rápido. Podía fingir que Devlin la había confundido con otra mujer. O podía enfrentarse a él. Era arriesgado responder que no lo conocía porque probablemente, Dev lo consideraría un desafío. Él era de esa clase de hombres. Pero era igualmente peligroso presentarle batalla porque no estaba segura de que pudiera ganarla. En cualquier caso, ya era demasiado tarde para fingir indiferencia. Todo el mundo estaba pendiente de su respuesta a la calculada insinuación de Dev.

—Me halaga que digáis conocerme —respondió con ligereza—. Yo me había olvidado por completo de vos.

Dev profundizó su sonrisa ante aquella respuesta. Le dirigió a Susanna una mirada que la abrasó.

—Oh, pues yo lo recuerdo todo sobre vos, lady… Carew.

—Me temo que nunca me habéis conocido, sir James —replicó Susanna.

Se sostenían la mirada como en un cruce de espadas. Susanna sentía el vello de punta. Sabía que ya era demasiado tarde como para retroceder.

—Yo, al contrario que vos, recuerdo, por ejemplo, la última vez que nos vimos.

Había un brillo travieso en su mirada. Estaba disfrutando acosándola de aquella manera. Susanna lo vio y sintió crecer la furia en su interior.

Miró entonces a Emma. Al ver su mohín enfadado, la furia desapareció. Aquella actuación sólo tenía como objetivo castigarla por sus pecados del pasado y hacerle pasar un mal rato. No tenía intención de revelar la verdad. Le haría tanto daño a él mismo como a ella. Emma no parecía una prometida dócil y sumisa. Y Emma seguramente tenía todo el control sobre el dinero, puesto que Dev nunca había tenido un penique.

Susanna desvió la mirada hacia el lujoso chaleco bordado en blanco y oro de Dev, reparando también en la inma-

culada cualidad del lino de su camisa y en el valioso diamante del alfiler de la corbata. Miró a Emma otra vez. Vio
que Dev la seguía con la mirada. Sabía que comprendía
perfectamente lo que estaba pensando.

Al final, sonrió.

—Bueno —dijo—, estoy segura de que no seréis tan grosero como para aburrir a todo el mundo con los detalles, sir
James. No hay nada tan tedioso para los demás como dos
viejos conocidos hablando de los viejos tiempos.

—¿Os conocisteis en Irlanda?

Evidentemente, Emma ya estaba harta de aquella conversación. Se interpuso entre ellos y los miró alternativamente
con unos celos mal disimulados. Pronunció el nombre de Irlanda como si estuviera hablando del fin del mundo, de un
lugar que cualquiera debería abandonar.

—Nos conocimos en Escocia —aclaró Susanna—. Fue durante un verano en el que sir James fue a visitar a lord
Grant, su primo. Eso fue hace mucho tiempo.

—Pero ahora tenemos la feliz oportunidad de retomar
nuestra amistad —la expresión de los ojos de Dev contrastaba con la suavidad de su tono—. Deberíais concederme este
baile, para que así podamos hablar del pasado sin aburrir a
nuestros amigos.

Con una sola frase había echado por tierra todas sus posibilidades de escapar. Susanna apretó mentalmente los
dientes. Reconocía aquella determinación en él. Era la misma firmeza que le caracterizaba a los dieciocho años. Había visto algo que quería e iba a conseguirlo. Se estremeció.

—No tengo ganas de volver sobre el pasado —replicó—.
Me temo que ya tengo comprometido el siguiente baile, sir
James. Si me perdonáis.

Giró intencionadamente hacia Fitz, permitiendo que le
rozara la muñeca con los dedos en un gesto casi imperceptible que, sin embargo, consiguió comunicar la insinuación

de una promesa. Era tal el tumulto de sentimientos que se había desatado en su interior al ver a Devlin que casi se había olvidado de Fitz. Se había permitido distraerse, algo en absoluto aconsejable teniendo en cuenta que el servicio que le estaba prestando a los padres de Fitz era lo único que evitaba que se viera en las calles.

–Gracias por presentarme a vuestros amigos, milord. Espero que volvamos a vernos pronto.

Le dirigió al grupo una sonrisa. La respuesta de Chessie fue un frío asentimiento de cabeza. Emma no se dio por aludida. Fitz, inmune a la tensión del ambiente, le besó la mano con una galantería que hizo fruncir el ceño a Dev. Chessie se volvió como si no soportara ver a Fitz prestando tales atenciones a otra mujer.

Susanna comenzó a caminar rápidamente hacia la puerta del salón de baile. Una vez conseguido escapar de la cercanía de Dev, el corazón comenzó a latirle con fuerza contra las costillas, como reacción a la tensión vivida. Le faltaba la respiración y temblaba de pies a cabeza. Necesitaba tranquilizarse. Necesitaba pensar, intentar desenmarañar el enredo de confusión y mentiras en el que de pronto se había visto atrapada.

–¿Puedo pediros un baile más adelante, lady Carew?

Freddie Walters le estaba bloqueando el paso. Su mirada insolente, con la que parecía estar midiéndola como a un caballo, y su forma de posar la mano en su brazo eran excesivamente familiares. Su tono insinuaba que sabía todo lo que debía saber sobre ella. Que era una viuda de cuestionable moral que probablemente no pusiera reparos a una aventura amorosa. Su flagrante falta de respeto le produjo náuseas.

–Gracias, señor Walters, pero he decidido volver a casa. Me duele la cabeza.

–Es una pena –musitó Walters–. ¿Podría quizá haceros una visita?

–Estás acentuando el dolor de cabeza de la dama, Walters.

Era la voz de Dev, fría y con un filo de acero. Susanna vio que Walters abría los ojos como platos y se escabullía raudo ante un duro gesto de Dev. Éste esperó a que no pudiera oírlos para fijar la mirada en el rostro de Susanna. Ella también habría querido huir, pero tenía el sombrío presentimiento de que Dev la agarraría si intentaba escapar en aquel momento. No parecían importarle mucho las convenciones de un salón de baile, puesto que la abordó en medio de la pista.

–Gracias por tu ayuda –le dijo fríamente–, pero era del todo innecesaria. Puedo cuidar de mí misma.

Dev sonrió.

–Soy plenamente consciente de ello.

La recorrió con una mirada dura e inquisidora, muy diferente a la mirada calculadoramente sexual de Walters. Era una mirada más meditada y concienzuda, e infinitamente más inquietante.

–No pretendo rescatarte de nadie –añadió Dev con falsa delicadeza–. Te quiero para mí solo.

La elección de sus palabras y su mirada hicieron estremecerse a Susanna. Dev acababa de sustituir la débil amenaza que Walters representaba por algo mucho más peligroso: él mismo. Estaba enfrentándose a ella delante de todos los invitados de los duques de Alton. Era una actitud audaz.

–No tengo nada que decir.

Susanna mantenía la voz firme. Había dispuesto de nueve años para aprender a protegerse. Aunque nunca le había resultado tan difícil intentar levantar sus defensas como en aquel momento, cuando tenía que protegerse de aquel hombre y de su perspicaz y contundente mirada.

Dev se echó a reír.

–Te considero capaz de cosas mejores, Susanna. ¿Qué demonios está pasando aquí?

–No sé a qué te refieres –replicó Susanna.

El pulso le latía a toda velocidad. Miró a su alrededor, pero no encontraba ningún posible refugio. Comenzó a caminar lentamente a un lado de la pista de baile. Dev la agarró del brazo, adaptando su larga zancada a los pasos más cortos de Susanna. Cualquiera que los estuviera observando pensaría que estaban haciendo lo que cualquier otra de las parejas de baile. Caminando por la pista y charlando con la superficial indiferencia de dos conocidos. Excepto que no había nada de superficial en la caricia de la mano de Dev.

–Por lo menos me debes una explicación –le exigió Dev–. Una disculpa, incluso –su tono era sarcástico–, si no es mucho pedir.

Por un instante, Susanna distinguió un sentimiento fiero en su mirada. Una pareja que pasaba a su lado los miró con curiosidad. Era obvio que habían captado el tono de las palabras de Dev y habían advertido la tensión que se respiraba en el ambiente.

Susanna abrió el abanico para ocultar su expresión.

–Eso fue hace mucho tiempo –intentó imprimir a sus palabras frialdad y desdén, y consiguió exactamente el tono deseado–. Sí, te dejé, pero estoy segura de que has conseguido recuperarte de esa pérdida –se interrumpió y sonrió–. No me digas que te rompí el corazón.

Le estaba provocando intencionadamente y esperaba que Dev contestara que no había significado nada para él. Sin embargo, vio que el calor y el enfado de sus ojos se intensificaban.

–Dos años después regresé a buscarte.

A Susanna estuvo a punto de caérsele el abanico. Dos años. No lo sabía. Sintió una mezcla de amargura y arrepentimiento. Pero no habría supuesto ninguna diferencia. Habría sido demasiado tarde. Había sido demasiado tarde desde el momento en el que había escapado de su lado. Lo comprendía en aquel momento, con la perspectiva proporcionada por el tiempo. Podía reconocer los errores que había cometido y comprender el sinsentido de arrepentirse de ellos casi una década después.

—Sólo quería asegurarme de que habías anulado nuestro matrimonio —Dev le dirigió una mirada de frío desprecio—. Pero cuando pregunté a tus tíos, me dijeron que habías muerto —añadió entre dientes—. Una exageración, al parecer.

La sorpresa de Susanna fue tal que estuvo a punto de desmayarse. Durante un largo y terrible momento, el salón comenzó a girar ante sus ojos. La música y las voces se alejaron, todo parecía borrarse a su alrededor. Alargó la mano y comprendió, con agradecido alivio, que habían llegado a una esquina oculta del salón de baile. Estaban al lado de unas enormes puertas en forma de arco que se abrían a la terraza. Sintió el frío cristal contra sus dedos y una ráfaga de aire frío que penetraba en la sofocante habitación.

Elevó los ojos hacia el rostro de Dev. La expresión de éste era dura; había convertido su boca en una línea tensa. Era visible la furia primaria que le invadía.

—¿Te dijeron que había muerto? —susurró.

Era cierto que sus tíos la habían repudiado al enterarse de que estaba embarazada y no quería renunciar a su hijo. La habían repudiado, desheredado y echado de casa. Le habían dicho que para ellos estaba muerta. Y, evidentemente, eso era lo que le habían dicho a todos los demás.

El frío crepitaba en su corazón. La insensible crueldad de su familia había estado a punto de destrozarla nueve años atrás. En ese momento, sentía que su maldad volvía a atacarla. Creía que no podían volver a hacerle daño, pero se equivocaba.

Dev continuaba hablando.

—¿Era necesario llegar tan lejos? —decía con amargo enfado—. Yo no estaba buscando una reconciliación.

Se interrumpió. Susanna sabía que estaba esperando una respuesta, pero por un momento fue incapaz de articular palabra. Eran muchas las cosas que tenía que asimilar, y a una velocidad vertiginosa. Tenía que digerir el hecho de que Dev hubiera ido a buscarla, de que su familia le hubiera mentido. Algo que le dolía mucho más de lo que jamás habría imaginado.

–Yo...

Sentía una fuerte presión en el pecho. Intentó respirar. Sabía que debía detener aquello cuanto antes. No quería que Dev fuera consciente de que no sabía las mentiras que le había contado su familia. Dev se estaba acercando demasiado a la verdad. Un descuido por su parte y estaría perdida. Si sospechaba siquiera la verdad, tendría muchas preguntas que hacerle. Preguntas sobre el pasado, sobre lo que le había sucedido y, lo más peligroso, preguntas sobre su vida y sobre los motivos que la habían llevado a Londres. No podía contarle nada al respecto. Tenía que protegerse a sí misma y proteger su secreto costara lo que costara. Si no, lo perdería todo. De pronto, se alegró inmensamente de no haberle contado que su matrimonio no había sido anulado. Aquello podría resultarle muy útil en el caso de que necesitara defenderse contra él.

Susanna se enderezó y recuperó la calma. Tomó aire y buscó las palabras adecuadas para conseguir que Dev se alejara de ella. Pero Dev se le adelantó. Lo hizo con una voz ronca y cargada de sentimiento; de un sentimiento que, a pesar de los nueve años pasados, le llegaron a lo más profundo del alma y le hicieron sentir con una intensidad que no había experimentado desde hacía años.

–Por todos los diablos, Susanna –estalló–, eras mi esposa, no una prostituta con la que me hubiera dado un revolcón. ¿No crees que me debías algo más? ¡Escapaste de mi lado y después le pediste a tu familia que me mintiera! ¿Por qué hiciste una cosa así?

Había tal pasión y honestidad en sus palabras que Susanna se odió a sí misma por lo que estaba a punto de hacer, por lo que tenía que hacer para protegerse.

—Les pedí que te mintieran porque quería asegurarme de que me desharía para siempre de ti —respondió en tono ligero y despreocupado.

Las palabras no parecían querer salir de sus labios, pero se obligó a pronunciarlas. Sabía que aquello tenía que terminar cuanto antes y quería que Dev llegara a odiarla tanto que no volviera a hacerle preguntas nunca más. No había otra manera de actuar.

—Me casé contigo porque quería que me quitaras la carga de la virginidad —mintió.

Consiguió esbozar una convincente sonrisa. Sabía que era buena actriz. Había adquirido mucha práctica durante los amargos años que habían seguido al repudio de su familia, cuando su capacidad de fingir se había convertido en lo único que se interponía entre ella y la inanición.

—Tras una noche de matrimonio, averigüé todo lo que necesitaba saber sobre ti, Devlin —continuó—. Quería saber lo que era el sexo y tú me lo enseñaste.

Se obligó a mirarle a los ojos. El rostro de Devlin era una máscara de granito. Apretaba la mandíbula mientras la oía abaratar el amor que habían compartido.

—Fue delicioso —se encogió ligeramente de hombros, acompañando con aquel gesto su tono desdeñoso—, pero después de haberte seducido, ya no tenías para mí ninguna utilidad.

Aquello debería bastar para hacerle despreciarla, se dijo. Ningún hombre aceptaría tamaño golpe a su orgullo. Se volvió para escaparse.

Pero Dev detuvo su huida agarrándola por la muñeca y obligándola a acercarse a él. El cuerpo entero de Susanna se tensó ante aquel contacto. Todas las fibras de su ser despertaron a Dev como si jamás se hubieran separado. El color fluyó a sus mejillas, caldeando cada centímetro de su piel, haciéndola sentirse viva y sensible como no había vuelto a serlo desde entonces. Vio que Dev deslizaba la mirada lentamente sobre ella, en una insolente apreciación de su estado de excitación. Posó la mirada en el escote del vestido que Susanna había elegido para atrapar a Fitz. Por primera vez durante aquella velada, Susanna deseó que fuera más discreto. Sentía la mirada de Dev sobre las curvas de sus senos como la más sensual de las caricias.

—Un momento —dijo Dev.

Su voz sonaba queda en medio del bullicio del salón, el tintineo de la música y el clamor de voces. Queda, pero con un filo de acero.

—Esta vez no te alejarás de mí hasta que yo lo decida. Esta vez permanecerás a mi lado hasta que a mí me plazca —le advirtió.

Capítulo 3

Dev miró el rostro exquisito y desafiante de su esposa y sintió que su genio crecía peligrosamente. Era condenadamente bella y su cuerpo reaccionaba a la tentación que representaba a pesar de que su razón la despreciaba y la consideraba la más hipócrita y maniobrera prostituta de la tierra. Quería besarla. Quería tomar aquellos labios sensuales con los suyos, mordisquearle el labio inferior, deslizar la lengua en su boca y saborearla con toda la explosiva pasión que habían conocido. Quería demostrarle que su pretendida indiferencia era una farsa. Quería desgarrar la gasa de aquel vestido plateado y saquear su cuerpo sin piedad, hasta que terminara desmayada entre sus brazos.

Era un infierno ser un calavera reconvertido. Cuando se había comprometido con Emma, había renunciado a otras mujeres, pero Dev sabía que no se había reformado en absoluto. La peligrosa atracción que sentía hacia Susanna era una prueba de ello. Si tuviera la menor oportunidad, haría el amor con ella con despiadado abandono y se deleitaría en aquella experiencia. Nunca como entonces le había parecido la castidad una opción menos apetecible. Jamás su compromiso le había parecido tan gris y anodino en contraste con su traicionera exesposa.

Sentía el pulso de Susanna latiendo bajo sus dedos. La

delicada seda de los guantes no era suficiente protección contra él. Sabía que Susanna le deseaba tanto como él a ella.

Pero aun así, estaría dispuesto a estrangularla. La desleal y mentirosa Susanna Burney, que parecía tan radiante e inocente, le había tomado por un estúpido. Él creía haber seducido y haberse casado con una jovencita ingenua. En cambio, era ella la que le había utilizado para ganar experiencia del mundo.

Dev tuvo que someterse a una estricta autodisciplina para no perder el control. Sentía el filo de un enfado tan cortante como una cuchilla. Un momento antes, cuando le había reprochado a Susanna las mentiras de su familia, había advertido una fugaz inseguridad. Había visto el impacto de la sorpresa en su mirada y había llegado a pensar que quizá Susanna ignorara aquella vil mentira. Sus palabras burlonas habían puesto fin a aquella posibilidad. Lejos de ser una víctima, Susanna estaba en el corazón de aquel plan para engañarle.

La miró. Ella también le observaba y, a pesar de la fiera atracción que los unía, había un brillo burlón en sus ojos verdes. Dev se preguntó cómo era posible que se hubiera confundido tanto con una mujer. La Susanna Burney que había conocido a los dieciocho años era una mujer tímida y dulce. Le resultaba difícil comprender cómo había llegado a convertirse en aquella descarada criatura. Por otra parte, tenía que aceptar que habían pasado casi diez años desde entonces. Él tenía entonces dieciocho y quizá no fuera el hombre de mundo que le gustaba imaginar. Sin lugar a dudas, había sido un auténtico iluso. En lo que se refería a su adorable esposa, su capacidad de juicio había quedado espectacularmente puesta entre dicho.

—No tenías necesidad de casarte conmigo si lo único que querías era deshacerte de tu virginidad —dijo sombrío—. Deberías habérmelo dicho. Habría estado encantado de cumplir con tus deseos sin necesidad de pasar por la iglesia.

Se miraron a los ojos. Dev vio el sensual calor que iluminaba los de Susanna, haciéndolos de un verde oscuro y brillante como el de las esmeraldas. En décimas de segundo, se sintió transportado desde aquel bullicioso salón a la oscura intimidad de su lecho de matrimonio. Había sido una sola noche. Una única noche de dulce deseo y una pasión más rica y más profunda de lo que había soñado jamás. Susanna había sido la primera y única mujer a la que había amado. La sensación de intimidad que habían compartido había sido más aterradora que el inquietante placer que había encontrado entre sus brazos. Había sido una emoción suficientemente fuerte y profunda como para unirle a ella para siempre. Pero al día siguiente, Susanna había escapado, destrozándolo todo.

En aquel momento, Susanna le estaba mirando con profundo desdén y el deseo había desaparecido de sus ojos.

–Me temo que no lo entiendes. Claro que era necesario el matrimonio. No quería ser una prostituta.

Dev la examinó con estudiado desprecio.

–En tu caso, me cuesta comprender cuál es la diferencia.

Susanna entrecerró los ojos con expresión hostil.

–En ese caso, permíteme explicártelo –respondió. Dev la observó trazar un dibujo con los dedos enguantados en el cristal de la ventana–. Era terriblemente aburrido vivir en casa de mis tíos. Éramos pobres y eso no me gustaba. Sabía que era suficientemente guapa e inteligente como para seducir a un hombre rico y casarme con él, pero necesitaba experiencia, además de belleza. En ese pueblo nadie iba a mirarme dos veces, al fin y al cabo, sólo era la nieta del maestro –se movió ligeramente y el diamante que llevaba en el cuello resplandeció–. Tenía miedo de quedar atrapada para siempre en aquel lugar y terminar muriendo de aburrimiento.

Acarició el diamante con expresión pensativa.

–Así que urdí un plan. Casarme contigo, aprender todo lo que necesitaba e ir después en busca de mejores opciones –le miró a los ojos–. Tú no eras nadie, Devlin –le recordó con falsa delicadeza–. No tenías dinero y apenas tenías algún proyecto. Pero comprendí que podías serme útil –sus ojos brillaban con dureza–. Quería ser suficientemente joven, bella e intrigante como para conseguir que un hombre rico se casara conmigo. No me bastaba con convertirme en una cortesana. Necesitaba ser una mujer respetable para poder atrapar a un marido –curvó su sensual boca en una sonrisa–, pero suficientemente perversa como para complacerlo en la cama.

Se alejó de él, de manera que lo único que podía ver Dev de su rostro era el reflejo que le devolvía el cristal de la ventana y su sonrisa.

–Debo decir que llegué a ser realmente buena. Me hacía pasar por viuda. Y tuve muchos pretendientes.

Dev la creyó. Era suficientemente hermosa como para tentar a un santo y poseía un sensual atractivo suficientemente provocativo como para que cualquier hombre deseara complacerla, además de poseerla. Por supuesto, Susanna apuntaba mucho más alto que a ser una mera cortesana. Eso habría sido una maldición que le habría impedido ser considerada una mujer respetable. En cambio, una viuda atractiva atraía a pretendientes como las moscas a la miel. Seguro que había muchos que habían suplicado su atención. Sólo él sabía el corazón corrupto que se ocultaba tras aquella adorable fachada.

–Así que decidiste matarme a mí, tras haberte dado muerte a ti misma. Lo tenías todo muy bien organizado.

–Oh, en realidad, nunca mencioné tu nombre –respondió Susanna–. Nadie preguntaba por mi primer marido. Supongo que si lo hubieran hecho, habría admitido que había tenido que anular mi matrimonio y lo habría presentado como una imprudencia juvenil –arqueó las cejas, como si estuviera invitándole a felicitarla–. Era un buen plan, ¿verdad?

–Todavía me cuesta entender la diferencia entre ser una cortesana y ser una mujer que compra un marido rico utilizando su cuerpo.

Susanna se encogió de hombros, aparentemente indiferente a su desaprobación.

–Eres demasiado particular. Todo el mundo utiliza las ventajas que posee.

Y eran muchas las que Susanna poseía, pensó Dev sombrío. Un rostro angelical, un cuerpo adorable de movimientos elegantes, y una naturaleza codiciosa y despreocupada del dolor que pudiera infligir a los demás. Era una pena que no hubiera sido capaz de reconocer lo evidente cuando la había conocido, pero entonces sólo era un joven inocente enfrente de una mujer hermosa. No había pensado con la cabeza, sino con una parte diferente y mucho más básica de su anatomía.

Sintió frío ante la insensibilidad que reflejaba aquel plan. Había sido una aventurera desde el primer momento. Se había casado con él, había aprendido las artes que necesitaba y después le había dejado para ir en busca de una presa más suculenta. Armada con la anulación matrimonial, era libre para volver a casarse. Dev era consciente de hasta qué punto, la combinación de su juventud, su belleza, su ingenio y su experiencia con aquel misterioso pasado podían seducir a un hombre rico. Diablos, era obvio que ya tenía subyugado a Fitz. Incluso él era incapaz de mirarla sin desear saborear cada milímetro de aquel cuerpo exquisito y pérfido, a pesar de saber que era una consumada mentirosa.

–Te confundes si crees que no eres una prostituta. Te estás prostituyendo por dinero, tanto si hay matrimonio de por medio como si no.

La luz de las velas titilaba en los ojos de Susanna que, por un instante, parecieron en total desacuerdo con sus atrevidas palabras. Pero pronto desapareció aquella inseguridad y todo lo que quedó en ellos fue un desprecio absoluto.

–Supongo que eres el más indicado para saberlo, Devlin –le espetó–. ¿No estás haciendo tú lo mismo, al intentar atrapar a una rica heredera valiéndote de tu aspecto y de tu encanto? –arqueó sus cejas perfectas–. Si yo soy una prostituta, ¿tú qué eres?

Dev, furioso, dio un paso hacia ella, pero se detuvo al ver el brillo triunfante de su mirada. Era obvio que Susanna se alegraba de haberlo incitado a cometer una indiscreción. Tomó aire.

–Te equivocas si piensas que aprendiste todo sobre cómo complacer a un hombre al pasar una sola noche a mi lado –respondió–. Pero si deseas ampliar tu experiencia, estoy a tu entera disposición.

–Al igual que nueve años atrás –sonrió sin perder la compostura y con la misma frialdad que el agua del deshielo–. Te lo agradezco, pero no es necesario. He corregido ya las deficiencias de mi educación durante estos últimos años.

Dev estaba seguro de que así era. Había vuelto a casarse con el hombre que le daba su apellido, Carew, presumiblemente, un próspero barón. Quizá había habido otros amantes, e incluso matrimonios previos, y se había convertido en una viuda rica y, sospechaba, en busca de otro trofeo. Un marqués, quizá.

Le había engañado. Le había utilizado a conciencia y sin piedad. Susanna le había considerado un escalón para el éxito. Él, un cazafortunas, debería apreciar su estrategia. Pero no era capaz.

De pronto, vio desvanecerse, como la niebla bajo la luz del sol, las esperanzas que Chessie había puesto en el futuro. Veía la vulnerabilidad de su hermana, y también la suya, cuando apenas acababan de introducirse en los círculos de la alta sociedad. Un paso en falso, un golpe de mala suerte, y volverían a la pobreza y la desesperación que había rodeado su infancia en las calles de Dublín. Dev había tenido la posibilidad de vivir rodeado de riqueza, pero también en una abyecta pobreza. Como hijo de un jugador compulsivo, había conocido los extremos de la fortuna y la miseria cuando todavía vestía pantalones cortos. Ese temor le había perseguido desde entonces. No podía permitir que Susanna le arrebatara a Chessie su futuro o que arruinara sus planes. Tenía que vigilarla de cerca y controlar todos y cada uno de sus movimientos.

Susanna inclinó la cabeza hacia él con burlona educación.

—Buenas noches, sir James. Os deseo suerte como cazador de fortunas —bromeó.

—¿Lo dices en serio? —preguntó Dev con incredulidad.

Susanna sonrió.

—Te lo deseo con la misma intensidad con la que tú me deseas suerte en la búsqueda de la mía.

Dev la observó alejarse. Su figura, enfundada en aquel sinuoso vestido, era una llama de plata. Los diamantes resplandecían en su pelo y en sus zapatos bordados.

Vigilarla de cerca… Por una parte, no sería una experiencia desagradable. Pero, por otra, quizá fuera la experiencia más peligrosa de su vida.

Susanna todavía temblaba cuando subió al carruaje. No esperaba que Dev la siguiera. Se había asegurado de que no se le ocurriera hacerlo. Pero la hostilidad de su encuentro continuaba palpitando en su sangre con una fuerza primitiva. Le resultaba imposible pensar que en otro momento de sus vidas, Dev y ella habían hecho el amor con exquisita ternura. Porque ya no quedaba nada de aquel sentimiento.

Recordó la amarga condena de Dev, el odio que reflejaban sus ojos, y sintió arrepentimiento. Pero no había otra forma de alejarlo de ella. No podía permitir que nadie descubriera la verdad sobre su pasado cuando había tantas cosas en juego. Aquél sería su último trabajo. Con el dinero que le pagaran los duques de Alton por conseguir distanciar a su hijo de Chessie, tendría suficiente para pagar sus deudas, volver a Escocia y proporcionar un hogar a sus pequeños pupilos, Rory y Rose, los hijos de su mejor amiga. Necesitaban estar los tres juntos, formar una familia, como lo habían hecho al principio. Susanna sintió un dolor tan repentino y fiero en el corazón que apenas podía respirar. Odiaba su vida, odiaba tener que representar aquel papel, odiaba el engaño y, sobre todo, odiaba no tener a nadie en quien confiar. Estaba sola. Siempre había estado sola, desde el momento en el que sus tíos la habían echado de su casa, la habían repudiado cuando sólo tenía diecisiete años.

Acarició el diamante que lucía en el cuello. Un diamante prestado, al igual que el carruaje y la casa de Curzon Street, el vestido de gasa y los zapatos de baile. Nada era real. Era una falsa dama, una Cenicienta cuyo mundo se desvanecería como el humo en el momento en el que alguien descubriera la verdad. Acarició el vestido con una delicadeza casi reverencial. Cuando se dedicaba a vender vestidos como aquéllos para ganarse la vida, terminaba desmayada de agotamiento después de pasar horas y horas trabajando apenas sin luz, con los dedos hinchados y arañados por las agujas y el hilo. Soñaba entonces con poder vestir una creación como aquéllas y ser algún día la protagonista del baile. Aquella noche se había presentado en el baile como una princesa de cuento de hadas, pero bajo las capas de seda y encaje, continuaba viviendo Susanna Burney, un fraude que temía ser descubierto.

Una vez más, apareció el rostro de Dev en su mente. Un rostro duro, implacable, con expresión burlona. Él era el único con el que debía tener cuidado. Si por un momento sospechara lo que le había pasado, que había sido desheredada, abandonada y arrojada a las calles, comenzaría a hacer preguntas que Susanna quería evitar. Dev era el único que podía descubrir su pasado y arruinar así el futuro que tan cerca estaba de alcanzar.

Reclinó la cabeza contra el mullido asiento y cerró los ojos. Deseó entonces no haberse fugado para casarse con Dev en secreto en la primera y última acción impulsiva de su vida. Y no haber ido a la mañana siguiente a ver a lord Grant, el primo de Dev, para confesarle lo que había hecho y pedirle apoyo para ambos. Se arrepentía también de haber regresado después a la seguridad de la casa de sus tíos, fingiendo que no había pasado nada. Y de haberse quedado embarazada de Dev...

Una pésima decisión había desencadenado toda una serie de acontecimientos que la habían llevado hasta un hospicio y a una desesperación tal que esperaba no tener que volver a pasar nunca por nada parecido. El cuerpecito de su hija envuelto en una miserable mortaja. Las palabras del pastor, la niebla gris del amanecer envolviendo el cementerio de Edimburgo...

Con un gemido de dolor, Susanna enterró el rostro entre las manos. Las dejó caer después y fijó la mirada en la oscuridad con los ojos secos. No debía volver a pensar en ello. Nunca. Las nubes oscuras se cernían sobre ella como alas negras. Las apartó, cerró los ojos y tomó aire hasta que el pánico cedió y volvió la calma a su mente. Había perdido a su única hija, pero tenía a Rory y a Rose y se aferraba a ellos con la fuerza de una tigresa. Había hecho una promesa a la madre de aquellos niños en la fría oscuridad de un hospicio, durante las tristes horas que habían precedido a su muerte y, a veces, le parecía que el regalo de aquellos gemelos era una penitencia y una bendición al mismo tiempo. Había perdido a Maura, pero podía enmendar sus errores y jamás abandonaría a Rory a Rose. Por eso era fundamental que Dev no descubriera la verdad y no echara por tierra sus planes.

Suspirando, se quitó los zapatos de baile y flexionó los dedos de los pies. Le dolían los pies. Los zapatos de Cenicienta eran muy hermosos, pero no podía decirse que fueran cómodos. El dolor de cabeza que había utilizado como excusa para escapar a las impertinencias de Frederick Walters, se había hecho real. Lo único que le apetecía era estar de nuevo en su casa.

El carruaje pasó por delante de un grupo de jóvenes que bebían en las calles. Aquellas noches de calor veraniego le hicieron evocar los días en los que había trabajado como cantante en una taberna. Tenía un pasado variado, pensó con una sonrisa. La taberna, el taller de costura, la tienda… Gracias a su aspecto y al capricho del azar, había terminado dedicándose a aquel extraño trabajo de rompecorazones, un trabajo pagado por parientes decididos a poner fin a las parejas de sus nobles y ricos vástagos.

Susanna se frotó las sienes, allí donde los diamantes adornaban su pelo. La noche había empezado de una forma perfecta. Los duques de Alton le habían presentado a Fitz y éste inmediatamente se había mostrado intrigado y más que interesado en profundizar en aquella relación. Ella había representado el papel de viuda misteriosa a la perfección. Fitz y ella habían bailado juntos y le había permitido estrecharse contra ella algo más de lo que las convenciones dictaban. Todo estaba yendo como la seda. Incluso había empezado a planear el siguiente paso, otro encuentro con Fitz que debería parecer casual, pero que, en realidad, sería el resultado de las maquinaciones de los duques y la traición del valet de su hijo, al que pagaban una extraordinaria cantidad de dinero para que les mantuviera al tanto de las andanzas de su señor. De esa forma, ella siempre iba un paso por delante en aquel juego. Antes incluso de conocer a su víctima, o a su misión, como ella prefería llamarle, sabía todo sobre ella, conocía sus gustos, los lugares que frecuentaba, sus intereses, sus debilidades.

Conocer las debilidades era especialmente útil, tanto si el punto débil eran las mujeres, el juego, la bebida o una combinación de las tres cosas. Era ella la que elegía y probaba el método a seguir. Medir al hombre en cuestión, aprender todo lo que había que saber sobre él, halagar sus opiniones y tratarlo con cierto toque de seducción. Ninguno había sido capaz de resistírsele.

Y así deberían ser las cosas con Fitzwilliam Alton. Un encuentro casual en el parque, una invitación a pasear, la promesa de un baile, un ligero devaneo… hasta que Fitz terminara deslumbrado y rendido a sus pies. En el caso de que fuera necesario, podría llegar incluso hasta el compromiso, antes de romperlo con el debido arrepentimiento al cabo de un mes. Ése era el plan, hasta que James Devlin había aparecido dispuesto a amenazarlo.

Pensó en Dev, en sus ojos azules rebosantes de enfado y desprecio mientras la observaba.

Un escalofrío le hizo estremecerse. Estaba segura de que había averiguado ya que pretendía arruinar los planes de su hermana. Debía pensar que quería a Fitz para ella misma, por supuesto. No era muy probable que llegara a descubrir la verdadera naturaleza de su trabajo, porque aquélla era la primera vez que Susanna pisaba Londres y trabajaba en los círculos de la nobleza. Era arriesgado, pero teóricamente, debería estar a salvo. Por supuesto, Dev podía revelar la verdad sobre su relación previa, pero imaginaba que tampoco él tenía ningún interés en que su encantadora heredera lo supiera. Lady Emma Brooke no parecía una prometida particularmente maleable, y Susanna estaba segura de que era ella la que tenía el dinero en aquella relación.

Lo cual, la llevó a pensar en la anulación de su matrimonio. La culpa volvió a traducirse en un nudo en el estómago. Sabía que debería haber formalizado el fin de su matrimonio mucho tiempo atrás. Pero en cuanto los duques le pagaran lo prometido y Rory y Rose estuvieran a salvo, pagaría la anulación matrimonial y dejaría a Dev libre para casarse con Emma. Nunca se enteraría de que había tardado nueve años en solicitarla.

Abrió el bolso y sacó un pastel aplastado que había sustraído disimuladamente del salón del refrigerio. Tenía el bolso lleno de migas. No era el primer retículo que echaba a perder de esa forma. Mordió un bocado y en cuanto el dulce pastel se derritió en su lengua se sintió reconfortada. Comer siempre la hacía sentirse mejor, estuviera o no hambrienta. Tendía a comer todo lo que podía cuando tenía comida ante ella, un legado de la época en la que no sabía cuándo podría disfrutar de la siguiente comida. Era increíble que no hubiera reventado aquel vestido de seda.

A pesar de sus intentos por alejar el pasado, los recuerdos continuaban aguijoneándola. Dev sosteniéndole la mano ante el altar mientras el sacerdote pronunciaba las solemnes palabras del servicio matrimonial. Dev sonriéndole mientras farfullaba vergonzoso y con miedo los votos. Incluso la, en absoluto inesperada, brusca apertura de la puerta en el momento en el que su tío había entrado en la iglesia para reclamarla. Dev había posado la mano en su brazo, intentando tranquilizarla, y el calor de sus ojos le había permitido mantener la calma. Se había sentido amada y deseada por primera vez en muchos largos y fríos años.

Por un instante, sintió un arrepentimiento tan agudo y penetrante que gimió para sí. Su primer amor había sido dulce e inocente.

Y desesperadamente ingenuo.

Susanna se recostó contra los cojines aterciopelados del

carruaje y dejó que los recuerdos se escurrieran como la arena entre sus dedos. Era estúpido y absurdo recrearse en el pasado. Lo que había tenido con James Devlin había sido una fantasía infantil. En aquel momento, lo único que él sentía por ella era desprecio. Y pronto, si conseguía alejar a Fitz de Francesca, la odiaría mucho más.

Capítulo 4

El coche de alquiler dejó a la señorita Francesca Devlin delante de una casa de habitaciones en Hemming Row. Permanecía sobre los adoquines sintiéndose ligeramente embriagada con una mezcla de culpa, miedo y emoción que hacía que le diera vueltas la cabeza. Aquélla era una parte de la ciudad que había visitado por primera vez dos semanas atrás. Era un alojamiento poco elegante en el que no conocía a nadie y nadie la conocía. Ése, le habían dicho, era el atractivo de aquel lugar. Su reputación estaba a salvo. Nadie sabría nunca lo que había hecho.

Después de la primera visita, se había prometido que lo haría sólo una vez, que no volvería a ocurrir. Su vida diaria había continuado transcurriendo como siempre. Nada había cambiado. Pero todo era distinto.

La segunda cita había llegado esa misma noche, en el baile de los duques de Alton. Chessie se había guardado la nota en el bolso, escondida bajo un pañuelo bordado, y había pasado el resto de la noche en una agónica impaciencia mezclada con la anticipación. Desde el instante en el que había desdoblado la nota, sabía que iría. Al igual que su hermano, había heredado la atracción por el riesgo y la necesidad de jugar, y aquél era el juego más importante de su vida. Si ganaba, podría conseguir todo lo que siempre había deseado. Si perdía... Pero no, no podía pensar en perder. Aquella noche, no.

Chessie llevaba el juego en la sangre. Su infancia había estado presidida por la pobreza, los muebles empeñados para saldar deudas y la falta de comida en la mesa. Las épocas de escasez se alternaban con raras ocasiones en las que eran tan ricos que Chessie apenas podía creérselo. En una ocasión, su padre había ganado tanto dinero que habían paseado por Dublín en un carruaje dorado tirado por dos caballos blancos que parecía salido de un cuento de hadas.

Aquel día, había comido tanto que había estado a punto de estallar. Había pasado la noche entre sábanas de seda, pero al día siguiente, al despertar, el carruaje y los caballos habían desaparecido y su madre lloraba. Una semana después, también se habían llevado las sábanas y volvían a dormir arropados por toscas mantas. Y a los seis años, había perdido a su padre.

Aun así, siempre había tenido a Devlin, cuatro años mayor que ella, a su lado. Duro, protector, demasiado adulto para su edad y decidido a defenderlas a ella y a su madre contra viento y marea. Chessie sabía que Devlin había trabajado para ellas, que probablemente había pedido y robado para mantenerlas. Había sido Dev el que, tras la muerte de su madre, había ido a visitar a su primo, Alex Grant, y le había hecho responsabilizarse de ellos. Aquellas duras experiencias les habían unido todo lo que dos hermanos podían llegar a estarlo. Nunca había habido secretos entre ellos... hasta aquel momento.

Chessie se detuvo en los escalones de la puerta y estuvo a punto de salir corriendo hacia la casa de Bedford Street, donde Alex y Joanna la creerían a salvo en la cama, de vuelta en el mundo que tan bien conocía. Pero ya era demasiado tarde. Había dado pasos que dejaban tras ella aquel mundo. Había hecho cosas con las que dos semanas atrás ni siquiera se atrevía a soñar: salir por la noche sin carabina, trasladarse en un carruaje de alquiler... Cosas que otras personas hacían continuamente, pero que le estaban vetadas a una joven de reputación intachable. Sofocó una risa. Las jóvenes de reputación intachable no participaban en juegos de azar junto a un caballero. Y tampoco pagaban con sus cuerpos cuando perdían.

La puerta se abrió en silencio, respondiendo a su llamada, y su anfitrión la condujo a una habitación iluminada por las velas en la que había dispuesto ya la mesa de juego y le estaban esperando las cartas. Chessie pensó en la posibilidad de ganar y sintió una oleada de excitación que encendió su sangre. Pensó después en la posibilidad de perder y se estremeció con una clase de excitación muy diferente. Pero él ya la estaba besando con una pasión que avivaba su deseo y sofocaba sus miedos. Aquello no podía estar mal porque le parecía maravilloso. En realidad, el juego no estaba en las cartas, sino en el amor, y sabía que el amor lo conquistaba todo. Su amante la soltó y sonrió.

—Éste no es lugar para una dama.

Susanna se sobresaltó de tal manera que estuvo a punto de golpearse la cabeza con la barandilla del establo. Estaba de rodillas sobre la paja, examinando el caballo que Fitz había elegido por ella en la última venta de Tattersall. Incluso a distancia, había sabido que era una pobre elección. Parecía bonito, con aquel pelaje castaño y los ojos brillantes, pero el pecho era ligeramente estrecho y las patas un poco cortas. Naturalmente, no le había dicho a Fitz ninguna de aquellas cosas. Le había felicitado por su buen criterio y le había observado congratularse por ello.

Sólo un segundo antes, Susanna también estaba felicitándose a sí misma por la progresión de sus planes. Sólo había tardado cuatro días en ganarse las atenciones de Fitz.

Había progresado hasta tal punto que en aquel momento estaría dispuesto a comprarle un caballo, y no sólo a recomendarle una compra. Ya había intentado regalarle unas esmeraldas, pero Susanna sabía exactamente lo que habría esperado a cambio y las había rechazado educadamente, pero con determinación. Estaba representando el papel de viuda virtuosa a la perfección. Definitivamente, convertirse en la meretriz de Fitz no formaba parte del plan.

Trataba a Fitz como a un amigo, le pedía su opinión, solicitaba su consejo y alababa su buen juicio. Fitz la había ayudado a comprar un carruaje y después un caballo. Para ello, Susanna estaba utilizando el dinero de sus padres, pero, por supuesto, él no lo sabía. Susanna era consciente de lo mucho que el papel de confidente le confundía. No estaba acostumbrado a considerar a las mujeres hermosas como posibles receptoras de su amistad, a menos que hubieran ocupado antes su lecho. Estaba perplejo, apabullado e intrigado, que era exactamente como Susanna quería que estuviera. Sus padres estaban encantados al ver que su hijo había dejado de hacerle la corte a Francesca Devlin y eso azuzaba su generosidad. El plan rodaba perfectamente, pero debería haber imaginado que Devlin reaparecería para poner obstáculos en el camino.

Susanna se apoyó sobre los talones. En su línea de visión aparecieron un par de botas perfectamente lustradas. Sobre ellas, dos musculosos muslos enfundadas en unos pantalones de montar… y ya no se atrevió a seguir elevando la mirada. Era humillante estar arrodillada sobre la paja de un establo, a los pies de James Devlin.

—Al señor Tattersall le gusta recibir a damas en sus subastas —contestó Susanna, alzando la mirada para fijarla en sus ojos, a pesar de que el cuello le dolía por el esfuerzo.

—Le gusta recibir a damas cuyo pedigrí es mejor que el de esos caballos —replicó Dev—. Lo cual, os descarta a vos, lady Carew —se burló.

No hizo ningún ademán de ayudarla a levantarse. Susanna era agudamente consciente del incómodo picor de la paja a través del terciopelo de la falda del vestido de montar, y del penetrante olor a caballo que la rodeaba. El colmo de la mala suerte habría sido que su caballo eligiera aquel preciso momento para aliviarse.

Por un momento, pensó que iba a tener que incorporarse ella sola, sonrojada, humillada y cubierta de heno, pero Dev se inclinó, la agarró del brazo y tiró de ella con más fuerza que delicadeza. Aquella maniobra la retuvo en sus brazos durante un instante fugaz y el olor a jabón de cedro y aire fresco en su piel se impuso al olor de los caballos. Los sentidos de Susanna parecieron rebelarse contra ella. Podía sentir la dureza de los músculos del brazo de Dev bajo la suavidad de su ropa. Era un hombre en óptimas condiciones físicas. Evidentemente, estar al servicio de lady Emma debía de ser físicamente más agotador de lo que había imaginado.

Susanna experimentó la más extraña de las sensaciones. Fue como si de pronto, las capas de ropa que los separaban se hubieran derretido y estuviera acariciando la piel desnuda de Dev, cálida y sedosa bajo sus dedos. Nunca había sido tan consciente de un hombre. Sus defensas comenzaban a tambalearse por aquella simple proximidad. Con las mejillas sonrojadas, se liberó precipitadamente del contacto de Dev y le vio esbozar aquella sonrisa traviesa y burlona que ella tan bien recordaba.

–¿Tenéis calor, lady Carew?

–Digamos que como resultado de tu falta de cortesía –le espetó Susanna sin seguirle el juego.

Devlin arqueó una ceja.

–En otra época, no te importaba tanto que te abrazara –se enderezó y hundió las manos en los bolsillos de la casaca–. Pero, por supuesto, olvidaba que aquello era con intenciones pedagógicas, ¿no es cierto? –preguntó con ironía–. Ese caballo tiene el pecho demasiado estrecho, y las piernas cortas –añadió tras examinar a la bestia.

–Lo sé –respondió Susanna de mal humor.

Se sacudió el polvo de las manos enguantas y comenzó a quitar las briznas de paja que habían quedado pegadas a su vestido.

–¿Ahora se supone que eres experto en caballos?

–No –la admisión de Devlin la sorprendió–. No todos los irlandeses crecen entre caballos –su expresión se tornó sombría–. Yo crecí en las calles de Dublín. Los únicos caballos que había allí eran tristes criaturas dedicadas a tirar de los carruajes de los ricos.

Se miraron a los ojos y Susanna contuvo la respiración. El corazón le dio un vuelco en el pecho. Se preguntó si sería posible que la vida volviera a golpearla después de todo lo que había experimentado, si podría hacerle tropezar inesperadamente, si podría dar un paso en falso. Se recordó a los diecisiete años, tumbada en la hierba, con las estrellas girando sobre su cabeza mientras Dev desviaba las preguntas que le hacía sobre su infancia con respuestas intrascendentes. Entonces no sabía nada sobre su pasado, salvo que había sido tan rigurosamente pobre como ella. No habían hablado mucho sobre nada, pensó con una punzada de arrepentimiento. Reían juntos y se besaban con una dulce urgencia. Todavía eran demasiado jóvenes, demasiado entusiastas.

–Nunca me hablaste de tu infancia –le dijo, y se arrepintió de sus palabras en cuanto salieron de sus labios.

Dev tornó más dura su ya de por sí fría expresión.

–Eso ahora no importa.

Susanna esbozó una mueca ante aquel rechazo. La dureza de su tono le recordó que la vida de Dev ya no era asunto suyo. Francesca y él habían ascendido socialmente, pensó. Ella sabía que los padres de Dev pertenecían a la nobleza pobre. Para él, estar prometido con la hija de un conde o, para Chessie, aspirar a casarse con el heredero de un duque, era un éxito de primer orden. Aunque Chessie no podría llegar a ser duquesa de Alton. A ella le correspondía asegurarse de ello.

Susanna experimentó una inesperada compasión por la señorita Francesca Devlin. Normalmente, era capaz de consolarse a sí misma diciéndose que sus presas merecían ser separadas del objeto de su deseo. Los caballeros cuyas pasiones debía reconducir eran a menudo libertinos, gandules o, simplemente, hombres débiles e insulsos. Era cierto que tampoco tenía una gran opinión sobre Fitz, que parecía reunir los vicios de su clase y ninguna de sus virtudes: arrogancia, egoísmo y libertinaje en absolutamente todo. Pero aun así, aun sabiendo que Francesca podría conseguir algo mucho mejor que Fitz, Susanna la admiraba por haberse propuesto atrapar la herencia de un ducado. En cierto modo, Francesca era tan aventurera como ella y le parecía una pena echar a perder una oportunidad como aquélla.

La tensión se respiraba en el ambiente. Dev, que no parecía tener deseo alguno de conversar con ella, tampoco mostraba intención de marcharse. En el otro extremo del patio de caballos, Fitz estaba enfrascado en una animada conversación con Freddie Walters, mientras admiraban a un lustroso caballo negro.

—¿Tu hermana no te ha acompañado hoy? —preguntó Susanna educadamente, mientras salía del establo.

Dev negó con la cabeza.

—No, ha salido de compras por Bond Street con nuestra prima, lady Grant. Unas compras de último momento para el baile de mañana, tengo entendido.

—¿Lady Grant? —repitió Susanna.

Advirtió la nota de alarma en su propia voz y sintió que se le secaba la garganta.

Dev también lo advirtió. Le dirigió una dura mirada.

—Mi primo Alex volvió a casarse hace dos años —se interrumpió–. Entiendo que, viviendo en la propiedad de Alex en Escocia, estarías al tanto de la muerte de su primera esposa.

–No –respondió Susanna.

Oía la sangre rugiendo en sus oídos. Por un instante, la luz del sol pareció intensificar su brillo hasta deslumbrarla. Así que Amelia Grant había muerto. Amelia se había ganado su amistad, le había dado consejo y, al final, había terminado arruinando su futuro. Pero era inútil culpar a aquella mujer de su propia falta de valor. Lo único que había hecho lady Amelia había sido ahondar en miedos que ya eran suyos. Había explotado su juventud y su debilidad, eso era cierto, pero Susanna era consciente de que la responsabilidad última por abandonar a Devlin era suya y sólo suya.

–Pensé que tus tíos te mantendrían informada de las noticias de Balvenie.

–Mis tíos murieron hace mucho tiempo –replicó Susanna.

Devlin apretó los labios.

–¿Se supone que tengo que creérmelo o terminarán resucitando como tú?

Susanna le ignoró, dio media vuelta y acarició el pelaje del animal.

–Tienes una naturaleza muy dulce –le dijo al caballo–, pero no creo que vayas a ser una gran montura –el caballo relinchó suavemente y presionó su hocico aterciopelado contra la mano enguantada.

–Es demasiado perezoso –confirmó Dev–. Supongo que lo ha elegido Fitz –posó su mirada burlona sobre Susanna–. Ese hombre es incapaz de ver más allá de lo obvio. Sólo le importan las apariencias y tiene un gusto tan pobre para los caballos como para las mujeres –sonrió–. ¿Estás dispuesta a halagarle hasta el punto de pagar una buena cantidad de dinero por un mal caballo?

–Por supuesto que no –respondió Susanna.

Las palabras de Dev le habían dolido, pero ésa era precisamente su intención. Podía ver la antipatía reflejada en su mirada, una antipatía fría e inflexible. Nada podía haberle dejado más claro a Susanna que ya era demasiado tarde para arrepentimientos, demasiado tarde para volver al pasado. Dev la creía mentirosa y maniobrera, lo cual no era en absoluto una sorpresa, puesto que ella misma se había asegurado de que así lo creyera enredándole en su red de mentiras.

Por un momento, quiso gritarle que no había sido culpa suya, retirar todo lo que había dicho tres noches atrás en el baile y confesar la verdad. La fuerza de aquel impulso la sacudió con fuerza. Pero no podía hacerlo. Lo que había habido entre ellos en el pasado había muerto y desaparecido para siempre. Susanna tenía un trabajo que hacer. Eso era lo único que se interponía entre ella y la penuria. No podía apartarse ni un solo milímetro de los planes trazados, no podía tirarlo todo por la borda. La idea de perder todo aquello por lo que tanto había luchado la aterraba. Su vida y las de los mellizos pendían de un hilo.

Sin embargo, su corazón pareció secársele al ver el desprecio en los ojos de Dev. La única defensa que tenía era fingir que Devlin ya no podía hacerle daño.

–Tú también conoces las normas por las que se rige un cazador de fortunas –le provocó–. Sabes perfectamente que le daré las gracias a Fitz por haberme aconsejado comprar tan fino animal y alabaré su capacidad de discernimiento al mismo tiempo que apelaré a mis privilegios como mujer para cambiar de opinión y recuperar el dinero. Yo habría elegido esa yegua de allí –señaló una briosa yegua castaña que estaba siendo mostrada en el corral.

–Tienes buen ojo, sabes apreciar la calidad –Dev se las arregló para que aquel cumplido sonara como un insulto–. Las yeguas pueden ser difíciles de manejar –añadió, mirándola pensativo–. Pero a lo mejor estás buscando una montura más emocionante que un castrado.

A pesar del barniz educado con el que tiñó sus palabras, el significado estaba más claro que el agua. Susanna le sostuvo la mirada y vio el explícito desafío de sus ojos.

–Prefiero un caballo con brío –replicó–. Mientras que tú –inclinó la cabeza con gesto pensativo y le miró con los ojos entrecerrados–, probablemente elegirías algo tan poco sutil como ese semental. Todo músculo y nada de cerebro.

Dev soltó una carcajada.

–No pagaría tanto dinero por algo que podría llegar a matarme.

–Entonces, has cambiado –contestó Susanna con tono educado. Y añadió al ver que Dev arqueaba las cejas con un gesto desafiante y burlón–: Absurdos viajes a México en busca de tesoros, misiones ridículamente peligrosas para la Marina Británica, un estúpido viaje al Ártico durante el que abordaste otro barco como si fueras un pirata... –se interrumpió al ver que Dev la miraba divertido.

–Así que has estado siguiendo mi carrera –musitó–. Qué inesperado y halagador. ¿No me podías olvidar, Susanna?

Susanna había seguido todos y cada uno de los pasos de la carrera de Devlin, pero no quería que él lo supiera. Eso sólo serviría para alimentar su vanidad y para dar lugar a preguntas embarazosas sobre por qué le importaba tanto. Preguntas que Susanna ni quería ni podía contestar.

–Leo los diarios –respondió, encogiéndose de hombros–. Todas esas noticias me han convencido de que eres tan imprudente como siempre pensé.

–Imprudente –respondió Dev con un extraño tono de voz–. Sí, siempre lo he sido, Susanna.

A los diecisiete años, Susanna adoraba su naturaleza salvaje, un contrapunto a su aburrida y predecible vida. Se había dejado deslumbrar, cegar por la emoción del riesgo. Sus encuentros secretos eran maravillosamente ilícitos. La vivencia del riesgo la había cautivado. Aunque una pequeña parte de su mente le decía que Dev era demasiado atractivo, demasiado emocionante como para poder formar parte de su vida, quería creer que era posible. Y aun sospechando en secreto que Dev sólo le había propuesto matrimonio porque quería acostarse con ella, estaba decidida a creer que la amaba. Durante un solo día y una noche, se había entregado ciegamente al placer, sintiéndose viva por primera vez desde hacía años. A la mañana siguiente, había comenzado a dudar y después, había cometido su gran error.

Tragó saliva para aliviar el nudo que tenía en la garganta. Ya era demasiado tarde para arrepentirse de su falta de valor y de fe. No sabía por qué sentía de pronto aquella tristeza, como si hubiera dejado escapar algo valioso cuando, a lo largo de todos aquellos años, Dev había demostrado ser tan irresponsable, imprudente y peligroso como ella había sospechado que llegaría a ser.

—Ya no soy Susanna, soy Caroline Carew, ¿recuerdas?

Dev alargó la mano y la agarró de la manga. Susanna alzó la mirada hacia él y le sorprendió ver un brillo de puro enfado en sus ojos.

—Así que te deshiciste de tu nombre, al igual que de todo lo demás —musitó—. Tenías mucha prisa por olvidar tu antigua vida, ¿verdad?

Susanna se encogió.

—Uno tiene que intentar distanciarse de los errores del pasado. Y Caroline es mi segundo nombre —se interrumpió—. Espero poder confiar en que recuerdes que ahora soy Caroline Carew.

Dev le sostuvo la mirada durante varios segundos y Susanna casi se estremeció ante el oscuro enfado que vio en ellos. El corazón le latía a toda velocidad y sentía una fuerte presión en el pecho.

—Odio que pienses que puedes confiar en mí en ningún

aspecto —respondió Dev en tono de falsa amabilidad—. Al fin y al cabo, ¿la ambigüedad no es la sal de la vida?

—Devlin —la voz aristocrática y aburrida de Fitz los interrumpió.

Dev soltó el brazo de Susanna como si de pronto le abrasara, se enderezó y se volvió hacia Fitz con una reverencia.

—Alton —lo saludó con frialdad.

Fitz desvió la mirada de Devlin para fijarla en el rostro de Susanna. Ésta tuvo que presionar sus manos enguantadas para evitar que le temblaran. Había algo en la presencia física de Devlin que la conmovía profundamente. Durante años, se había esforzado en erigir una fuerte fachada que la protegiera del mundo y había llegado a creer que era capaz de enfrentarse a cualquier cosa. Pero Dev podía derribar esa fachada con sólo una mirada.

—Lady Carew —comenzó a decir Dev. Susanna advirtió el énfasis que ponía en aquel nombre—, estaba intentando decidir si acepta tu recomendación, Alton.

Susanna vio que Fitz fruncía el ceño ante aquella velada crítica a su decisión.

—Es un caballo muy hermoso, mi señor —intervino rápidamente Susanna para reparar el daño—, pero no termino de decidirme. Siempre puedo alquilar un caballo y considero que quizá sea más divertido tener mi propio caballo de carreras.

Creyó oír un bufido burlón de Dev, pero a lo mejor había sido alguno de los caballos. Fitz suavizó su expresión como por arte de magia.

—¡Un caballo de carreras! —exclamó entusiasmado—. Una idea genial, lady Carew. ¡Genial!

—Estoy segura de que sería emocionante ir a verle correr, y también apostar por él, por supuesto —añadió Susanna, deslizando la mano en su brazo.

—Sólo si uno tiene el bolsillo lleno —replicó Dev secamente. Deslizó la mirada sobre Susanna, deteniéndose en aquel vestido de montar que realzaba la curva generosa de sus senos–. Pero olvidaba que vos estáis muy bien dotada, ¿no es cierto, lady Carew?

La dirección de su mirada hizo sonrojarse a Susanna. Recordaba perfectamente que Dev había hecho mucho más que contemplar aquellas curvas.

–Os pido que disculpéis a Devlin –intervino Fitz–. A pesar de que su primo le envió a Eton, siento tener que decir que la educación no hace al hombre.

–Desde luego –su mirada chocó con la fría mirada de Dev–. Estoy, como acabáis de decir, dotada de muchos valores de los que vos carecéis, sir James, entre ellos, las buenas maneras.

–Y en otro tiempo fui un hombre sin escrúpulos –musitó Dev, sin mostrar intención alguna de disculparse. Había un brillo travieso en su mirada–. Pero vos ya me conocéis, lady Carew. Estáis al tanto de todos mis secretos.

–No tengo interés en saber nada de vos, sir James –replicó ella fríamente.

El corazón le latía a toda velocidad. ¿Hasta qué punto estaría Devlin dispuesto a arriesgarse? Sabía lo que estaba intentando hacer Dev. Quería insinuar que había algo más en Susanna de lo que se veía a primera vista. Que tenía, más que un romántico y misterioso pasado, un pasado sórdido. Que quizá hubiera sido incluso meretriz. Quería sugerir que, aunque pretendiera hacerse pasar por una viuda rica, no era la clase de persona con la que un noble querría casarse, sobre todo habiendo una debutante virginal como Francesca Devlin esperando pacientemente sus atenciones.

–¿Lady Emma no ha venido contigo, Devlin? –preguntó Fitz con toda intención.

Tensó la mano alrededor del brazo de Susanna. Ésta descubrió que no le gustaba en absoluto aquel gesto, pero dominó las ganas de apartarle y le sonrió dulcemente. Fitz estaba tan cerca de ella que sus cuerpos se rozaban.

–No –contestó Dev–. A Emma no le gustan los caballos, a no ser que estén haciendo algo tan funcional como tirar de su carruaje –hizo una reverencia–. Ya veo que no soy bienvenido en este lugar. Os dejaré para que malgastéis vuestro dinero en un caballo de carreras, lady Carew.

–Qué considerado de vuestra parte –replicó Susanna–. Buenos días.

Podía sentir la tensión en el cuerpo de Fitz mientras permanecían juntos, esperando a que Dev se alejara de allí.

–Como ya he dicho, lady Carew, Devlin se ha mostrado sumamente descortés con vos. ¿Estáis segura de que no hay nada entre vos y él, aparte del hecho de que sea un viejo conocido?

Maldiciendo mentalmente a Dev por aquella intromisión, Susanna esbozó la más convincente de sus sonrisas.

–Conocí a sir James en la propiedad que tiene su primo en Balvenie cuando apenas era una niña, mi lord –respondió–. Me temo que no me gustó y cometí el error de demostrárselo. Sir James era insufriblemente vanidoso y pretendía que todas las damas se rindieran a sus pies. Jamás me perdonó que no lo hiciera.

No había caído a sus pies. Había caído directamente en su lecho. Pero advirtió aliviada que Fitz sonreía.

–En la propiedad de Grant, ¿eh? Es un buen hombre, Grant, pero apenas tiene donde caerse muerto. Toda la familia es un desastre. No pueden presumir de linaje y Dev parece llevar sangre maldita en sus venas.

A Susanna le sorprendió oír que despreciaba a Chessie de tal manera, especialmente cuando sus atenciones hacia ella habían sido tan notorias y seguramente tenían fines honorables. Pero era perfecto para sus propios planes. Chessie había sido derrotada, por buena que fuera, y Devlin no podría hacer nada para evitarlo.

Sonrió y le estrechó el brazo a Fitz.

—Me pregunto si tendríais tiempo para acompañarme a una bodega. Necesito comprar un buen champán para hacer un regalo y estoy segura de que vos conocéis los mejores vinos.

Fitz parecía sumamente complacido. Susanna clavó la mirada en una de las palas que utilizaban para limpiar los establos, preguntándose hasta cuándo podría continuar adulándole sin que su conducta comenzara a resultar sospechosa. Un hombre tan inteligente e ingenioso como Dev la habría descubierto al instante, pero el ego del marqués de Alton no parecía tener límite.

—Os acompañaré encantado, lady Carew —respondió Fitz—. Y después, quizá podamos celebrarlo tomando una copa juntos —esbozó una sonrisa cargada de insinuaciones—. Disfrutaría mucho tomando una copa con vos, sólo nosotros dos.

—Sí, sería maravilloso —musitó Susanna—. Teniendo en cuenta mi situación y lo poco que conozco de Londres, aprecio en gran manera el contar con un amigo en el que apoyarme.

Apartó la mano del brazo de Fitz y comenzó a caminar delante de él, permitiendo que apreciara el suave movimiento de sus caderas bajo la falda de terciopelo del vestido de montar. Sentía la mirada de Fitz fija sobre ella y también su frustración, porque, una vez más, había conseguido eludir el clima de intimidad que Fitz estaba intentando crear entre ellos. La frustración alimentaba la ansiedad, y eso era precisamente lo que Susanna quería de él. Sonriente, giró en la esquina y caminó directamente hacia Devlin, que esperaba recostado contra el marco de la puerta con una mirada de abierta admiración.

—Hermosa jugada, Susanna —susurró, acariciando al hacerlo los mechones de pelo que escapaban del sombrero de la joven—. Debes de tener mucha práctica en el arte de la seducción.

–No te imaginas cuánta –confirmó Susanna.

Advirtió que Fitz se detenía para hablar con Richard Tattersall y maldijo aquel retraso. Lo último que quería era alentar a Dev y darle otra oportunidad de minar lo que hasta entonces estaba consiguiendo.

–Pensaba que te habías ido –le reprochó.

–Desgraciadamente, no he sido capaz. Sentía un deseo casi sobrecogedor de ver en acción los métodos que emplean las aventureras de hoy en día –la miró a los ojos sonriendo–. Eres una profesional consumada, Susanna.

–Y tú un maldito incordio –le espetó Susanna.

Dev le besó la mano. Susanna intentó apartarla, pero él se la retuvo con fuerza. A pesar de la tela del guante, aquel contacto la abrasaba.

–Elige otra víctima –musitó Devlin–. Deja a Fitz en paz, o podrías quedarte sin ninguna.

–No, es a Fitz a quien quiero.

Apareció un oscuro fogonazo en los ojos de Dev.

–Mentirosa. Es a mí a quien quieres.

Susanna alzó la barbilla. Sí, era cierto que todavía era susceptible a su presencia, pero había llegado la hora de ponerle en su sitio.

–Estás completamente equivocado. Estás tan pagado de ti mismo que te consideras irresistible –apartó la mano–. Es posible que lo seas para lady Emma, al fin y al cabo, es demasiado joven como para saber lo que le conviene –continuó diciendo–, pero te aseguro que una viuda rica puede aspirar a algo mejor que a un cazafortunas arruinado.

–No pretendía decir que quisieras casarte conmigo… otra vez –respondió Dev con falsa amabilidad. Posó la mirada sobre su boca–. Me refería a que deseas…

–Que te alejes de mí –le interrumpió Susanna–. Y rápido. Y espero que no me causes más problemas –añadió–, a no ser que quieras que yo haga lo mismo contigo.

Dev se echó a reír.

–Estoy deseando que lo hagas –inclinó la cabeza–. Buena suerte, lady Carew.

–No necesito suerte. Tengo las habilidades que necesito para conseguir lo que quiero. Y ahora vuelve rápidamente con tu encantadora heredera –añadió–, antes de que otro aventurero sin principios te la robe.

Dev asintió.

–Supongo que sabes de lo que estás hablando –le hizo una reverencia–. A vuestro servicio, lady Carew.

–No te creo ni por un momento.

De los ojos de Dev desapareció todo rastro de diversión.

–En otro tiempo estuve completamente a tu servicio, Susanna. Fui completamente tuyo.

Alzó la mano a modo de despedida y se alejó, dejando a Susanna temblando. Porque supo que Dev había dicho la verdad. Había sido suyo. Ella había destrozado todo lo que los había unido y no volvería a recuperarlo jamás.

Capítulo 5

No había nada, pensó Dev, comparable a un grupo de personas mal avenidas que no eran capaces de soportar su mutua compañía, pero se veían obligadas a fingir que estaban pasando un rato maravilloso. Estaba lloviendo, se encontraban en la catedral de St. Paul, visitando las tumbas porque Susanna había expresado su deseo de conocer los rincones más esotéricos de Londres. Devlin no había comprendido a qué demonios estaba jugando hasta que había oído a Fitz alabándola por ser tan inteligente como bella. Era extraordinariamente astuta. Y Fitz, un auténtico estúpido, pensó Dev. Pero al hijo de los duques de Alton le gustaba considerarse un hombre culto y qué mejor que mostrarle a la deslumbrante lady Carew aquel histórico lugar en el que estaban enterrados los héroes de la patria.

–¿Te importaría volver a recordarme qué estamos haciendo aquí? –le preguntó Chessie malhumorada–. Se suponía que esta tarde debería estar asistiendo a la sesión musical de lady Astridge. Sólo a ti se te ocurre traerme a este mausoleo para que pueda ver a Fitz prodigando todas sus atenciones a lady Carew –retorció su bonito rostro con una expresión de disgusto–. Si hubiera querido torturarme, me habría quedado en casa leyendo un libro malo.

Dev llevó a su hermana tras uno de los pilares de la catedral. Le habría gustado decirle que dejara de comportarse como una niña caprichosa, pero suponía que Chessie tenía motivos para ello. Desde hacía quince días, el nombre de Susanna, o, mejor dicho, su supuesto nombre, estaba en boca de todo el mundo. La alta sociedad estaba impactada por la llegada de aquella viuda bella y adinerada. Los periódicos seguían todos y cada uno de sus movimientos, las tiendas de moda le enviaban vestidos con la esperanza de que los luciera en los bailes a los que asistía. Y Fitz estaba comenzando a comportarse como si no recordara quién era Chessie siquiera, tan deslumbrado estaba por su nuevo objetivo. Para Chessie, profundamente enamorada de Fitz y en aquel momento despreciada e ignorada, debía ser insoportable. Dev sintió una oleada de compasión por su hermana pequeña, que había estado a punto de comprometerse y en aquel momento estaba siendo desairada. El sufrimiento de Chessie era visible. Había adelgazado, se la veía triste y había perdido su brillo. Toda la ciudad se reía de ella. Emma le había hablado a Dev de los rumores que corrían, y parecía haber encontrado un cierto placer en hacerlo, pensó Dev.

—Estamos aquí para frustrar los planes de lady Carew —le explicó con calma—. Y no lo vas a conseguir comportándote como una niña enfadada.

En los ojos de Chessie se encendió una chispa de interés.

—Entonces, dime cómo puedo conseguirlo —le pidió.

—Siendo todo lo que lady Carew no es —le explicó Dev.

Chessie le miró boquiabierta.

—¿Quieres que parezca fea y estúpida? No entiendo cómo va a poder ayudarme eso.

Dev sofocó una sonrisa. Por mucho que la detestara, era cierto que Susanna era una mujer bella e inteligente y no tenía sentido negarlo. Pocos hombres serían indiferentes a una mujer como ella. A algunos podía disgustarles su ingenio, pero Susanna era suficientemente inteligente como para fingirse tonta cuando estaba con ellos. Era difícil encontrar su punto débil, pero él estaba dispuesto a descubrirlo y a utilizarlo contra ella.

–Eres más joven que lady Carew, eso para empezar.

Chessie arqueó las cejas.

–¿Eso es lo mejor que puedes decirme? ¿Que soy un año o dos más joven que ella?

–Cuatro años –la corrigió Dev sin pensar.

Chessie le miró con el ceño fruncido.

–¿Cómo lo sabes? –preguntó con una mirada demasiado penetrante para el gusto de Dev–. ¿Tan bien llegaste a conocerla en Escocia?

Íntimamente, de hecho.

Dev desvió la mirada hacia el lugar en el que Susanna, con la cabeza inclinada, leía su guía. Era una hermosa imagen en la que se conjugaban la belleza y la inteligencia. Superpuesta a aquella casta imagen, apareció la de una mujer hermosa y lasciva que había descansado en sus brazos una sola noche. Al calor del amor, la fría reserva de Susanna se había disuelto en el más fiero y apasionado deseo. Susanna no le había negado nada y él, embriagado por la necesidad de poseerla, había disfrutado de cada centímetro de su exquisito cuerpo. Su cuerpo se tensó al pensar en ello y rápidamente cerró la puerta a los recuerdos, relegándolos al oscuro rincón al que pertenecían. No podía volver a encender esa llama, sentirse arder de nuevo por ella. Era él el que tenía el control de la situación. Hacía años que había dejado de ser aquel joven testarudo que se había enamorado de Susanna.

–¿Dev? –la mirada de Chessie se tornó burlona.

Dev se encogió de hombros, quitándole importancia a la pregunta.

–Sólo me lo he imaginado –respondió–. Además, es viuda.

–Algo que a Fitz le encanta –dijo Chessie malhumorada–. Él prefiere a las mujeres mayores y sofisticadas.

–Como meretrices, no como esposas.

Chessie suspiró.

–¿Crees que lo único que busca es una aventura? Porque a lo mejor si espero a que…

–Vales demasiado como para esperar sentada mientras Fitz toma a otra mujer como meretriz –le espetó Dev.

Estaba de mal humor y no eran sólo las tumbas las que le estaban bajando el ánimo. Sabía que Susanna había puesto a Fitz en su punto de mira y que no estaba interesada en una simple aventura. Ver a su exesposa convertida en la amante de Fitz ya sería suficientemente desagradable. La mera posibilidad despertaba en él un enfado que Dev no quería analizar de cerca. Pero verla convertida en marquesa de Alton, le provocaba una reacción igualmente intensa en relación a su sentimiento de posesión, a la que había que sumar la furia por el hecho de que Susanna pudiera arruinar de manera tan fácil y despreocupada el futuro de Chessie. Cerró los puños. El sentimiento de posesión era absurdo cuando su matrimonio con Susanna había sido tan corto y hacía tanto tiempo que estaba acabado. Tampoco la furia le sería de ninguna utilidad. Lo que necesitaba para detener a Susanna era mantener la cabeza fría.

–A lo mejor podría convertirme yo en la meretriz de Fitz –propuso Chessie–. La quitaría el puesto y…

Dev la agarró del brazo.

–No digas eso ni en broma, Chessie –le advirtió entre dientes.

Por un momento, vio el miedo reflejado en los ojos de Chessie.

–Era sólo una idea…

–Una idea muy mala –respondió Devlin, y la soltó. Intentó animarla–. Entre otras cosas, porque tendría que pegarle un tiro y entonces Emma ya no querría casarse conmigo.

Chessie rió llorosa.

–Lo cual, representaría únicamente una pérdida en términos económicos.

–Antes de que comenzara a comportarse como un estúpido, Fitz me gustaba.

–Eso es porque tenéis muchas cosas en común –contestó Chessie, expresando una poco halagadora verdad que sólo una hermana podía permitirse el lujo de exponer sin temor a las consecuencias–. Los dos sois mujeriegos, os gusta el juego, los deportes y beber. Por lo menos, antes te gustaban todas esas cosas. Antes de conocer a Emma.

–Pero si hay algo que no me gusta es visitar mausoleos –replicó Dev.

Susanna caminaba en aquel momento por el pasillo, alzando la mirada hacia los mosaicos que embellecían la cúpula de la catedral. Mientras la observaba, un rayo de sol se filtró en medio de la penumbra e iluminó su pelo, dándole un aspecto etéreo e irreal, aunque Dev no era capaz de imaginar a nadie que tuviera menos que ver con un ángel. Fitz, sin embargo, parecía sobrecogido por aquella imagen.

–Deberías buscar a otro –le propuso Dev bruscamente a su hermana.

–Ya me ha resultado suficientemente difícil encontrar a Fitz –repuso Chessie–. ¿No te has dado cuenta de que no tengo una fila de pretendientes llamando a mi puerta?

–Tienes una buena dote –replicó Dev.

Alex, su primo, había retirado diez mil libras para el futuro de Chessie.

–Una dote modesta –le corrigió ella–. Nadie va a casarse conmigo por esa dote cuando hay ricas herederas de por medio. Sobre todo, teniendo en cuenta que no tengo relación con nadie influyente.

–Nos tienes a Alex, a Joanna y a mí.

–Lo que demuestra que tengo razón. No tengo ninguna relación con personas influyentes y las tengo con personas de lo más escandalosas.

Dev la agarró del brazo.

–Vamos. Yo me ocuparé de distraer a lady Carew mientras tú le preguntas a Fitz por la arquitectura de la catedral o algo parecido.

–¿Y no podrías hacer eso de forma permanente? –preguntó Chessie esperanzada–. Me refiero a apartar a lady Carew de Fitz. Podrías fingir que estás enamorado de ella. E incluso intentar seducirla. Por lo que he oído decir, antes se te daban muy bien ese tipo de cosas.

–Ésa no es la clase de información que uno quiere que llegue a oídos de su hermana.

–No seas tan estirado. Hazlo por mí.

Seducir a Susanna...

La idea era tentadora. Perseguir a Susanna sin piedad, tumbarla en su lecho, saciar su deseo de aquel cuerpo intocable... Siempre había deseado lo que no podía tener. De hecho, el deseo le enloquecía de sólo pensarlo.

Tomó aire y fijó la mirada en los rostros de los querubines que adornaban las columnas que tenía frente a él. No se le ocurría un lugar más inapropiado para albergar ese tipo de pensamientos.

–No funcionaría. Lady Carew es demasiado inteligente. Comprendería inmediatamente mis intenciones. Y probablemente, Emma se enteraría.

–¿Dónde está Emma, por cierto? Normalmente, vive pegada a ti. Y la verdad es que se está mucho más a gusto sin ella –añadió.

–Emma está en casa, con dolor de oído. Y ésa es la razón por la cual, por una sola vez, puedo ayudarte a distraer a lady Carew.

–Como Emma se entere, serás tú el que acabarás con dolor de oídos –dijo Chessie con franqueza–. Y Freddie se asegurará de que se entere. Le encantan los chismes y puede ser muy malicioso con ellos –le miró–. Freddie hará todo lo posible para arruinar tus intenciones, lo sabes. Y lo hará por pura diversión.

–Ya tranquilizaré yo a Emma –le aseguró Dev.

–Ése será el trabajo de tu vida –comentó su hermana fríamente–. En eso consistirá tu futuro, en intentar poner de buen humor a la encantadora Emma durante los próximos cuarenta años, y todo a cambio de su dinero.

Avanzó decidida hacia la tumba de sir Joshua Reynolds, donde estaban Fitz, Susanna y Freddie, y deslizó la mano en el brazo de Fitz.

–Me temo que tanta cultura me está causando dolor de cabeza, milord. Es posible que esté bien para intelectuales como lady Carew –le dirigió a Susanna una sonrisa–, pero ya sabéis que yo no soy un ratón de biblioteca. ¿Qué os parece si vamos a buscar un refrigerio a Gunters?

Dev sonrió. Había que reconocer que el acercamiento de Chessie había sido directo. Y, al fin y al cabo, sólo había seguido su consejo, que era mostrarse como completamente opuesta a Susanna. Afortunadamente, funcionó. Fitz pareció aliviado ante la perspectiva de poder escapar y, aunque sólo fuera durante unos segundos, Susanna pareció absolutamente furiosa, antes de atemperar su irritación y sonreír, mostrándose de acuerdo con el plan. Chessie, que por fin había capturado la atención de Fitz, se pegó a él como una lapa. En el momento en el que Fitz estaba a punto de ofrecerle el otro brazo a Susanna, Dev dio un paso adelante y se interpuso entre ellos.

–Veo que tenéis una guía, lady Carew –comentó–. ¿Podríais decirme si lord Nelson está enterrado en este lugar?

Susanna se vio obligada a detenerse. Fitz y Chessie pasaron por delante de ellos, dirigiéndose hacia la puerta. Estaban ya enfrascado en una conversación. Chessie miraba a Fitz sonriente, la luz había vuelto a sus ojos. Al parecer, había recuperado toda su vivacidad una vez había vuelto a convertirse en el centro de las atenciones de aquel noble.

En cambio, los ojos verdes de Susanna brillaban de enfado, más que de placer, mientras contemplaban la inocente expresión de Dev.

–Lord Nelson no sólo está enterrado aquí –contestó en tono educado–, sino que, seguramente, está retorciéndose en su tumba al pensar que un antiguo capitán de la Marina podría no saberlo –alzó la mirada hacia él, tensa de furia y frustración–. Conocíais de antemano la respuesta a esa pregunta, ¿no es cierto, sir James?

–Ha sido lo mejor que se me ha ocurrido en este momento –admitió Dev, sin muestra alguna de arrepentimiento–. Quería hablar contigo.

–¿Otra vez? Me temo que no me siento halagada por tu inclinación a buscar mi compañía.

–Quizá sería más apropiado decir que quería entretenerte –admitió Dev.

Su brusca sinceridad le valió una mirada asesina.

–Soy consciente de ello. Entiendo perfectamente tu estrategia.

Ignoró el brazo que Dev le ofrecía y comenzó a caminar hacia la puerta. Uno de los guías estaba corriendo ya para llamar a un carruaje de alquiler. El tiempo había cambiado bruscamente y el cielo estaba cubierto de nubes grises. La lluvia caía desde los canalones, encharcando el pavimento del exterior de la catedral.

–Me temo que tendréis que compartir el carruaje conmigo, lady Carew –le advirtió Dev muy educadamente, mientras Fitz ayudaba a Chessie a subir al primer vehículo–. A menos que prefiráis montar con el señor Walters.

–Me temo que no tengo dónde elegir –replicó Susanna.

Su forma de tamborilear la guía con los dedos enguantados traicionaba su enfado.

–Considérame el menor de los males –le aconsejó Dev mientras el carruaje en el que iba su hermana desaparecía de vista–. A no ser, añadió, que prefieras regresar a Berkeley Square bajo la lluvia. Y me temo que no puedo ofrecerte un paraguas con el que protegerte.

Susanna le miró exasperada.

—Intenta no hacer esperar a los caballos —añadió Dev al verla vacilar.

Susanna suspiró irritada.

—¡Oh, de acuerdo!

Aceptó la mano que Dev le ofrecía para ayudarla a subir, pero le tocaba con tanta repugnancia como si sufriera una enfermedad contagiosa. Una vez dentro del oscuro y diminuto interior, le soltó bruscamente y se dirigió hacia el extremo más alejado del asiento. Dev se sentó frente a ella, estiró las piernas y las cruzó a la altura de los tobillos, rozando con ellas el dobladillo del vestido. Susanna apartó las faldas con un gesto brusco, como si temiera que pudiera contaminarla.

Dev sonrió en medio de la oscuridad.

—Es fácil distraer a Fitz. Si quieres que sólo se fije en ti, vas a tener que sujetarlo con mano dura.

Susanna le miró entonces.

—Fitz es como un niño pequeño en una confitería.

No hizo esfuerzo alguno por disimular su frustración y a Dev casi le gustó. No había artificio alguno en Susanna. Tampoco fingía que tuviera otro interés en Fitz que no fuera el de su título. Aunque a su pesar, Dev no podía menos que admirar su honestidad. Si hubiera fingido afecto por el marqués, la habría despreciado por hipócrita.

—Una metáfora muy adecuada. Dulces y bonitas golosinas para atrapar a Fitz —deslizó la mirada sobre Susanna con gesto de abierta admiración—. Sin lugar a dudas, te considera un manjar que está deseando desenvolver.

—Pues me temo que no podrá disfrutarlo pronto.

—No, imagino que no. Si eres capaz de negarle tus favores durante algún tiempo, podrás sacar mucho más de él.

Aquello le valió otra mirada fulminante de aquellos ojos verdes.

—Gracias por tu consejo. Pero te aseguro que me tengo en mucha más consideración que la que merecería si fuera a convertirme en la meretriz de Fitz tan fácilmente.

Desvió la mirada hacia las húmedas calles. Mostraba un perfil exquisito bajo aquel coqueto sombrero de plumas: las pestañas negras y tupidas, la línea de su mejilla, pura y dulce, y unos labios que parecían siempre a punto de sonreír. Los rizos de ébano se curvaban sobre su cuello. Eran tan sedosos y negros que Dev sintió la necesidad irresistible de acariciarlos para comprobar si eran realmente tan suaves como parecía. Era extraordinario, pensó con cinismo, que una persona tan corrupta como Susanna Burney pudiera resultar tan atrayente. Era increíble que su crueldad no asomara estropeando la bella imagen de aquella viuda cautivadora. Sí, suponía que aquello formaba parte de su habilidad. No intentaba competir con la inocencia de las debutantes. Ella apelaba a la sofisticación y al encanto. Realmente, no podía decirse que pareciera una cortesana. Era una mujer con clase, con talento, y muy bella. Pero también ella se vendía al mejor postor, siempre y cuando hubiera matrimonio de por medio.

—¿Pretendes seducir a Fitz para que se case contigo? —le preguntó.

Susanna le miró entonces con expresión burlona.

—Qué pregunta tan vulgar. No pienso contestarla.

—Como tú misma has dicho, una viuda puede utilizar su experiencia a su favor.

A los labios de Susanna asomó una sonrisa.

—Es cierto. De la misma forma que un libertino podría usar sus conocimientos y sus habilidades para atrapar a una joven heredera.

Se hizo un tenso silencio entre ellos en medio de la claustrofóbica oscuridad del carruaje. La lluvia repiqueteaba en el techo. Las ruedas salpicaban al cruzar los charcos de la carretera.

—Deja de mirarme —le pidió Susanna fríamente—. Dedícate a mirar por la ventana.

—Londres lo veo cada día. Te estoy admirando.

Susanna se echó a reír.

–Lo dudo mucho.

–En un sentido estético. Eres muy bella, Susanna, y no estoy diciendo nada que tú no sepas.

–Puedes ahorrarte los cumplidos –respondió Susanna desdeñosa–. Me siento más cómoda con el silencio.

–Sólo estaba intentando ser agradable

Susanna le dirigió una mirada de desdén.

–Dudo que seas capaz de hacer nada de forma agradable.

–Hice el amor contigo de forma más que agradable, ¿no te acuerdas?

–No.

Susanna volvió la cabeza para que Devlin no pudiera ver su expresión. Su voz había sido fría, pero Dev había detectado una intensa emoción tras sus palabras. ¿Desconcierto? ¿Incomodidad? Seguramente, una mujer tan experimentada como Susanna no podía sentirse avergonzada por una referencia al pasado compartido, así que, a lo mejor, sencillamente, le irritaba haberle dado oportunidad de sacar a relucir el tema de su apasionado encuentro. Devlin sintió la repentina necesidad de continuar acosándola.

–Seguro que lo recuerdas. Fuiste tan salvaje y apasionada en tu respuesta como ninguna otra mujer que haya conocido.

Por un momento, pensó que Susanna iba a ganar aquella batalla dialéctica limitándose a ignorar su provocación, pero era demasiado flagrante como para pasarla por alto. Vio brillar los ojos de Susanna en respuesta a aquel desafío y sintió el placer del triunfo al haber sido capaz de provocar aquella reacción.

–Qué dulce por tu parte recordarme después de tanto tiempo –contestó cortante–. Pero me temo que para mí no fue una experiencia memorable.

Mentira.

La palabra pareció quedar flotando entre ellos. Dev vio sus mejillas teñirse de rojo, como si Dev hubiera pronunciado aquella palabra en voz alta. Cambió de postura y se encogió de hombros.

—A lo mejor has tenido tantas experiencias después que la memoria te falla —repuso educadamente.

Susanna le miró con profundo desprecio.

—A lo mejor estás confundiendo mi pasado amoroso con el tuyo, Devlin. He oído decir que, antes de tu compromiso con Emma, no eras muy quisquilloso a la hora de elegir. Al parecer preferías la cantidad a la calidad.

Touché. No podía negar que había sido un entusiasta calavera.

—Una vez más, me siento halagado por la atención que prestas a mi vida —contestó Devlin—. ¿Tienes algún interés en mi vida sentimental?

—¡Por supuesto que no! —respondió Susanna, roja de enfado.

—Pues todo evidencia lo contrario. Aunque me resulta extraño que mi exesposa...

—Siempre has tenido una gran opinión de ti mismo —le interrumpió Susanna—. O quizá sea más correcto decir un concepto equivocado de ti mismo.

—Me declaro culpable. Pero hay ciertas cosas en las que destaco.

Susanna elevó los ojos al cielo.

—¿Por qué necesitan presumir tanto los hombres de su potencia sexual?

—Si lo prefieres, puedo demostrártela, en vez de hablar de ella.

En ese momento, fue Susanna la que sonrió con expresión burlona y mirada desafiante.

—¿Intentarías seducirme? No creo que te atrevas.

Devlin soltó una carcajada.

—Es peligroso desafiarme.

Susanna negó con la cabeza.

—Hablas por hablar. No serías capaz de hacer nada que pudiera poner en riesgo tu compromiso con Emma.

—No tendría por qué enterarse.

Se había comportado como un monje durante los dos años anteriores, tenía que admitirlo, por razones de honor y por el simple hecho de que Emma le enviaría al infierno si llegaban hasta ella rumores de infidelidad. Emma jamás toleraría las discretas aventuras con cortesanas ante las que otras esposas y prometidas hacían la vista gorda. Era demasiado posesiva. Devlin sabía que aquella demanda de fidelidad no tenía nada que ver con sus sentimientos, sino que era una señal más de que le había comprado y era ella la que dictaba su conducta.

Susanna era la única mujer que jamás le traicionaría, porque él conocía todos sus secretos.

La mera idea le robó la respiración. Le gustaba. Sí, le seducía más de lo que debería. Cuando Chessie había sugerido aquella tarde que debería intentarlo para alejar a Susanna de Fitz, no había tomado en serio aquella posibilidad. Pero en aquel momento se estaba tomando la idea muy en serio. Hacer el amor con Susanna otra vez, desvelar su cuerpo a su mirada, a sus caricias… presionar los labios contra aquella piel sedosa, saborearla y volver a sentir su respuesta. Se excitó al pensar en ello.

—Podría contarle a lady Emma que has intentado seducirme —repuso Susanna, poniendo brusco fin a sus fantasías.

—Sé demasiado de ti. Nunca me denunciarías por miedo a que pudiera traicionarte.

Se miraron a los ojos con mutua hostilidad e idéntico deseo. Un deseo que parecía elevar la temperatura del oscuro carruaje.

—No me gustas.

Había un deje de algo indescifrable en su voz que hizo

arder la sangre de Devlin. Susanna podía negar aquella atracción todo lo que quisiera, pero él la conocía. La había deseado desde el momento que la había visto caminando hacia él en el salón de baile, y sabía que ella sentía lo mismo que él.

—¿Serías capaz de hacer el amor con una mujer que no te gusta, sólo para demostrarle que se equivoca?

—Desde luego —contestó Dev—. Pero no sería ése tu caso, Susanna. Haría el amor contigo porque te deseo, y tú responderías por la misma razón.

Vio el escalofrío que provocaron sus palabras. Susanna quería negarlas, pero algo la obligaba a guardar silencio. Dev le tomó la mano y le quitó el guante, tirando de los dedos uno a uno hasta dejar al descubierto su piel desnuda. Una mano cálida, delicada y suave, todo lo que Susanna no era, reposó en la de Devlin. Éste rozó sus dedos con los labios. Quería hacerla temblar. Quería demostrarle que no era indiferente a él para que no pudiera volver a negarlo. Giró la mano y presionó los labios contra el pulso que latía en la muñeca. A pesar de la inexpresividad del semblante de Susanna, latía a toda velocidad.

—Pareces nerviosa —musitó contra la palma de la mano.

—En absoluto —respondió Susanna con voz fría—. Sólo tengo curiosidad por ver hasta dónde eres capaz de llevar esta farsa.

Dev le lamió la mano con una delicada caricia. Susanna tenía un sabor delicioso, dulce y salado al mismo tiempo, un sabor que hizo subir un escalón más su atracción hacia ella.

—Podría llevarla mucho más lejos —respondió. La soltó y notó el escalofrío de alivio que la sacudió—. Sólo te he besado la mano —dijo con delicadeza—, ¿te ha gustado?

—No, no me ha gustado —su tono era firme, pero Devlin había sentido su temblor.

—Pero si estás temblando.

Se inclinó para acariciar los mechones de ébano que rozaban su cuello. Los rizos se enroscaron confiadamente en sus dedos. Eran más suaves que la seda y de ellos se desprendía la más delicada esencia a rosas. Una esencia que le provocaba y envolvía sus sentidos.

Rozó delicadamente con los nudillos la delicada piel de su cuello. Susanna contuvo la respiración y aquel sonido casi imperceptible bastó para traicionarla. Devlin dibujó con el dedo la base de su cuello y descendió ligeramente con los dedos hasta el rico encaje que perfilaba el escote del vestido. Aquella filigrana de encaje era más blanca que la cremosa piel que se escondía bajo él. Diseñado para despertar el deseo carnal dando una apariencia de irreprochable inocencia, ocultaba y enmarcaba al mismo tiempo los senos henchidos.

Devlin experimentó la fiera necesidad de desgarrar el encaje y deslizar la mano bajo la seda, posarla sobre su seno y sentir el pezón endurecido contra su palma. Aquel juego que había comenzado como un desafío y una provocación, había cambiado de pronto. En aquel momento, y a pesar de toda su experiencia, era él el que estaba excitado como un adolescente mientras Susanna parecía más fría que la lluvia invernal. Sin embargo, el rápido latido de su pulso y el brillo de sus ojos la traicionaban.

Devlin deslizó el dedo entre el valle de sus senos y la sintió estremecerse bajo su contacto. Estaban muy cerca. Devlin podía oír su respiración ligeramente agitada y disfrutar del rubor que teñía su piel, coloreando su palidez. Tenía la boca ligeramente entreabierta y se mordía el labio inferior. El cuerpo entero de Devlin se tensó ante aquella imagen. No era capaz de pensar en nada que no fuera en el hecho de que tenía que besarla en ese mismo instante, pero conservaba suficiente cordura como para saber que, a pesar de su aparente aquiescencia, si lo intentaba, probablemente Susanna le clavaría una horquilla.

No iba a correr ese riesgo. Rápido como el rayo, le sujetó las muñecas y se las envolvió con la tira del bolso. Susanna soltó un grito ahogado, pero él la sujetó con fuerza, obligándola a mantener las manos en el regazo.

–Sólo quiero evitar que puedas hacerme daño –apenas reconocía su voz, ronca y endurecida por el deseo.

Susanna podría morderle, por supuesto, pero él lo disfrutaría. Era un riesgo que estaba dispuesto a asumir.

Vio relampaguear la furia en sus ojos, pero bajo su enfado, adivinó también una fascinación que hizo rugir en su interior un hambre voraz.

–Eres un estúpido –le insultó Susanna, con la voz ya no tan firme.

–Un pirata. Y lo sabes –tiró del cordón del bolsito.

Con aquel movimiento obligó a Susanna a acercarse. Devlin inclinó entonces la cabeza para tomar sus labios.

Eran unos labios suculentos que temblaron bajo los de Devlin como los de una debutante que acabara de recibir su primer beso. Parecían inseguros, faltos de práctica, como si Susanna no hubiera besado a nadie en mucho tiempo. Dev vaciló un instante, completamente desconcertado por aquella respuesta. Ni por un instante la supuso inocente. Su historia la contradecía. La propia Susanna había negado su inocencia con sus palabras, pero aun así, su falta de sutileza hablaba por sí misma. No había fingimiento alguno entre ellos. Era como si, desde el momento en el que la había besado, todas las barreras se hubieran derrumbado y ya no hubiera enfado ni resentimiento. Sólo quedaban un dulce anhelo y un punzante deseo. Por un momento, Dev se sintió envuelto en una peligrosa emoción. Justo entonces, Susanna abrió los labios bajo los suyos y al disfrutar de aquel sabor tan sorprendentemente familiar, tan tentador, sus sentidos parecieron enloquecer. Se olvidó de todo y soltó el cordón para abrazarla y besarla con voracidad, con pasión y con una ternura cada vez más profunda.

Enredó su lengua con la suya, invitándola a una danza de sensualidad. El deseo crecía en su interior como una fiera llama. Sabía que pronto no sería capaz de pensar en nada que no fuera en hacer el amor con Susanna en un carruaje de alquiler infestado de pulgas y a plena luz del día. Se obligó a recordarse que no podía ceder a su propio intento de seducción. Se suponía que estaba intentando demostrarle algo a Susanna, no perdiéndose en ella. Aun así, parecía incapaz de resistirse. No quería desearla, pero, al mismo tiempo, era incapaz de evitarlo.

Apartó los sedosos rizos que ocultaban su cuello para posar en él sus labios. Sintió su piel fría bajo su caricia y se sintió como un hombre hambriento al que acabaran de ofrecerle maná en medio del desierto. Su capacidad de control estaba seriamente amenazada. Le bajó ligeramente el vestido y le mordisqueó suavemente la curva del hombro. Su piel olía delicadamente a miel. Él no había sido nunca aficionado a la miel, pero en aquel momento, ansiaba saborearla. Quería lamer el cuerpo entero de Susanna. Era tal el hambre que sentía que estaba casi al borde del desmayo.

El corpiño del vestido crujió suavemente al deslizarse unos centímetros más. Dev sintió el encaje contra sus labios y la cálida suavidad del seno de Susanna bajó él, incitándole a retirar la tela para poder saborearlo con los labios. Gimió.

Susanna posó entonces la mano sobre su pecho y le apartó. Dev estaba tan sorprendido que le permitió alejarse de él.

–¿Ya has terminado de demostrar lo que querías? –parecía ligeramente aburrida.

Dev tardó unos segundos en abrirse paso entre el clamor de su cuerpo y concentrarse en lo que le decían. Cuando lo consiguió, vio que Susanna estaba ajustándose el provocativo escote del vestido y atusándose el pelo, colocando los rizos bajo el sombrero, que se había ladeado ligeramente durante su abrazo. Su rostro era una máscara perfecta, pálido, compuesto. La máscara indiferente de una dama.

La incredulidad y la sorpresa devoraban el interior de Devlin, que continuaba experimentando un deseo intenso y, lo que resultaba más desconcertante, una traicionera sensación de afinidad con aquella mujer, cuando para Susanna, todo aquello no parecía haber sido más que un desafío.

–¿Estabas fingiendo? –le preguntó.

Susanna le miró con el rostro carente de toda expresión. Lo único que podía decirse de ella era que parecía ligeramente desconcertada.

–Por supuesto que estaba fingiendo, ¿tú no?

–Yo... –sentía un extraño vacío en el corazón–. Esa respuesta tan inocente –continuó diciendo–, ¿era fingida?

Susanna esbozó una sonrisa que le hizo sentirse tremendamente estúpido.

–A los hombres parece gustarles –susurró.

–Y tú siempre les das lo que quieren –replicó Dev.

Sentía la amargura subiendo como la bilis por su garganta.

–Si de esa forma puedo conseguir lo que quiero.

Dev la agarró por los hombros y buscó en sus ojos cualquier cosa que pudiera indicarle que estaba mintiendo, el más leve indicio de que la tormenta que se había desatado en su interior también la había conmovido a ella. Susanna le sostuvo desafiante la mirada.

–No te creo –le dijo Dev–. Tú también me deseabas.

Susanna se encogió de hombros y se apartó de él.

–Me importa muy poco lo que pienses. Estabas intentando demostrar algo y has fracasado.

Devlin la soltó y se hundió en el asiento. El deseo le había abandonado y se sentía frío y vacío. Las palabras de Susanna no eran más que un saludable recuerdo de hasta qué punto se había convertido en una mujer cínica.

–Creo que prefiero ir andando a continuar soportando esta... conversación –dijo Susanna.

Golpeó el techo del carruaje y el conductor se detuvo en seco.

–Como quieras –respondió Devlin, sonriendo burlón–. ¿Tan pronto huyes de mí, Susanna? Pero si apenas he empezado a seducirte...

Le sostuvo la mirada. En la penumbra del carruaje, los ojos de Susanna aparecían oscuros e insondables.

–Por lo menos ya sé cuál es tu debilidad –continuó diciendo Devlin–. Finges ser indiferente a mí, pero no es cierto.

–Me temo que tu punto débil sigue siendo la vanidad –respondió fríamente Susanna–. Que tengas un buen día.

Abrió y bajó a la calle. La puerta del carruaje se cerró bruscamente tras ella. Dev soltó una carcajada.

Mientras el carruaje avanzaba, pudo verla por última vez. Permanecía en la acera, con aspecto frágil, como una princesa de cuento de hadas bajo la lluvia, necesitada de protección. Pronto avanzaron dos caballeros hacia ella, desplegando sus respectivos paraguas. Dev sacudió la cabeza con una sonrisa irónica en los labios. Pero aun así, continuaba siendo sensible a las artimañas de Susanna. Todavía llevaba su fragancia impregnada en la piel y sentía el calor de sus labios. Aquella conciencia de los sentidos avivó su deseo y le hizo sentirse vacío, frustrado por el deseo insatisfecho, aun sabiendo que todo había sido una farsa. Le habría gustado creer que Susanna era una mujer honesta, que la pasión que parecían haber compartido era real, y cuando se había dado cuenta de que en el caso de Susanna todo había sido una actuación, había vuelto a sentirse como un ridículo ingenuo. Había intentado demostrar la debilidad de Susanna y, en cambio, había destapado la suya.

Capítulo 6

Susanna caminaba a toda velocidad a lo largo de Ludgate Street, dirigiéndose hacia Holborn. Era un día gris, con el cielo cubierto de nubes. Una lluvia ligera, pero penetrante, empapaba las calles y salpicaba los hombros de su pelliza. Era consciente de que, para cuando llegara a su casa, iba a tener el aspecto de una rata empapada y de que la pluma del sombrero estaba destrozada. No había querido aceptar los ofrecimientos de protección de ninguno de los caballeros que habían acudido en su ayuda. Sabía, por propia experiencia, que siempre esperaban algo a cambio. De hecho, prácticamente habían estado a punto de llegar a las manos, disputándose quién debería ayudarla. Sabía que no debería haber abandonado el carruaje tan precipitadamente en medio de la lluvia, pero lo único que en aquel momento le importaba era escapar a la provocación de Devlin.

Le parecía imposible, absurdo e irritante continuar siendo, después de tanto tiempo, vulnerable al contacto de Devlin. Debería ser supremamente indiferente a él después de tantos años, pero no era así. Era peligrosamente sensible a su cercanía. La habían tocado otros hombres, incluso había permitido que alguno la besara cuando era absolutamente imprescindible para su trabajo, pero la experiencia siempre la había dejado indiferente. Sin embargo, Dev sólo necesitaba mirarla para que se le hiciera un nudo en el estómago, comenzara a temblar y se entregara a él con el mismo abandono que una debutante ingenua. Era degradante, sobre todo, cuando lo único que él pretendía era demostrar que continuaba teniendo algún efecto sobre ella. Se llevó la mano a los labios y una oleada de calor envolvió todo su cuerpo. Oh, por supuesto que continuaba siendo susceptible a sus encantos. Había deseado prolongar eternamente aquel beso, rendirse a aquel delicioso placer, sentir las manos de Dev sobre su cuerpo y redescubrir el júbilo que había encontrado en sus brazos tantos años atrás. Y se despreciaba por aquel deseo. Había luchado con denuedo para matar su amor por Dev en el pasado. No iba a desfallecer en aquel momento.

James Devlin. Aquel hombre era su cruz. Y aparecía cada vez que daba media vuelta. Estaba dispuesto a hacer todo lo que estuviera en su mano para frustrar sus planes de atrapar a Fitz. Susanna se preguntó hasta dónde estaría dispuesto a llegar para evitar que arruinara las oportunidades de Chessie y se estremeció bajo la pelliza empapada. La lana se pegaba contra su cuerpo y estaba helada.

Al principio se había dicho a sí misma que Dev no podría hacer nada para detenerla. En aquel momento, quince días después de su reencuentro, ya no estaba tan segura. Era cierto que no podía revelar los detalles de su relación anterior sin hacer peligrar su propio compromiso con Emma, pero podía hacer otras muchas cosas, y Susanna estaba comenzando a sospechar que sería capaz de hacerlo. No debía subestimar a Dev. Era un adversario peligroso.

Asomó a sus labios una débil y pesarosa sonrisa. Entre Dev y su hermana, era obvio que habían ganado aquella partida. Francesca le había arrebatado a Fitz delante de sus narices y después había intervenido Dev para terminar de frustrarla. Y allí estaba ella, caminando penosamente bajo la lluvia, sin paraguas alguno mientras que probablemente,

Francesca estaba ya cómodamente sentada en Gunters, compartiendo un dulce con Fitz. A Susanna se le hizo la boca agua al pensar en ello. Le apetecía un pastel de nata, o incluso un caramelo de chocolate. Necesitaba algo dulce para consolarse, para tener la seguridad de que no fracasaría. Porque estaba segura de que los duques de Alton se pondrían furiosos cuando se enteraran de lo que había pasado aquella mañana. Estaba convencida de que alguna alma bondadosa se lo contaría. Freddie Walters, probablemente. Era una criatura venenosa y había estado dirigiéndole miradas asesinas desde que le había rechazado. Susanna suspiró mientras aquella lluvia veraniega goteaba por el sombrero y se filtraba por su cuello. Su futuro sustento dependía de su capacidad para complacer a los duques y romper la relación entre Fitz y Francesca, de modo que debería mejorar su juego.

En primer lugar, no podía volver a permitir que Devlin se aprovechara de ella con sus juegos de falsa seducción. De momento, se había quedado con uno de sus guantes. Susanna se quitó el otro con enfado. Aquel par de guantes le había costado diez chelines y no podía permitirse el lujo de malgastar el dinero de aquella manera. Aquel día le había dejado un sombrero arruinado y medio par de guantes. Sí, aquél era el triste resumen de la mañana.

Para cuando llegó a Curzon Street, estaba completamente empapada y la pluma del sombrero estaba tan decaída como las de un faisán atrapado en medio de una tormenta. El portero que le abrió la puerta tuvo que disimular una sonrisa al verla. La doncella que le habían proporcionado los duques junto con la casa y todo lo demás, fue menos respetuosa.

—¡Que el cielo nos asista, mi señora! —exclamó al ver a Susanna—. ¿Pero qué os ha pasado?

—Me ha pillado la lluvia, Margery —contestó Susanna mientras colocaba el guante sobre su empapado sombrero.

–¿Y también se os ha caído un guante?

–Sí, lo he perdido por el camino –se excusó Susanna.

La doncella la miró con dureza. Era una chica joven, sencilla y práctica. A Susanna le había gustado desde el primer momento. No había artificio alguno en ella y decía las cosas abiertamente.

–Os prepararé un té, mi señora –le ofreció–. Creo que os vendrá bien. Habéis recibido algunas cartas –añadió–. La mayor parte de ellas son invitaciones y cosas parecidas. Ya no queda espacio en la repisa de la chimenea. Os habéis convertido en una celebridad en Londres, mi señora.

–Me gustaría tomar un poco de bizcocho, Margery –pidió Susanna precipitadamente–. Esponjoso. Con mucha mermelada y mucha nata.

Susanna tomó las cartas de la mesita de la entrada, se dirigió al salón y cerró la puerta tras ella. Era una habitación pequeña y tan elegante y carente de personalidad como el resto de la casa. La luz del sol acariciaba la alfombra, alejando la lluvia veraniega. El viento agitaba suavemente las cortinas. Sobre una mesa situada junto a la ventana descansaba un jarrón con azucenas. No las había cortado ella. En realidad, no tenía aptitud alguna para las artes femeninas. Al igual que el resto de la casa, todo formaba parte de un decorado. El entorno perfecto para una viuda rica y deslumbrante como lady Carew.

Una celebridad en Londres. Susanna curvó los labios en una sonrisa irónica. Si supieran la verdad… La pequeña Susanna Burney había nacido en una vecindad cercana a Edimburgo. Su madre la había entregado cuando su padre había muerto tras dejar el hogar para unirse al ejército. Había demasiadas bocas que alimentar y faltaba el dinero, de modo que ella, la más joven y la más guapa de las hermanas, había iniciado una nueva vida en casa de sus tíos, que no habían podido tener hijos. Una vida que había tirado por la borda al fugarse con James Devlin. Con un suspiro,

Susanna se dejó caer en una de las butacas. No había el más mínimo reflejo de su personalidad en aquella casa, ni el menor indicio de quién era ella en realidad. Se quitó los zapatos y posó los pies empapados en la alfombra. Disfrutó de su tacto suave y mullido. Le gustaba sentir aquella opulencia bajo los pies porque le permitía recordar los suelos desnudos, las piedras heladas y la lluvia constante. No le parecía mal disfrutar de tanto lujo cuando había tenido tan poco. A veces, incluso casi llegaba a creerse su propio cuento de hadas.

Seleccionó tres cartas de aquel montón de invitaciones a bailes, veladas musicales y fiestas. La primera era del profesor que se había hecho cargo de Rory McAlister en Edimburgo. Sintió inmediatamente un escalofrío. No recibir noticias de Rory siempre era una buena noticia. Rory, de catorce años, era un adolescente salvaje, ingobernable y no particularmente inclinado al estudio. Susanna había tenido que pagar una generosa cantidad para persuadir al doctor Murchison de que aceptara a Rory en el seno de su familia, con la esperanza de que Rory se adaptara mejor a la vida familiar de lo que lo había hecho a la vida en los internados. De los dos anteriores, había terminado fugándose.

Susanna se interrumpió, consciente de la fuerte tentación de dejar la carta y retrasar el momento de la verdad. Rory y Rose... Quería a aquellos mellizos como si fueran sus propios hijos, estaba unida a ellos por una vida forjada en la lucha por la supervivencia y por la promesa que le había hecho a su madre, Flora McAlister, cuando yacía enferma en el hospicio. Flora le había hecho el regalo de sus hijos después de su gran pérdida y no podía fallarle. Parpadeó para contener una repentina oleada de lágrimas y abrió la carta.

Rory, le comunicaba el doctor Murchison más apenado que enfadado, había vuelto a escaparse. Le habían encontrado una semana después en las calles de Edimburgo, sucio, hambriento y furioso, pero sano y salvo.

Susanna dejó caer la carta en el regazo y presionó los dedos contra las sienes, donde comenzaba a amenazar un dolor de cabeza. Rory se consideraba un hombre fuerte y suficientemente inteligente como para cuidar de sí mismo, pero sólo era un niño. Un niño al que adoraba y que la quería, pero en algunas ocasiones, Susanna era consciente de que no estaba haciendo todo lo que podía para ayudarle. Se sentía profundamente triste, con un intenso dolor en el corazón. La culpa la aguijoneaba. Eran muchas las veces que había intentado mantener a su pequeña familia unida, pero no había sido posible. No podía mantener a los mellizos si no trabajaba, y si trabajaba, no podía tenerlos con ella. Lo había intentado con todas sus fuerzas, pero el hambre y el miedo habían asaltado su mundo. La vida le había arrebatado en dos ocasiones lo que más quería. Primero había perdido a Devlin y después a su hija. En ese momento, estaba dispuesta a hacer todo lo que estuviera en su poder para proteger a los mellizos y verlos crecer sanos y salvos. Sabía que en sólo un par de meses, habría terminado su trabajo. Los duques le pagarían y podría visitar por fin a sus mellizos e incluso comenzar una nueva vida con ellos.

Tomó la carta con manos temblorosas. Aunque el doctor Murchison había llenado toda una hoja, apenas daba muchas más noticias. Pero a media página la letra cambiaba. Rory, decía el doctor, se había convertido en una carga y, con todo el dolor de su corazón, le pedía más dinero para compensarle por la conducta de Rory y por todos los problemas que estaba causando.

En un ataque de furia, Susanna arrugó la carta, sintiendo las duras esquinas del papel arañar la palma de su mano. A ese ritmo, el dinero que tanto le había costado ahorrar para unir a su familia, terminaría en manos de gentes sin escrúpulos que siempre exigían más y más.

Se pasó la mano distraída por el pelo, aflojando algunas horquillas al hacerlo. Miró la segunda carta. La intuición le decía que no eran buenas noticias. Pero ella siempre había encarado de frente los problemas, de modo que la abrió.

Efectivamente, no eran buenas noticias.

Los prestamistas le demandaban, educadamente, pero con firmeza, que pusiera fin a sus deudas si quería ampliar sus préstamos. Ella sabía que si lo hacía en los términos que le sugerían, su deuda se multiplicaría en el futuro. Pero si no pedía dinero prestado, no podría pagar las facturas del internado de Rose. El dolor de cabeza se incrementó. Sintió el pánico atenazándole la garganta.

La tercera carta estaba escrita con una caligrafía que no reconoció. La abrió despreocupadamente, pensando todavía en sus problemas financieros. La leyó una vez sin prestarle mucha atención, y volvió a leerla con un desazonador sentimiento de incredulidad: *Sé quién eres*.

La carta escapó de entre sus dedos y voló sobre la alfombra, para terminar aterrizando sobre una mancha de luz. Hacía calor en el salón, pero Susanna sentía frío y comenzaba a temblar.

«Sé quién eres». Las palabras que ningún impostor deseaba leer.

–El té, mi señora. Y una buena porción de bizcocho –Margery acababa de entrar con una bandeja que llevaba una tetera de porcelana china y una taza a juego–. Parecéis abatida, señora.

–Lo estoy –contestó Susanna con fervor.

–Problemas de dinero, supongo –aventuró Margery–. O quizá sea un hombre –añadió.

Miró alrededor del salón. El sol iluminaba en aquel momento los muebles y arrancaba hermosos colores de la alfombra que descansaba frente a la chimenea de mármol.

–Ya sabéis, mi señora, que nunca se me ha dado bien fingir.

–Oh, Dios mío –musitó Susanna, preguntándose qué le iba a decir a continuación.

–Todo esto es muy hermoso –continuó diciendo Margery–, pero la ropa interior que llevabais cuando llegasteis aquí había sido remendada muchas veces y la suela de los zapatos estaba completamente gastada. Llegasteis a pie, cargando con vuestro equipaje y tengo la certeza de que todo esto… –señaló la habitación con un gesto–, es un trabajo. Sólo pensaba que debería saber que lo sabía, mi señora –terminó.

–Ya entiendo –respondió Susanna lentamente.

No fue capaz de contener la sonrisa ante las labores detectivescas de la doncella. Al parecer, su anónimo corresponsal no era el único que sospechaba de ella.

–Así que piensas que a lo mejor soy pobre. Una impostora, quizá, que finge ser una viuda rica.

–No sé lo que sois, mi señora –respondió la doncella con franqueza–. Pero estuve trabajando para lady St.Severin, que se fugó con un prisionero de guerra francés en un globo. Después de aquello, ya nada me sorprende. Después trabajé para lady Grant, la hermana de lady Darent, antes de que el señor Churchward me solicitara para este puesto –sonrió–. Soy capaz de guardar un secreto, pero me gusta saber qué secreto guardo. No sé si entendéis lo que quiero decir.

–Perfectamente, gracias, Margery –contestó Susanna.

Se interrumpió, pensó en lo que la doncella le acababa de decir y en lo sola que se sentía siendo una impostora y no teniendo a nadie con quien hablar.

–Si traes otra taza, podríamos hablar –propuso lentamente.

La doncella sonrió y se dirigió hacia la cocina. Susanna se sintió inmediatamente reconfortada. En su trabajo, jamás había confiado en nadie. Jamás había compartido con nadie sus secretos, pero sentía que podía confiar en aquella doncella tan pragmática y franca.

El dinero, los hombres o ambas cosas, había dicho Margery. Susanna se frotó la muñeca, sintiendo de nuevo los dedos de Dev sobre su piel. Su contacto todavía le abrasaba. Chantaje y seducción. Pero no, no podía ser Devlin el que había enviado aquella nota amenazadora. Él era el único que conocía sus secretos. Susanna sabía que era un hombre peligroso y sin escrúpulos, pero la intuición le decía que no se rebajaría a hacer algo tan vil. Aun así, no sabía si podía estar segura. ¿Hasta dónde sería capaz de llegar Devlin para derrotarla? Susanna tenía la aterradora intuición de que pronto iba a averiguarlo.

La señorita Francesca Devlin permanecía ante la Casa del Placer de la señora Tong y temblaba literalmente. Jamás había estado en un lugar como aquél. Durante las semanas anteriores, su experiencia del mundo se había extendido mucho más allá de lo que habría sido capaz de imaginar en los momentos más audaces, pero continuaba siendo una joven inocente. Poner un pie en un prostíbulo iba mucho más allá de todo lo que había hecho hasta entonces.

De pronto, las habitaciones del Hemming Row le parecían un lugar seguro y casi respetable. Chessie sabía que no era la primera mujer a la que su amante había citado en aquel lugar, e intentó no pensar en que probablemente tampoco sería la última, porque eso significaría reconocer la derrota, aceptar que había perdido. Y, sencillamente, no podía permitirse perder.

El portero que había contestado a su tímida llamada a la puerta del prostíbulo parecía un hombre aburrido. Sin lugar a dudas, había visto todo tipo de cosas a lo largo de los años. Entre ellas, jóvenes damas de virtuosa e irreprochable conducta capaces de pronto de citarse en un prostíbulo con su amante. No, sin lugar a dudas, lo suyo no era ninguna novedad.

–¿Pensáis pasar o no?

El portero estaba intentando mirarla a los ojos a través del grueso velo con el que Chessie había ocultado su rostro. Inmediatamente después, la joven entró, casi tambaleante, en un mundo de luces brillantes y colores intensos.

–En el piso de arriba, la segunda habitación a la derecha –el portero se interrumpió–. Y aseguraos de entrar en la habitación correcta, señorita –se echó a reír.

Había mucho ruido en aquel lugar: risas, música, voces. Todo era chabacano y estridente. Los gritos que salían de las habitaciones le hicieron sonrojarse hasta la raíz del cabello. Intentó abrir la puerta con movimientos torpes y entró temblorosa, sintiéndose al borde de la náusea, pero su amante ya se encontraba allí, esperándola sonriente.

Le apartó el velo del rostro y tomó su abrigo y su sombrero.

–Toma –le tendió una copa de vino.

Era un vino dulce y fuerte, y la ayudó a sentirse mejor. Su amante la besó. Y eso le gustó todavía más.

–Has sido muy valiente al venir hasta aquí –parecía divertido–. Te mereces una recompensa.

Sin dejar de besarla, la llevó hasta la cama. Cuando Chessie por fin abrió los ojos, él ya le había quitado toda la ropa y ella estaba desnuda sobre una colcha de un vívido color naranja, con la melena suelta extendiéndose a su alrededor.

–¿No vamos a jugar a las cartas esta noche? –preguntó.

Aquello formaba parte de su acuerdo. Las cartas primero, y hacer el amor después, cuando perdía. Aunque Chessie siempre perdía.

Él se apoyó contra los talones y la miró con un brillo travieso en sus ojos oscuros. Chessie miró entonces por encima de su hombro y vio la mesa preparada para varios jugadores.

–Esta vez jugaremos después –respondió. Le acarició el

pelo–. Eres preciosa –añadió, mientras ella continuaba anhelando alguna palabra de amor nacida de sus labios–. Tengo una sorpresa para ti.

Chessie abrió los ojos como platos al fijarlos en el estante que cruzaba una de las paredes de la habitación. Látigos, fustas... Tragó saliva al imaginar el azote del cuero sobre su piel. ¿Le pediría que hiciera eso por él? ¿Sería aquél su destino en el caso de que perdiera aquella noche?

Vio entonces que su amante levantaba un extraño objeto de madera tallada. Lo acercó a su rostro hasta que sus suaves curvas besaron sus labios.

En alguna parte, en lo más profundo de su corazón, Chessie supo que aquélla era la recompensa para él, no para ella, pero cerró los ojos rápidamente a aquel pensamiento mientras sentía deslizarse el consolador sobre sus senos y descender hasta sus muslos.

No vio a los observadores que contemplaban la escena detrás de una pantalla.

Capítulo 7

–Frazer –le dijo Dev a su valet, estando sentado ante el espejo mientras se afeitaba–, ¿alguna vez cometiste una estupidez siendo muy joven que ha vuelto a perseguirte años después?

Estaba en las habitaciones que ocupaba en Albany, preparándose para los entretenimientos de la noche. Albany era la residencia para solteros más exclusiva de Londres. Allí no se permitía la presencia ni de instrumentos musicales ni de mujeres. Dev había podido ocupar aquellas habitaciones porque era primo de lord Grant, el famoso explorador, y porque estaba comprometido con la hija de un duque. Por supuesto, él no podía permitirse aquel lujo. Al igual que todo lo demás, era la fortuna de su futura esposa la que pagaba sus gastos.

Sintió el roce de la cuchilla en el cuello e inmediatamente se arrepintió de haber formulado aquella pregunta estando en una posición tan vulnerable. Y no porque dudara de la firmeza de la mano de Frazer, a pesar de la avanzada edad del mayordomo. El verdadero problema era que nunca se había sentido muy cómodo teniendo la navaja de otro hombre tan cerca de su cuello, una reacción comprensible tras haber participado en una reyerta en un puerto de México varios años atrás.

–¿Qué hicisteis en vuestra juventud, señor Devlin? –preguntó Frazer al cabo de unos segundos.

Siempre se olvidaba de llamarle «sir James» y Dev nunca se molestaba en recordarle que lo hiciera. Había heredado a Frazer de su primo, Alex Grant. Éste había dicho que necesitaría de los servicios de aquel antiguo camarero de la Marina, con su adusto carácter escocés para mantenerse recto como una flecha. Como Frazer conocía a Dev desde que este último iba con pantalones cortos, no era posible engañarle.

–Nada –contestó Dev–. Por lo menos desde hace nueve años.

Frazer ignoró aquella respuesta.

–¿Habéis vuelto a perder mil libras en el juego? –insistió–. ¿Habéis seducido a una dama, o a alguien que no lo es? ¿Tenéis relación con alguna mujer ligera de cascos?

La cuchilla rozó la garganta de Dev y éste tragó saliva. El jabón se deslizaba por su cuello.

–Frazer, me estás ofendiendo –cambió de postura–. Sabes que desde hace dos años llevo una vida irreprochable.

Y probablemente, aquélla era una de las razones de su frustración sexual. El único desahogo durante todo aquel tiempo lo había encontrado en el boxeo, la esgrima y algunas otras demostraciones de violencia socialmente consentidas. Hasta esa misma mañana… Y en aquel momento, el recuerdo de Susanna entre sus brazos continuaba persiguiéndole. La había deseado años atrás. Y continuaba deseándola.

–No –dijo Frazer, y negó con la cabeza.

Dev observó en el espejo la destreza con la que utilizaba la cuchilla.

–¿No qué?

–No, no cometí ninguna estupidez cuando era joven –respondió Frazer–. A los trece años estaba en una cárcel de Edimburgo. Estando allí encerrado, no había muchas posibilidades de cometer estupideces. Sólo me dejaron salir para alistarme al ejército.

–Por supuesto –dijo Dev, encantado con la imagen del pasado criminal de Frazer–. Qué estupidez, no sé cómo se me ha ocurrido pensar que podrías haber cometido alguna estupidez en tu juventud.

–¿Y qué hicisteis vos, señor Devlin? –preguntó Frazer.

–¿Yo? Nada. Nada en absoluto.

Frazer soltó un bufido de incredulidad.

–Vos siempre fuisteis un muchacho muy decidido. En aquel entonces, habríais sido capaz de fugaros con la esposa de otro hombre.

No, pensó Dev. Pero se había fugado con su propia esposa. Aunque al final, había sido ella la que había terminado escapando sin él.

Agradecía inmensamente que nadie más estuviera al tanto de aquella indiscreción juvenil. Cuando había conocido a Susanna, vivía en Escocia con Alex Grant, su primo. Ni éste ni su primera esposa, Amelia, tenían sospecha alguna de aquella aventura, estaba seguro. Alex nunca había estado particularmente interesado en su vida personal y Amelia… Dev interrumpió el curso de sus pensamientos al recordar a la primera esposa de su primo, tan dulce y delicada por fuera y tan dura por dentro. Amelia estaba tan pendiente de sí misma que, seguramente, no tenía espacio para pensar en nadie más. Dev esbozó una mueca. Frazer musitó una palabra de advertencia mientras deslizaba la cuchilla por su cuello.

–No os mováis, señor, o esta noche terminaréis perdiendo algo más que la camisa.

Dev permaneció completamente inmóvil mientras la cuchilla continuaba haciendo su trabajo. Se preguntó si Susanna sería aficionada al juego. Desde que había llegado a Londres, no la había visto participar en ninguna partida de cartas, pero estaba tan ocupada persiguiendo a Fitz que seguramente no había tenido tiempo para otras aficiones. Pero Fitz también era jugador y a lo mejor había introducido a Susanna en el placer de las apuestas. Los dedos le cosquillearon al pensar en la emoción de las cartas. A lo largo de toda su vida había librado una fiera batalla consigo mismo para evitar la obsesión de su padre por el juego. La mayor parte de las veces, había sido capaz de controlar aquel impulso. Pero a veces no lo conseguía. En aquel momento, le habría gustado desafiar a Susanna a jugar al faro o a cualquier otro juego de azar. Sería muy satisfactorio vencerla. Aunque, por supuesto, también podía ganar ella. Susanna podía ser tan superficial y tan codiciosa como la más ambiciosa de las prostitutas, pero también era condenadamente decidida cuando quería algo. E inteligente. Comprometerse con ella a cualquier nivel era arriesgado. Estar en deuda con ella sería insoportable.

Frazer terminó de afeitarle, retiró el jabón y le tendió a Dev una toalla.

—Tenéis suerte de no haber perdido ningún órgano vital —dijo con aspereza—. Os tengo dicho que no os mováis cuando os afeito.

—Lo siento. Tengo ciertas preocupaciones en la cabeza.

—Asuntos de mujeres —replicó Frazer, más agrio todavía—. Conozco esa mirada. Tened cuidado, señor Devlin.

—Lo tendré —sonrió—. Gracias por tu preocupación. Me alegra saber que te importo.

Frazer esbozó una mueca cortante.

Treinta minutos después, con el pañuelo atado al estilo irlandés, un estilo que había adoptado como propio en homenaje a sus antepasados, con la casaca sobre los hombros sostenida por Frazer y con un particularmente deslumbrante chaleco verde y dorado, Dev decidió que estaba preparado.

—¿La función es esta noche? —preguntó Frazer con una cara muy larga—. Eso es para afeminados.

Frazer odiaba el teatro y etiquetaba a todo lo relacionado con aquel arte como algo excesivamente delicado. Dev sospechaba que aquella repulsión estaba relacionada con el viaje que había hecho al Ártico con Alex. Habían quedado encallados en el hielo y se habían visto obligados a entretenerse improvisando funciones teatrales durante un largo y oscuro invierno. Se disfrazaban de mujeres e interpretaban indistintamente los personajes femeninos y masculinos. Aquello, pensó Dev, era más que suficiente para enfurecer a cualquier escocés que se preciara de serlo. En realidad, tampoco él era muy aficionado al teatro. En su caso, aquella aversión procedía de una función a la que había asistido dos años atrás. Había tenido entonces la mala suerte de encontrarse con una antigua amante estando en compañía de Emma y de su familia. Había sido una situación de lo más embarazosa. Emma le había acribillado a preguntas. Quería saber quién era aquella mujer, cuándo la había conocido, con qué grado de intimidad y si había alguna probabilidad de que coincidiera aquella noche con otras de sus antiguas amantes. Desgraciadamente, la respuesta a aquella última pregunta era que sí, había muchas, pero Dev había sido suficientemente inteligente como para negarlo. Al final, Emma había terminado al borde del desmayo y Devlin deseando embarcarse en el primer barco que zarpara de los muelles.

—Esta noche representan *El Jugador*, de Wycherley —le explicó al mayordomo. Advirtió que Frazer retorcía el gesto todavía más—. A Emma le gusta el teatro.

Frazer emitió un poco comprometido gruñido con el que, sin embargo, conseguía expresar perfectamente su desaprobación hacia un hombre obligado a participar en determinados eventos sociales a petición de su prometida. Dev suspiró. Sabía exactamente lo que pensaba Frazer de su compromiso. También Alex y Joanna lo desaprobaban. Ninguno de ellos comprendía los demonios que le perseguían. Los recuerdos de un niño que, antes de que Alex le rescatara de las calles de Dublín, malvivía haciendo todo tipo de encargos para alimentar a su madre y a su hermana. Chessie era la única que compartía con él la inefable experiencia de ser hija de un jugador. Casarse con Emma era una garantía contra la pobreza y, en tanto que tal, Dev pensaba que merecía la pena pagar cualquier precio.

Aquella noche que se presentaba tan poco prometedora, no tardó en degenerar en algo peor. Chessie no había sido invitada puesto que, tal y como lady Brooke no había dudado en señalar, se trataba de un evento familiar. Dev encontró la cena extremadamente tediosa. Emma estaba de un pésimo humor, le ignoraba y flirteaba continuamente con Freddie Walters, pero asegurándose de que él lo notara. Mientras tanto, su futura suegra secundaba la actitud de su hija, ignorándole también, y Dev se vio obligado a entretenerse con una carne excesivamente cocinada y mantener una educada conversación con la anciana lady Brooke. Su futuro, sabía, estaría plagado de noches interminables como aquélla. Aunque aquél era un pensamiento en el que prefería no profundizar.

Una vez en el teatro, se unieron al grupo los duques de Alton, Fitz y Susanna. Era algo que Devlin no había anticipado. Disimuló el asombro inicial al ver a Susanna en la que había sido descrita como una reunión familiar, pero estaba estupefacto ante la rapidez con la que se había introducido en el círculo de los Alton. Se preguntaba si habría sido Fitz el que había pedido a sus padres que permitieran la presencia de Susanna. No le extrañaba, pensó sombrío, que Fitz hubiera caído rendido a los arteros encantos de Susanna, pero sí le parecía extraño que sus padres parecieran igualmente seducidos por ella. Los duques eran extraordinariamente tiquismiquis en todo lo relativo al rango y el linaje. A diferencia de su hijo, el duque tenía suficiente carácter como para no dejarse engañar por un rostro bonito y una figura cautivadora, incluso en el caso de que estuvieran acompañados por una notable fortuna.

–Buenas noches, lady Carew –la saludó Dev–. Qué sorpresa encontraros en una reunión familiar.

Susanna sonrió.

–A mí no me sorprende, sir James, que los duques hayan tenido la generosidad de incluirme en su círculo familiar.

Lo cual, pensó Dev con sombría ironía, además de demostrar el calor con el que había sido recibida en la familia, ponía en evidencia el frío trato que continuaba recibiendo él después de haber pasado dos años comprometido con Emma.

Susanna pasó por delante de él para sentarse en la parte trasera del palco. Fitz protestó rápidamente y la instó a colocarse en la primera fila, a su lado. Dev no pudo menos que admirarla como estratega. Aquella demostración de modestia había sido espectacular. Fitz era como la mantequilla entre sus dedos. Por muchos progresos que hubiera hecho Chessie el día anterior en el Gunters, no habían servido para nada. Susanna había vuelto a tomarle la delantera.

–Bien jugado –musitó.

No le pasó desapercibida la disimulada sonrisa que Susanna le dirigió. Una sonrisa acompañada de una expresión triunfal.

–Tengo mucha práctica –respondió Susanna con ligereza, de modo que sólo él pudiera oírle.

–Es evidente.

Pero su sarcasmo encerraba mucha amargura. Estaba enfadado. Parecía fruto de la más refinada forma de tortura estar allí sentado, contemplando a la que había sido su primera esposa utilizando todo tipo de artimañas para atrapar al hombre que su hermana quería.

Pensó en el beso que había compartido con Susanna en el carruaje el día anterior, en el calor, la pasión y el deseo enloquecedor que había provocado. Su enfado subió un grado más. Susanna le había ganado en su propio terreno, le había dejado deseando mucho más. Sabía que Fitz era su verdadera presa. Y que era una consumada intrigante.

Por supuesto, podría advertir a Fitz. Podía decirle que Susanna no era lo que aparentaba, que era una cazafortunas. Una idea crecientemente tentadora. Sin embargo, no lo era tanto pensar en las posibles venganzas de Susanna. Y Susanna era una mujer de tanto talento, y manejaba tan bien a Fitz, que quizá ya le hubiera dicho que había muchos que deseaban verla caer y hacían correr rumores maliciosos sobre ella. Dev podía imaginar la furia protectora que aquello desataría en un hombre tan estúpido como Fitz, que ya consideraba a Susanna como de su propiedad. Y enfrentarse al marqués en un duelo no entraba dentro de sus planes.

Y no serviría de nada.

Dev observó a Susanna instalándose elegantemente en la silla. Aquella noche llevaba un vestido de color crema y oro. El escote era discreto. Seguramente, no quería ofender a los duques vistiéndose como la descarada que era, pero aun así, el diseño era suficientemente tramposo como para que, a pesar de su supuesta modestia, realzara su sinuosa figura. La delicada gasa resplandecía bajo la luz. Llevaba el pelo trenzado y coronado por una fina diadema de oro. Tenía un aspecto elegante, adinerado y tentador. Desde luego, Fitz parecía tentado e incluso Freddie Walters había abandonado a Emma con indecorosa precipitación para ayudar a Susanna a despojarse de su chal.

—Os ofrecería mi ayuda, lady Carew —se disculpó Dev cuando Fitz se apartó para ir a hablar con su tía—, pero puesto que Fitz es vuestro acompañante y Freddie ya os ha desnudado, queda poco trabajo para mí.

Susanna le fulminó con la mirada al oírle insinuar una relación íntima con Walters.

–No quiero obligaros a realizar ningún esfuerzo, Sir James –respondió con falsa dulzura–. He oído decir que últimamente vuestra especialidad consiste en no hacer nada –alzó la mirada y la posó durante unas décimas de segundo en Emma–. Al parecer, sois un explorador que habéis reducido vuestros viajes al trayecto entre St.James y Mayfair. Qué original por vuestra parte.

Dev sonrió con amargura.

–Una vez más, demostráis que habéis estado siguiendo mis pasos. Debo fascinaros.

Advirtió un brillo de irritación en su mirada.

–Oh, en absoluto. Pero hasta Edimburgo ha llegado la noticia de que el famoso aventurero sir James Devlin ha sido comprado por una heredera a cambio de setenta mil libras al año y ahora languidece encerrado en casa, donde está a entera disposición de su prometida.

Dev dejó escapar el aire entre los dientes. Sentía la tensión en los hombros, presionando la tela de la casaca. Esperaba no terminar reventando las costuras. No podría permitirse el lujo de comprar una casaca nueva. Ya le debía a su sastre una exorbitante suma de dinero. Pero, desde luego, Susanna había conseguido sacarle de quicio a los cinco minutos de su encuentro. Tenía un talento especial para ello. Dev sabía que no debería caer en sus provocaciones, pero al parecer, no era capaz de evitarlo.

–Mientras que vos, lady Carew, habéis recorrido un largo camino. O quizá sea más preciso decir que habéis realizado un empinado ascenso. De sobrina de un maestro a viuda de un barón hasta llegar a las vertiginosas alturas del marquesado –la recorrió de pies a cabeza con la mirada–. Podríamos decir que esta noche vuestro vestido está a la altura de vuestras ambiciones.

Susanna soltó una carcajada.

–Debéis estar de muy mal humor esta noche, sir James, para reprocharme que me haya convertido en una cazafortunas cuando vos sois un profesional. ¿Ha sido la cena con vuestra heredera la que os ha puesto de tan mal humor?

–Apuesto a que no ha sido tan emocionante como vuestra cita con Fitz –replicó Dev sombrío.

–Hemos ido al restaurante Rules –replicó Susanna. Esbozó una seductora sonrisa–. Hemos comido ostras que, como bien sabéis, son el alimento del amor.

–Siempre me han parecido repugnantes y viscosas.

Fitz reclamó entonces la atención de Susanna. Se sentó a su lado y le señaló a Dev con frialdad que Emma estaba esperando a sentarse. Dev adivinó la sombra de una sonrisa en los labios de Susanna cuando ésta vio la expresión enfurruñada de Emma y su tensa figura.

Estaban a punto de levantar el telón.

–¿Esa mujer fue otra de tus amantes? –le susurró Emma a Dev, ignorando el hecho de que la función había empezado.

Al igual que muchos de sus contemporáneos, Emma no iba al teatro a disfrutar de la obra, sino a ver y ser vista. De hecho, era perfectamente capaz de pasarse hablando toda una representación. Pero aun así, en aquella ocasión, su susurro hizo que varias cabezas se volvieran hacia ella.

–No –respondió Dev cortante–. Ni es mi amante ni lo ha sido nunca.

No estaba mintiendo, pero aun así, conocía íntimamente todos los rincones de aquel cuerpo exquisito. Tragó saliva. Nunca había tenido una memoria particularmente buena. Por lo menos para las Matemáticas, la Geografía, la navegación o cualquier otro tema que pudiera serle de utilidad. Por lo tanto, resultaba irónico que en las circunstancias menos adecuadas imaginables, recordara todos los centímetros de la sedosa piel de Susanna deslizándose bajo su mano, la forma que se arqueaba bajo sus caricias e incluso el fuego que se encendía en sus ojos en medio de aquel sensual placer. Cambió incómodo de postura. El asiento estaba duro como una piedra. Igual que él. Rezó al cielo para que Emma no mirara hacia un lado y descubriera su inapropiada reacción. Era capaz de gritar de indignación y montarle una escena.

Los sentidos de Dev sólo eran conscientes de la presencia de Susanna. Estaba sentada delante de él, ligeramente vuelta hacia la derecha, y podía verla por el rabillo del ojo. Parecía concentrada en la representación. La luz iluminaba el vestido dorado y la delicada curva de sus hombros. Su perfume le envolvía. Verbena y miel, un olor dulce con algunas notas ácidas, como la propia Susanna. Podía ver los rizos que escapaban a la diadema y acariciaban su nuca. Quería alargar la mano, tocarlos, deslizar el dedo por su espalda. Quería sentir la seda del vestido bajo su mano, el calor del cuerpo de Susanna bajo…

Emma le clavó el abanico en las costillas, dejándole sin respiración y jadeando de dolor. Le estaba fulminando con la mirada por estar más pendiente de Susanna que de ella y de la obra, y no podía culparla por ello, aunque discrepara de sus métodos. Intentó concentrarse en la representación, pero al parecer, sólo era capaz de recordar la exquisita bendición de hacer el amor con Susanna. Podía recordar la esencia dulce y salada de su piel mientras se acurrucaba contra él agotada y saciada. Podía sentir el cosquilleo de su pelo contra su pecho desnudo y el roce de sus piernas enredadas con las suyas bajo las sábanas. Podía saborear sus besos. Recordaba haber permanecido despierto durante horas, escuchando el sonido de su respiración, dibujando su mejilla perfecta, su cuello, descendiendo por la curva de sus hombros mientras sus labios seguían el rastro de sus manos, embriagándose en su sabor. Se recordaba descendiendo hasta sus senos para despertarla con una urgencia que le había hecho reír entre sus brazos mientras volvían a hacer el amor. Había sido una unión extremadamente frágil, pero en aquel entonces le había parecido un encuentro dulce y honesto sobre el que cimentar una vida en común. Recordaba los labios de Susanna entreabriéndose bajo los suyos y el pequeño gemido de aquiescencia y rendición que había escapado de ellos la primera vez que la había besado. En aquel momento se había sentido invencible y dispuesto a comerse el mundo entero.

El arrepentimiento y la tristeza lo golpearon con impactante intensidad. Había construido sus sueños sobre una mentira. Todos aquellos sentimientos, todas sus esperanzas en el futuro, no tenían más fundamento que su imaginación y el engaño de Susanna. Le había utilizado. Desde el principio hasta el final, le había visto únicamente como un medio, como un primer paso en el camino que la llevaría a convertirse en duquesa.

Dev volvió ligeramente la cabeza. Vio que Fitz se había apoderado de la mano enguantada de Susanna y estaba apartando la tela del guante para besarle la muñeca, como había hecho el propio Dev en el carruaje. Experimentó un rabioso sentimiento de posesión que le sorprendió tanto como le disgustó. No le convenía continuar deseando a su exesposa. Tenía que frenar aquellos sentimientos. Su relación había terminado mucho tiempo atrás.

Observó a Susanna retirar la mano, aunque con suficiente lentitud como para que aquel gesto no pudiera interpretarse como un rechazo. Estaba riendo y miraba a Fitz con el ceño ligeramente fruncido por haberla distraído de la obra. Un movimiento inteligente, pensó Dev, combinar la sofisticación con un infantil entusiasmo por la representación. En medio de todos aquellos espectadores que asistían al teatro únicamente por moda, el supuesto interés de Susanna se revelaba como fresco y encantador. Pero, al menos así se lo parecía a Dev, era tan falso como su estima por Fitz.

El telón bajó anunciando el final del primer acto y el volumen de las conversaciones en el teatro alcanzó proporciones ensordecedoras. Fitz y Susanna estaban tan absortos el uno en el otro que no parecieron advertir que la primera parte de la obra había terminado. Dev observó a Fitz mientras éste se inclinaba para susurrarle algo al oído, quedando tan cerca de ella que parecía a punto de besar la delgada columna de su cuello. Se detuvo allí, permitiendo que su aliento acariciara los tiernos rizos que rodeaban su oreja. Dev sintió crecer el enfado dentro de él. Observó a Susanna, que curvaba los labios con la más tentadora sonrisa. Había vuelto ligeramente la cabeza, de modo que Fitz pudiera ver aquella sonrisa coqueta, y le apartó después, juguetona, con un delicado golpe de abanico. Fitz le quitó el abanico, lo sostuvo fuera de su alcance y ella, riendo, intentó recuperarlo. En aquel momento, Dev deseó darle a Fitz un buen puñetazo. Apretó las manos a ambos lados de su cuerpo. Aquellos coqueteos tan explícitos eran habituales en aquellos círculos, pero estaban sacándole de quicio. Por supuesto, se dijo a sí mismo, su frustración sólo tenía que ver con Chessie. Era consciente de que sus posibilidades de convertirse en marquesa de Alton estaban disminuyendo por momentos, y todo porque Susanna era una maquinadora sin principios y Fitz un joven consentido y arrogante, acostumbrado a conseguir todo lo que quería.

Susanna le descubrió mirándola. Volvió a sonreír. En aquella ocasión, asomó un brillo burlón desde las profundidades de sus ojos verdes. Dev desvió la mirada. Deseaba estrangularla con tal violencia que resultaba inquietante. De hecho, se alegró sinceramente cuando Emma posó la mano en su brazo y le pidió recatadamente que la acompañara a hablar con la señorita Daventry, que estaba en el siguiente palco. Fueron juntos, sumándose a la multitud de espectadores que iban visitando los diferentes palcos para saludar a amigos y conocidos.

En otros momentos, recordó Dev, aquélla era la parte de la velada que más disfrutaba. Emma le había presentado a numerosos contactos que le habían resultado muy útiles. Había podido acceder a un ámbito de la sociedad que en otro tiempo estaba completamente fuera de su alcance y aquella posibilidad le atraía y deslumbraba más allá de toda lógica. Cuando había conocido a Emma, Dev estaba en la cumbre de su celebridad. Era un héroe, un buscador de tesoros que acababa de regresar de México, el niño mimado de la alta sociedad. Había disfrutado de la notoriedad de su nombre y había utilizado sin ningún pudor su fama y los contactos de Emma para ascender socialmente. Susanna tenía razón cuando le acusaba de ser un cazafortunas. Pero no sólo buscaba el dinero, sino también las ventajas y el ascenso social que su situación podía reportarle.

Sin embargo, aquella noche, todo aquel proceso le parecía sin sentido y mortalmente aburrido. Quizá porque estaba muy cerca de conseguir todo lo que deseaba y ya no encontraba ningún elemento de desafío. Dev pensó en su futuro como marido de Emma, en aquel elegante y monótono modo de vida, temporada tras temporada, año tras año, sin ningún objetivo real, y descubrió que estaba casi a punto de bostezar. Advirtió que lady Daventry, una noble viuda, estaba frente a él y convirtió su bostezo en una sonrisa.

—Buenas noches, señora.

Tomó su mano, se inclinó con suprema elegancia y besó la mano enguantada con un anticuado gesto de galantería.

A las damas de más edad siempre les gustaban aquellas demostraciones de cortesía y a menudo se quejaban de la falta de modales de las generaciones más jóvenes. Lady se sonrojó y farfulló:

—Emma, querida, deberías casarte con este joven antes de que me fugue yo con él.

Dev sonrió mecánicamente y dijo todo lo que se suponía debía decir en aquellas circunstancias. Emma fue arrastrándole de grupo en grupo. Dev sentía su mano sobre su brazo como una esposa de hierro a medida que avanzaban. Aquélla, se recordó a sí mismo, era una de las razones por las que le había propuesto matrimonio. Era bella, rica, tenía muy buenas relaciones y...

Y ya nada de eso parecía importarle en absoluto.

Dev se quedó petrificado allí donde estaban. Aquello, se recordó, era todo lo que siempre había querido: dinero, éxito y estatus. Y todavía continuaba deseando el dinero, la fama y todo lo que con ello podía conseguir, pero cuando Emma volvió a tirarle del brazo, tuvo la sensación de que el precio a pagar era exageradamente alto.

—¡Dev! ¡Dev! —le susurró Emma al oído.

Al principio, Dev pensó que estaba urgiéndole a responder a alguna obligación social, pero después, comprendió horrorizado que Emma estaba aprovechando el breve momento de intimidad que le daba el estar detrás de una columna para estrecharse contra él y susurrarle al oído:

—Ven conmigo esta noche.

Dev sintió la humedad de su lengua en la boca en lo que asumió era un inocente intento de erotismo.

—Podemos vernos en el jardín —propuso Emma—. Te quiero —y sus palabras fueron acompañadas de un nuevo acercamiento de su cuerpo contra el suyo.

Le soltó en el momento en el que Freddie Walters se acercaba. Dio media vuelta y se alejó, no sin antes dirigirle a Dev la que pretendía ser una seductora sonrisa. Durante varios segundos, Dev fue incapaz de moverse. A menos que hubiera malinterpretado la situación, y no parecía que hubiera mucho lugar para malentendidos, su virginal prometida acababa de proponerle que la sedujera.

Esperaba notar algo. Una sensación de triunfo habría sido una buena respuesta. Había sido extremadamente paciente con Emma, la había tratado con el respeto que su condición de rica heredera exigía. Era cierto que aquel respeto se debía a que era consciente de que si seducía a

Emma o si se fugaba con ella, sus padres la dejarían sin un solo penique y él terminaría casado con una niña mimada y sin dinero. Pero en aquel momento, Emma estaba intentando seducirle y Dev pensó que debería sucumbir elegantemente, ir después a ver a los padres de la joven y decirles que después de dos años de abstinencia, Emma y él se habían dejado arrastrar por el amor que sentían. Presionaría para que se celebrara pronto la boda y estaba convencido de que, a aquellas alturas y estando la reputación de Emma en juego, lord Brooke y su esposa tendrían en consideración su sugerencia.

Aquel plan perfecto sólo tenía un inconveniente.

No quería llevarlo a cabo.

No deseaba a Emma en absoluto y ni siquiera estaba seguro de que pudiera seducirla en el caso de que se lo propusiera.

Rompió a sudar. Pensó en seducir a Emma. Lo pensó con todo lujo de detalles, tal como había recordado los momentos compartidos con Susanna. Pero en aquella ocasión, su cuerpo permaneció obstinadamente indiferente. Golpeó con la mano el pilar de mármol, en gesto de pura exasperación. Maldita fuera, se lamentó, se suponía que él era un libertino. Aquél era un regalo, la recompensa que había estado esperando. Debería estar listo y preparado para explotarlo, para saltar el jardín vallado y seducir a Emma en el cenador o contra cualquier árbol del jardín. Debería hacer el amor con ella hasta tenerla tan arrebatada por aquel placer sensual que le suplicara que se casara con ella. Debería estar ansioso por aquel encuentro. Al fin y al cabo, Emma era una mujer deliciosamente bella, además de deliciosamente rica.

Bajó la mirada. No parecía estar sucediendo nada en el interior de los pantalones. No estaba ansioso. Estaba moribundo.

Le asaltó una nueva oleada de inquietud. ¿Qué ocurriría si decidía aceptar la invitación de Emma y llegado el momento no podía cumplir? Jamás en su vida había tenido aquel problema. Sólo en una o dos ocasiones, y porque estaba completamente bebido.

De modo que la conclusión era innegable. No deseaba a Emma. No la deseaba en absoluto. Lo que él quería…

Algo se movió de pronto en su línea de visión.

Era una mujer vestida con un traje dorado que moldeaba de tal manera su cuerpo que Dev deseó atraparla, desprenderla del vestido como si estuviera abriendo un regalo, hundir el rostro contra su piel desnuda e inhalar su esencia, enredar los dedos en sus sedosos rizos negros y perderse en ella una y otra vez hasta que ambos estuvieran completamente saciados.

Todos sus sentidos se tensaron. Tenía el cuerpo entero en alerta. Observó a Susanna, que se escabullía de la habitación para dirigirse a uno de los pasillos. El vestido dorado brillaba como una delicada telaraña.

No deseaba a Emma, su hermosa, rica e influyente prometida. Deseaba a Susanna, su bella y pérfida exesposa.

Evidentemente, tenía un serio problema.

Capítulo 8

Susanna estaba cansada. Ninguna de sus misiones le había causado nunca tantos problemas como lo estaba haciendo aquélla. Normalmente, disfrutaba del desafío, pero en aquel momento, le dolía la cabeza, le dolían los pies embutidos en aquellos adorables zapatos dorados y, curiosamente, parecía dolerle también el corazón. Las atenciones de Fitz comenzaban a ser más frecuentes y obvias. Susanna deseó que no fuera un libertino. Los libertinos eran más difíciles de controlar que otros hombres. Requerían más esfuerzos, había que tener más cuidado al manejar la situación y para mantenerlos a raya.

La intención de Fitz, Susanna lo sabía perfectamente, era conseguir llevarla a su lecho lo antes posible. El hecho de que fuera una conocida de sus padres no le detendría. Estaban participando ambos en el juego de la seducción, en una danza que él creía que terminaría en una satisfactoria aventura. Fitz era un hombre de deseos muy simples, había comprendido Susanna. Y en aquel momento la deseaba a ella. También era extremadamente caprichoso y mimado, estaba acostumbrado a conseguir todo lo que quería.

Pero a ella no la tendría.

Su intención era fascinar a Fitz y, simultáneamente, frustrarle. Su trabajo era parecido al de un malabarista de circo:

mantener todas las pelotas en el aire y no dejar caer ninguna, como, desgraciadamente, había ocurrido el día anterior, cuando Devlin había conseguido distraerla. Susanna cerró los ojos y sofocó la irritación que aquel recuerdo despertaba. No podía permitir que Dev volviera a sacarla de sus casillas. Había tenido que trabajar muy duramente para recuperar el terreno perdido y conseguir la invitación de aquella noche.

No tenía ninguna intención de convertirse en la amante de Fitz. Lo último que le apetecía era tener a aquel hombre como amante y, en cualquier caso, aquélla era una cuestión de negocios, no de placer. Corría el peligro de perder la influencia que tenía sobre Fitz si éste saciaba su deseo. Podría, en ese caso, buscar de nuevo los virginales encantos de la señorita Francesca Devlin y entonces, ella lo perdería todo. Tenía que conseguir que Fitz quisiera casarse con ella. Su manera de funcionamiento habitual consistía en conseguir la petición matrimonial, aceptarla y, al cabo de un par de meses, confesar arrepentida que había actuado precipitadamente, que había cambiado de opinión y que todo había sido un error. Si su estrategia había tenido éxito en el pasado, no había ningún motivo para suponer que Fitz no iba a ser la próxima víctima de su cuidadosamente calculado engaño.

La única pega era Devlin. Susanna no quería admitir sus dudas, pero aquél era el caso más complicado que se le había presentado y, además, flirtear con otro hombre bajo la constante mirada de Dev estaba demostrando ser muy complicado. Suspiró y se llevó los dedos a las sienes, donde comenzaba a palpitarle la cabeza. A Dev no le vendría mal embotellar su antipático gesto de desaprobación y vendérselo a las carabinas. Ganaría una fortuna y no necesitaría venderse a una rica heredera.

Observó a Fitz desde su asiento. Se había desviado cuando iba a buscarle una limonada con hielo, que a esas alturas ya debía de estar caliente, para acercarse a saludar a unos amigos y conocidos del palco que tenían frente a ellos. Donde quiera que fuera, se convertía en el centro de atención de las damas. Revoloteaban a su alrededor como mariposas de colores brillantes deleitándose en el calor del sol. Fitz fue avanzando desde el palco por el pasillo en curva para regresar al lado de Susanna. Ésta vio en ese momento que era abordado por una más que conocida cortesana. En menos de lo que dura un parpadeo, Fitz se inclinó para susurrarle algo al oído, la mujer asintió y continuó avanzando entre el crujido de la seda. Susanna sonrió con cinismo. A lo mejor Fitz era más inteligente de lo que parecía. Se había dado cuenta de que no iba a compartir su lecho aquella noche y había hecho los arreglos pertinentes para satisfacer su deseo carnal.

—Veo que Fitz desdeña vuestros encantos a cambio de los de la señorita Kingston, lady Carew.

Era una voz irritantemente familiar. Susanna alzó la mirada. Dev estaba frente a ella, supremamente elegante con el chaleco blanco y dorado, el lino inmaculado de su camisa y unos diamantes tan brillantes que casi la deslumbraban. Susanna había oído decir que cuando Dev había llegado a Londres tras sus aventuras, llevaba pendientes de perlas. Al parecer, a las damas les encantaba. Aquel exceso inicial parecía haberse sofocado o, al menos, haberse transmutado en un mejor gusto, y más caro también. Pero continuaba conservando cierta tendencia a la ostentación, y sus ojos mantenían el brillo del antiguo pirata, del aventurero James Devlin, el hombre que había tomado tres barcos enemigos en un solo ataque, había ganado un tesoro en un juego de azar y, si los rumores eran ciertos, había seducido a la hija de un almirante contra la vela mayor del barco.

Vio el brillo burlón de su mirada. Devlin se sentó a su lado sin pedirle permiso.

—Quizá —continuó diciendo—, tus artes amatorias no sean tan sofisticadas como imaginas y Fitz ya se ha aburrido de ti –cambió de postura–. Si me permites darte un consejo, ayer en el carruaje me besaste como una inexperta…

–Ahórrate tus consejos para quien te los pida –le espetó Susanna.

Sabía que Devlin estaba intentando provocarla, y lo estaba consiguiendo sin esforzarse apenas. Al parecer, cualquier cosa que Dev le dijera atravesaba rápidamente sus defensas y se le clavaba directamente en el corazón. Devlin tenía una capacidad de herirla que a Susanna ni le gustaba ni comprendía.

Dev sonrió y se encogió de hombros.

–Muy bien. Cambiaremos de tema. Ser un cazafortunas puede llegar a ser terriblemente aburrido, ¿no es cierto? –estiró sus largas piernas y la miró de reojo con expresión divertida–. No parece que te estés divirtiendo mucho, pero no me sorprende. Me temo que Fitz no es el más agudo de los interlocutores. Su conversación carece de chispa.

–Estoy disfrutando enormemente de la velada –respondió Susanna cortante.

–Por supuesto que sí –Dev curvó los labios en una sonrisa–. Después de haber invertido tanto tiempo, energía y paciencia en despertar el interés de Fitz, de pronto –chasqueó los dedos–, él te abandona por una cortesana.

–No me importa –replicó Susanna, y estaba siendo completamente sincera.

Sintió la fría mirada de Dev escrutando su rostro y se preguntó qué vería en él.

–No –contestó Dev al cabo de unos segundos. Un ceño se insinuaba en su frente–. No parece que te preocupe. Qué extraño –dijo en tono pensativo–. Eso sólo significa que Fitz te importa muy poco.

Susanna se encogió ligeramente de hombros. No iba a fingir por Fitz un afecto que no sentía. Dev descubriría su mentira. Parecía conocerla suficientemente bien como para comprender lo que realmente sentía.

–Cualquier mujer que confíe en la fidelidad de un hombre está condenada a sufrir una desilusión.

Dev la miró con los ojos brillantes y expresión impasible.

–Una filosofía bastante negativa de la vida –musitó.

–Y realista –replicó Susanna con cierta amargura, incapaz de contenerse.

–Siento que hayas tenido que llegar a esa conclusión. No sabía que tu marido fuera un mujeriego –se interrumpió–. ¿O te refieres a tus amantes?

–No pienso hablar de mis amantes –replicó Susanna.

Dev esbozó una mueca.

–Bueno, por lo menos eso es algo que a mí no puedes reprocharme –musitó–. No me diste la oportunidad de serte infiel. Escapaste demasiado rápido del lecho nupcial.

–No estoy hablando de nosotros, y prefiero que cambiemos de tema. ¿Os ha gustado la primera parte de la actuación, sir James? –preguntó, cambiando también de tratamiento y de tono.

–Oh la actuación ha sido insuperable –había cierta amargura en su voz–, pero no la he disfrutado particularmente –giró en la silla para mirarla directamente a los ojos–. ¿O te referías a la obra de teatro?

–Esta noche parecéis decidido a discutir conmigo.

–Sí –se mostró de acuerdo Dev–, supongo que sí –soltó una carcajada–. Considero que has fingido perfectamente tu entusiasmo cuando seguramente la obra te ha resultado aburrida.

–Eso no es cierto –protestó Susanna, un tanto dolida por su cinismo–. Adoro el teatro. Viendo una obra, uno puede escapar de la realidad y...

Se interrumpió bruscamente, consciente de que estaba proporcionando más información de la que pretendía. Dev, siempre tan astuto, había sido consciente de su desliz.

–Qué interesante –comenzó a decir lentamente–. Con la

vida de la que disfrutáis, ¿por qué querríais escapar, lady Carew? ¿O de que querríais escapar? –preguntó Dev, recuperando también él el vos.

Se miraron a los ojos y, una vez más, Susanna sintió la afinidad que había entre ellos. Se obligó a desviar la mirada y se encogió despreocupadamente de hombros.

–Oh, sólo pretendía decir que disfruto mucho del teatro.

–Sí, veo que os atrae –respondió Dev con cinismo. Se reclinó en su asiento–. ¿No preferís otro tipo de diversiones más activas? Como perseguir a jóvenes vástagos de la nobleza, por ejemplo.

–Nunca persigo a más de uno a la vez –respondió Susanna.

Experimentó un inmenso alivio al advertir que había conseguido distraer a Dev. Pero, al mismo tiempo, se apoderó de ella una sensación de vacío y pesar por no poder ser sincera con él.

–Fitz es mayor que yo. Sin embargo, habláis como si yo fuera una especie de asaltacunas.

–Es posible que sea mayor en años, pero es como si fuera un corderito al que estáis llevando al matadero.

Susanna ahogó una risa.

–Qué ridiculez. Fitz no es ningún joven ingenuo. Es un peligroso libertino.

–Lo que, evidentemente, no os asusta.

Susanna negó con la cabeza.

–Tengo demasiados años y experiencia como para que me asuste un libertino.

–¿Quizá haya sido su mala reputación la que os atrae? Oh, lo olvidaba –dijo Dev, mirándola con estudiada insolencia–, vuestra propia falta de moralidad y principios debería ser suficiente para ambos.

El ambiente del teatro, sofocante en aquella húmeda y calurosa noche de verano, pareció congelarse de pronto.

–¿Estáis intentando decirme algo, sir James? –preguntó Susanna con voz fría.

–Sí –respondió Dev–, y creo que tengo que ser sincero con vos –se interrumpió–. Estoy seguro de que sois consciente de que Fitz va a casarse con mi hermana Francesca, ¿no es cierto?

Su tono rotundo no entrañaba amenaza alguna, pero aun así, Susanna se estremeció. Sabía desde hacía tiempo que Dev no tardaría en lanzarle abiertamente su advertencia, y allí estaba, aquél era el momento que tantas veces había anticipado. Le miró por debajo de sus largas pestañas.

–Perdonadme, pero, ¿de verdad queréis que vuestra hermana se case con un marqués tan mujeriego?

Dev profundizó su sonrisa.

–Fitz no engañará a Chessie cuando estén casados –respondió con vehemencia–. Yo me encargaré de que lo entienda.

–Os estáis engañando a vosotros mismo –le advirtió Susanna. Esperó la respuesta de Dev, pero éste no dijo nada. Su rostro parecía esculpido en piedra–. Seguro que para vos representa una contradicción –no estaba segura de que debiera continuar con aquella conversación, pero no fue capaz de contenerse–. Queréis que Chessie se case con Fitz para que pueda disfrutar de todo aquello a lo que le dais valor. Queréis que tenga un título, dinero y estatus. Pero el precio a pagar es demasiado alto, ¿no es cierto? El precio de ver a vuestra hermana humillada por las infidelidades de su marido es excesivo como para…

Dev la interrumpió agarrándola por la muñeca.

–Vos también valoráis esas cosas, lady Carew –dijo entre dientes–. Queréis más dinero, y también un mejor título, de modo que no creo que estéis en condiciones de sermonearme.

Susanna se liberó de su mano y tomó aire para tranquilizarse y recuperar el control que había estado a punto de perder. Era peligroso hablar tan abiertamente. Sabía que estaba tocando un punto sensible para Devlin, pero al hacerlo, estaba cuestionando sus propias motivaciones. Dev pensaba que quería casarse con Fitz por su título y por su dinero. Y ella tenía que recordar que ésa era precisamente la idea que pretendía alimentar. Nadie podía sospechar cuál era su verdadera misión, o estaría perdida.

Acarició la gasa dorada del vestido.

—Es cierto. Adoro las telas caras —le dirigió una provocadora sonrisa—. La señorita Devlin y el marqués no están formalmente comprometidos, ¿no es cierto?

Dev la miró con el ceño fruncido.

—Digamos que hay cierto entendimiento entre ellos —Devlin endureció su tono.

—Un entendimiento —repitió Susanna. Suspiró—. Pero también los malentendidos son algo frecuente, ¿verdad, sir James? Una joven atractiva cree haber despertado el interés de un noble, pero de repente... —se encogió de hombros—, aparece una mujer más atractiva y capaz de distraer la atención de este último.

—Una persona peligrosa y manipuladora —dijo Dev. Había abandonado toda apariencia de cortesía. Una abierta antipatía teñía sus palabras—. Permitidme que sea sincero, lady Carew. Asumo que vuestra intención es apartar a Chessie y casaros con Fitz, ¿no es cierto?

—Eso no es asunto vuestro —replicó Susanna.

—Os equivocáis —le advirtió Dev—. Claro que es asunto mío. En tanto que vuestro exmarido...

—Tenía la impresión de la palabra exmarido, implicaba que el matrimonio había terminado. No creo que un exmarido juegue papel alguno en las decisiones de su exesposa. Repito, esto no es asunto vuestro.

Dev cambió de postura y se alejó de ella, lo que permitió que Susanna volviera a respirar. Presionó las manos en el regazo y deseó que Fitz regresara para que Dev se viera obligado a abandonar aquel interrogatorio. Cerró los ojos con fuerza. Pero sus ruegos no fueron escuchados porque cuando volvió a abrir los ojos, Fitz continuaba sin aparecer y Dev la observaba con expresión especulativa.

–Hay algo sospechoso en todo esto –comenzó a decir Dev lentamente.

A Susanna le latía con fuerza el corazón.

–¿En qué exactamente?

–Fueron los duques de Alton los que os presentaron a Fitz –recordó Dev–. Los duques pertenecen a lo más granado de la alta sociedad y, seguramente, no les gustaría que su hijo se casara con la viuda de un barón de pasado desconocido, por rica que fuera –la miró con los ojos entrecerrados–. Fitz podría hacer un matrimonio deslumbrante con muchas damas de la alta sociedad. Vos sois una auténtica don nadie y, aun así, los duques parecen apoyaros. Me pregunto por qué.

Susanna sentía cómo se le erizaba el vello de la nuca, a modo de advertencia. No podía vacilar en aquel momento. Dev se abalanzaría sobre cualquier muestra de inseguridad.

–Supongo que los duques consideran que una viuda rica es preferible a permitir que se fugue con una irlandesa que no tiene un penique.

Dev negó con la cabeza.

–Los Alton dan mucha más importancia al linaje que al dinero. Jamás os aceptarían como esposa para su hijo. De modo que no puedo dejar de preguntarme a qué se debe el apoyo de los duques –sonrió–. Así que creo que empezaré a hacer algunas averiguaciones.

Susanna sintió el miedo atenazándole la garganta. No había absolutamente nada que pudiera relacionarla directamente con los duques. Dev jamás imaginaría que estaba trabajando para ellos. La había contratado el abogado de la familia Alton, el señor Churchward, y era él el que pagaba sus cuentas. Sólo se había reunido con los duques en una ocasión. Aun así, Dev era muy astuto al deducir que su conducta era extraña. Tendría que tener mucho cuidado, sobre todo porque su supuesto matrimonio con un tal sir Edwin Carew no era más que el escaparate que le permitía hacerse pasar por una viuda rica y sofisticada. Bajo ningún concepto podía permitir que Dev descubriera la verdad, que se enterara de que, en realidad, le estaban pagando para que se interpusiera entre Fitz y Francesca.

–Podéis hacer todas las averiguaciones que queráis –contestó, fingiendo un bostezo–, si os apetece y podéis perder el tiempo. Pero no hay ningún misterio en todo esto. El duque y sir Edwin eran buenos amigos.

–Por supuesto –dijo Devlin con impoluta cortesía–. Vuestro marido, aquél que os enseñó tan duras lecciones sobre la fidelidad. ¡Un hombre muy misterioso, por cierto! Debería intentar averiguar algo sobre él.

–Me temo que habéis llegado demasiado tarde, puesto que está muerto –replicó Susanna.

–Estoy seguro –replicó Dev, y Susanna sí detectó entonces una amenaza en su voz–, de que podré averiguar algo sobre él.

Susanna tomó aire. La situación era cada vez más peligrosa. Cuando había inventado la existencia de sir Edwin, no se le había ocurrido pensar que nadie pudiera tener algún interés en investigar su pasado. No había ningún motivo para que nadie quisiera hacerlo. Pero eso había sido antes de que Dev reapareciera en su vida con aquella mirada inquisidora y sus preguntas comprometidas.

–Por supuesto, yo misma podría hablaros de sir Edwin, pero no deseo estropearos la diversión. Supongo que disponéis de mucho tiempo, o estáis muy aburrido –alzó la mirada en el momento en el que Emma regresaba al palco del brazo de Freddie Walters. Emma le dirigió a Dev una mirada tan ardiente que, por un momento, Susanna temió que pudieran prenderse las butacas. Dev, que parecía supremamente incómodo, la descubrió mirándole y la fulminó con la mirada.

–Quizá deberíais dedicar vuestro tiempo a vuestra prometida –le sugirió Susanna–. Parece estar más que deseosa de vuestra compañía.

–Gracias, lady Carew, pero no necesito que me deis consejos sobre mi vida amorosa –le espetó Dev.

–Os suplico que me perdonéis –Susanna le dirigió una mirada glacial–. Puesto que habéis pasado tanto tiempo dándome consejos, he pensado que debería devolveros el favor. Al fin y al cabo, es un privilegio que me concedo en tanto que soy vuestra amiga.

Vio algo en los ojos de Dev que le hizo sentirse débil y ligeramente mareada.

–Pero nosotros no somos amigos. Podemos ser muchas cosas, pero no somos amigos en absoluto.

Se levantó, hizo una reverencia y se alejó de allí, dejando a Susanna temblando estremecida. No, Devlin y ella no eran amigos. No podían ser amigos. Tampoco eran unos antiguos amantes cuya pasión se hubiera apagado. Entre ellos continuaba ardiendo el deseo. Había algo tórrido, sombrío y furioso presto a estallar en cualquier momento. Y ella deseaba que lo hiciera, comprendió Susanna con una punzada de miedo. Fitz no despertaba nada en ella, salvo la más profunda indiferencia. Pero Devlin... Siempre había sentido en exceso por Devlin. Un exceso de amor y un exceso de culpabilidad.

Cuando se levantó el telón para dar paso al segundo acto, volvió a fijar su atención en el escenario e intentó concentrarse. No permitiría que Dev le hiciera perder la razón cuando había tantas cosas en juego. Cuando tenía tanto que perder.

Capítulo 9

Emma llevaba una eternidad esperando a Dev. A esas alturas, el rocío le empapaba los zapatos y sentía frío por dentro y por fuera. En realidad, era una noche calurosa, pero se respiraba en el aire la proximidad de la tormenta. Oyó el reloj de la iglesia de St.Michael marcando la una y media. Supo que Dev no iba a ir. No la deseaba.

Se sentó en un banco de piedra, al lado de un estanque ornamental, y fijó la mirada en sus oscuras profundidades. No sabía si sentirse aliviada o desilusionada. Ni siquiera estaba segura de por qué había intentado seducir a Dev. Estaba muy aburrida, suponía, y habría sido algo emocionante. Además, sentía curiosidad. Dev tenía fama de haber sido un mujeriego, pero durante los dos años que llevaban comprometidos, se había comportado con ella con la más tediosa propiedad. Le parecía muy injusto que Londres estuviera lleno de mujeres que habían disfrutado de las libertinas atenciones de Devlin mientras ella, su prometida, no tenía la menor idea de lo que era ser seducida por él. Y, seguramente, eso no estaba bien

Al principio de su compromiso, todo le parecía mucho más emocionante. En aquel entonces, Dev era laureado como un héroe. Era un osado aventurero, famoso por su valor, por su ingenio y por sus múltiples encantos. Emma lo había visto, se le había antojado y lo había comprado con la promesa de su fortuna. Quería casarse inmediatamente con él, pero justo entonces, había muerto un aburrido pariente y la familia se había visto obligada a guardar luto. Después, había comenzado la temporada de caza y así había pasado todo un año, al que le había seguido otro y al final, Emma estaba comenzando a pensar que aquella boda jamás se celebraría.

De hecho, estaba comenzando a preguntarse si quería que se celebrara.

Sabía que sus padres se habían opuesto a aquel matrimonio desde el principio, y quizá tuvieran razón. Ella quería casarse con un aventurero, pero después del tiempo pasado, no podía desprenderse de la sensación de haber comprado una estafa. De modo que quizá fuera mejor que Devlin no estuviera allí. Había cambiado de idea sobre la seducción. Además, estaba segura de que también en ese aspecto le había sobrevalorado.

Se levantó y se dirigió al interior de la casa. El chal se le enganchó en la rama de uno de los arbustos del jardín y se detuvo para soltarlo, una maniobra difícil en la oscuridad. Mientras lo hacía, distinguió por el rabillo del ojo una sombra en la oscuridad. Oyó también una pisada sobre la grava. Giró bruscamente, desgarrando la delicada tela del chal y el corazón se le subió a la garganta.

Vio a un hombre en el camino de la entrada. Evidentemente, acababa de saltar la cerca que rodeaba el jardín y en aquel momento se estaba sacudiendo el polvo de las manos y alisándose la chaqueta. El corazón de Emma comenzó a latir a toda velocidad. De modo que, al final, Devlin había decidido acudir a la cita.

De pronto, Emma se sintió pequeña y asustada, como si acabara de liberar al genio de la lámpara y no fuera capaz de obligarle a volver a su interior. Le vio caminar hacia ella a grandes zancadas, sin prisa alguna, pero con firme determinación. Emma tragó saliva.

–He cambiado de opinión –graznó al verle acercarse.

Presionó las manos en la falda del vestido y se sintió temblar.

–¿Sobre qué?

–Sobre la posibilidad de seducirte... –se le había secado completamente la garganta.

–Qué desilusión –respondió el hombre. Se encogió de hombros–. Pero, puesto que acabamos de conocernos, quizá sea preferible. Así podréis dedicar algún tiempo a conocerme antes...

Emma advirtió la diversión en su voz, y cuando el recién llegado avanzó hacia una zona iluminada por la luna, comprendió que había cometido un error. Aquel hombre no era Devlin, aunque en corpulencia y altura se pareciera mucho a él. Pero Dev era rubio, y aquel desconocido muy moreno. Tenía un porte confiado y arrogante que resultaba curiosamente atractivo. No era joven, tenía más años que Dev, pero le sonrió de una forma que la hizo desear devolverle la sonrisa. Era extraño. E inquietante.

–Os ruego que me disculpéis –dijo Emma precipitadamente, aunque en realidad, era él el que había entrado sin autorización en el jardín de sus padres–. Pensaba que erais mi prometido. Se suponía que debíamos encontrarnos aquí.

–¿Para que pudierais seducirle?

El hombre le tomó la mano y Emma se descubrió sentándose a su lado en el banco de piedra. No estaba muy segura de cómo había llegado a aquella situación.

–Qué sinvergüenza –se lamentó el hombre–, dejaros aquí plantada. Y qué ingrato ha de ser para rechazar tamaño ofrecimiento –añadió con expresión pensativa, mientras contemplaba a Emma con admiración bajo la luz de la luna–. ¿Por qué queríais seducirle?

Emma se sonrojó.

–Estaba aburrida y pensé que podía ser divertido –le explicó–. ¡Llevamos dos años comprometidos y jamás me ha tocado siquiera! Y no sé por qué os estoy contando todo esto a vos –añadió enfadada–. ¿Quién sois?

El hombre hizo una reverencia burlona.

–Thomas Bradshaw, hijo ilegítimo del fallecido duque de Farne, enteramente a vuestro servicio, mi señora.

Emma se quedó sin habla. Jamás había conocido a un hijo ilegítimo. Los hijos ilegítimos no eran la clase de personas que su madre aprobaba. Sin embargo, Thomas Bradshaw parecía y hablaba como un caballero. Aunque también tenía un aspecto peligroso. Emma no podía explicar por qué, pero lo sabía. Lo sentía. Un escalofrío le recorrió la espalda.

–¿Qué estáis haciendo en el jardín de mis padres? –preguntó.

Se sintió mejor, con un mayor control sobre la situación, cuando asumió el papel de dama aristocrática. Sin embargo, Bradshaw hizo añicos su confianza con el simple gesto de tomarle la mano nuevamente. Su contacto la dejó sin habla. El calor del guante de cuero sobre su mano desnuda era como una caricia.

–Estoy trabajando –contestó Bradshaw, como si eso lo explicara todo.

–¿Trabajando?

Emma frunció el ceño. Nunca había conocido a nadie que trabajara para ganarse la vida. Devlin había trabajado en el pasado, aunque participar en una misión de la Marina no era un trabajo normal, además era algo completamente aceptable para un caballero.

–¿Qué clase de trabajo? –le preguntó.

–Hacéis muchas preguntas –Bradshaw continuaba mostrándose divertido–. Yo… averiguo cosas sobre la gente. Y persigo a delincuentes…

Una respuesta emocionante. Lo suficiente al menos como para provocarle otro escalofrío, aunque sólo fuera por el hecho de que el propio Thomas Bradshaw pudiera ser más peligroso que cualquier criminal.

–Dudo que podáis encontrar a ningún delincuente en nuestro jardín –respondió remilgada.

Le vio sonreír.

–Eso nunca se sabe –su mirada se tornó seria, intensa–. Vuestro prometido, quizá. Parece un estúpido, o algo peor. ¿Quién es?

Emma no fue capaz de reprimir una risa.

–Se llama sir James Devlin –contestó y vio que Bradshaw abría los ojos como platos.

–Vaya, pero si es un auténtico calavera.

–Eso es lo que me dice la gente –contestó Emma irritada–, pero yo no tengo ninguna prueba de ello.

–¿Y pensabais que la tendríais pidiéndole que tomara vuestra virginidad?

Emma se sonrojó, e intensamente en aquella ocasión.

–¡No me parece una pregunta muy adecuada!

–Quizá tampoco lo sea esta conversación –Bradshaw sonrió–. Ni tampoco el aburrimiento es una razón suficientemente buena como para seducir a un hombre. ¿Qué otra cosa os gustaría hacer para que vuestra vida resultara más emocionante?

En la mente de Emma comenzó a sucederse toda una procesión de imágenes. Eran muchas las cosas que quería hacer. Casi todas ellas prohibidas.

–Me gustaría ir a tomar algo a una cafetería –comenzó a decir–, y bailar en una taberna, no en un salón de baile, y jugarme grandes cantidades de dinero. Me gustaría que asaltaran mi carruaje unos salteadores de camino, y besar a un hombre que no sea un caballero…

Bradshaw la besó. Ella lo había pedido, había pronunciado aquellas palabras con toda deliberación, como una provocación, y en aquel momento no pudo menos que experimentar una intensa sensación de triunfo. La excitación la atravesó como un rayo, dejándola estremecida entre sus brazos. Fue un beso delicado, prometedor, pero que le negaba la plenitud que anhelaba. La dejó deseando mucho más. Cuando los labios de Bradshaw abandonaron los suyos, la frustración y el deseo la habían dejado sin aliento.

Bradshaw le apartó un mechón de pelo de la mejilla.

—Así que deseáis todas las cosas de las que pretenden protegeros —le dijo.

Le enmarcó el rostro con las manos y la atrajo hacia él. En aquella ocasión, el beso fue más demandante y cuando la soltó, Emma no fue capaz de contener un suspiro de anhelo.

Bradshaw deslizó una mano en la suya.

—Ven conmigo —como Emma no se movió, inclinó la cabeza y sonrió—. ¿Qué te detiene, Emma?

Emma, que todavía estaba temblando, tembló todavía más al oírle pronunciar su nombre de aquella manera. No se preguntó por qué lo sabía. Estaba demasiado arrebatada por sus sentimientos. Tenía la piel empapada en sudor, más ardiente que aquella calurosa noche, y el cuerpo tenso de anticipación y excitación. Aun así, vaciló. Aquello no estaba bien. Thomas Bradshaw era un desconocido y, por encima de su deseo, resonaba una pequeña voz, ¿la de su madre? ¿La de su institutriz quizá? ¿La de su carabina?, que le advertía de los peligros de permitir demasiadas licencias a un extraño. De hecho, a aquel desconocido le había permitido tomarse excesivas libertades.

—No puedo —contestó con un hilo de voz, y sintió que toda la excitación la abandonaba.

Bradshaw volvió a sonreír, le besó la palma de la mano y la soltó.

—Quizá la próxima vez.

Se levantó y se perdió entre las sombras tan rápidamente como había llegado. Emma se sintió como si estuviera despertando de un trance. Agarró el chal y se envolvió en él con manos temblorosas, intentando encontrar algún consuelo en sus ligerísimos pliegues. De pronto, se descubría asustada, aunque bajo su miedo, continuaba ardiendo una corriente de excitación.

«La próxima vez», había dicho. ¿Habría una próxima vez? No. O, al menos, quería creer que no la habría. Estremecida, corrió hacia la casa y, en la oscuridad de su lecho, soñó.

Dev llegaba tarde, muy tarde, y más que ligeramente bebido. El reloj marcó las dos cuando giró en Curzon Street. Las calles estaban vacías, sólo vio a un hombre desapareciendo en una esquina, una sombra oscura recortada contra la negra noche. Con la escasa luz de la luna, Dev no pudo distinguir su rostro, pero tuvo la extraña impresión de que era alguien conocido, una persona a la que había visto anteriormente. Sintió también un cosquilleo de advertencia, una suerte de premonición alertando a sus sentidos de un inminente peligro. Pero el hombre desapareció en medio de aquella noche, silenciosa y cargada.

Dev posó la mano en el pestillo de la puerta del jardín. Nunca había llegado a casa de Emma por aquella calle. En realidad, no le apetecía acercarse por ninguna. Había pasado las últimas dos horas en el club, buscando el ardor de la pasión en el fondo de una botella de brandy. Lamentablemente, su deseo por Emma no era más intenso que a primera hora de la noche, lo que quería decir que era inexistente. Aun así, aquélla era la llave del futuro. Tenía que tomarla. Tenía que seducir a Emma y utilizar la seducción para presionar y casarse cuanto antes. Sólo entonces podría asegurar su fortuna y su posición social.

Levantó el pestillo. La puerta se abrió y Dev se adentró en el jardín.

Nunca había estado en el jardín de la casa que los padres de Emma tenían en Londres. A la luz de la luna, pudo comprobar que era pequeño y estaba completamente cerrado por un muro de ladrillo. Los setos, pulcramente podados, salpicaban los caminos de grava. De las rosas emanaba una rica fragancia que flotaba en el aire húmedo de la noche. Había un pequeño cenador que parecía expresamente diseñado para la seducción. Al verlo, se le cayó el alma a los pies.

Emma estaba de pie, junto al estanque, donde una fuente en forma de querubín de piedra arrojaba un centelleante chorro a la luz de la luna. Emma estaba a varios metros de él, semioculta entre las sombras, y no se volvió cuando se acercó. Devlin vio entonces su vestido y el reflejo de plata que arrancaba de él la luz de la luna.

Se acercó a ella con dos grandes zancadas, la agarró del brazo con un fervor nacido de la desesperación, la estrechó en sus brazos y la besó.

En cuanto la tocó supo, con una oleada de inmenso alivio, que todo saldría bien. Emma emitió un gemido de sorpresa cuando se apoderó de sus labios, pero en cuestión de segundos, estaba derritiéndose contra él y se mostraba ardiente y dispuesta. La luz estalló entonces en la mente de Devlin, y con ella, el placer. Cerró los ojos, hundió las manos en su pelo, un pelo suave, sedoso, y la sostuvo contra él mientras asaltaba sus labios, enredaba su lengua con la suya, y ahondaba en el interior de su boca como si quisiera devorarla.

Movió los labios por la columna de su cuello y el dulce y vulnerable hueco de su garganta. Emma sabía a gloria, a la brisa fresca del verano, olía a tomillo y a rosas. El deseo le golpeó con tal violencia que le hizo gemir. ¿Cómo era posible que no la hubiera deseado antes? Emma se mostraba deliciosamente receptiva y dúctil entre sus brazos.

Dev retrocedió renuente para tomar aire. En ese momento, la luna salió desde detrás de un creciente banco de nubes e iluminó de lleno el rostro de la mujer.

¡Susanna!

La mujer que tenía frente a él era Susanna, con la melena descendiendo por sus hombros, sus pestañas oscuras ensombreciendo sus mejillas y los labios entreabiertos y henchidos por sus besos. El impacto inicial que recibió Dev fue seguido por una oleada de júbilo y deseo tan intensos que se quedó sin respiración.

Después, no supo durante cuánto tiempo, vaciló. Menos de un segundo, probablemente.

Sabía exactamente lo que debería haber hecho. Se había equivocado de jardín, debería haberse disculpado y haberse marchado de allí. Eso era lo que habría hecho cualquier caballero. Pero él era un libertino enfrentándose a una tentación insuperable. Deseaba a Susanna, la había deseado desde el instante en el que había vuelto a irrumpir en su vida, y allí la tenía, dispuesta a permanecer entre sus brazos. De modo que iba a tomarla. Su deseo por ella era tan agudo que le dolía físicamente.

–¿Devlin?

La voz de Susana era un suspiro. Parecía confundida, desconcertada, y profundamente seducida por sus besos.

–¿Qué…?

Devlin volvió a besarla suavemente, intentando persuadirla y refrenando el deseo que lo dominaba. Notó que el cuerpo de Susanna se ablandaba, mostrando su aquiescencia, y la sintió suspirar contra sus labios antes de devolverle el beso. La condujo entonces hacia un banco de piedra refugiado entre la sombra de los árboles. Él pretendía llevar a cabo la seducción en el cenador, se recordó precipitadamente, donde sin duda alguna habría cojines mullidos sobre los que tumbarse y paredes que resguardarían su intimidad de cualquier mirada. Pero en el jardín, todo era calor y fragancias embriagadoras, y quería tomar a Susanna allí mismo, sobre la hierba húmeda, con la luna danzando sobre el agua, el viento meciendo las ramas de los árboles y la brisa nocturna acariciando su piel.

Deslizó el vestido por sus hombros. Susanna llevaba un vestido suelto de la más fina y sedosa gasa y ningún corsé. Una vez más, la oyó gemir cuando el aire acarició su desnudez. Devlin sintió tensarse su piel, sintió cómo se endurecía el pezón contra la palma de su mano y casi inmediatamente después contra su boca. Succionó. Susanna dejó escapar un grito mudo que multiplicó el deseo en el interior de Devlin. Continuó bajándole el vestido hasta desnudar completamente sus senos. Susanna estaba exquisita en aquella sombra moteada por la luz de la luna, exponiendo su desnudez a su mirada, con su pálida piel bañada en plata y los pezones erguidos y afilados, suplicando sus caricias. Devlin volvió a besarla, acunó su seno con la mano y deslizó la lengua por el tenso pezón en una caricia que hizo suplicar a Susanna con palabras susurradas y entrecortadas.

Devlin deslizó la mano bajo las faldas del vestido y ascendió hasta los lazos de las medias. La piel del interior de los muslos de Susanna era más suave y delicada que la gasa que Devlin había tenido que retirar para descubrirla a sus caricias. Podía sentir su calor, olía su femenina excitación. Devlin ardía de ganas de poseerla, pero dominó de nuevo su impaciencia.

Rozó con los nudillos el corazón de su feminidad, provocando un gemido con aquel contacto.

—Oh, por favor —susurró Susanna con voz suplicante, pidiendo la liberación final.

Pero Devlin no iba a darle lo que tanto deseaba. No, todavía no.

Le dio un beso largo y profundo, y Susanna se aferró ansiosa a sus labios, abriéndose a él, ofreciéndole todo con una sorprendente entrega. Devlin recordaba aquella pasión en Susanna y su corazón pareció elevarse al reencontrarse con ella. Cubrió de besos sus senos y deslizó la lengua por sus pezones erguidos, hasta que el cuerpo entero de Susanna estuvo bajo el dominio de sus caricias. Deslizó entonces los labios por su vientre y apartó el vestido, impaciente por explorar cada una de sus curvas.

Susanna sabía increíblemente bien. Hundió la lengua en su ombligo y la sintió estremecerse. Regresó con los dedos al húmedo centro de su feminidad, buscando nuevos placeres. Susanna abrió las piernas y Devlin presionó delicadamente el tierno botón de su feminidad y la oyó gemir inmediatamente mientras se tensaba y dejaba que los espasmos fueran sacudiendo su cuerpo en una ciega obediencia a sus caricias, incapaces de resistirse a su poder de seducción.

—Ahora...

¿Lo había dicho él o ella? Devlin la tomó en brazos y la llevó al cenador, donde le quitó el vestido y la tumbó en un diván. En aquel momento, ya no era consciente de nada, salvo de la urgente necesidad de poseerla. Una necesidad que se aferraba a él como el más fiero deseo que jamás había experimentado. Tenía que estar dentro de ella, tenía que poseerla por completo. En un frenesí de impaciencia, se desabrochó los pantalones y la siguió al diván, donde se colocó entre sus piernas. A los pocos segundos, la sintió cerrarse a su alrededor, increíblemente tensa. Aquella presión bastó para llevarle al límite.

—Despacio, querida...

Retrocedió y notó que el cuerpo de Susanna cedía para acomodarse más profundamente a él. Besó sus labios trémulos y sintió que elevaba la parte superior de su cuerpo, haciendo que los pezones rozaran su pecho. Una embestida, dos, con lentitud y ejerciendo un control absoluto sobre sus deseos, sintiendo cómo ascendía de nuevo hacia el límite y, al mismo tiempo, intentando poner freno a sus propias necesidades y deseos.

Ni él mismo sabía que era capaz de tamaña paciencia cuando todos sus instintos le urgían a saquear aquel cuerpo con una intensidad desesperada. Aun así, consiguió mantener un ritmo lento mientras oía sus jadeos y la sentía moverse junto a él.

Susanna deslizó las manos por su espalda hasta alcanzar su trasero para invitarlo a hundirse más profundamente en ella. Devlin supo entonces que estaba perdido. Susanna volvió a alcanzar el clímax, cerrándose con fuerza a su alrededor. La luz explotó entonces en la cabeza de Devlin. Todos sus músculos se tensaron. Sintió que el mundo giraba y se alejaba de él en la más vertiginosa de las sensaciones, arrastrándolo hacia el más intenso y resplandeciente placer. Y tras el placer, se escondía algo más profundo, una ligereza que fluía por todo su ser, una sensación de conexión, un sentimiento de paz que debería haberle aterrado, pero que, en cambio, sentía como algo honesto y verdadero, como una medida de la cruda y verdadera pasión. Era como si hubiera recuperado lo más valioso que había perdido en su vida. Todavía le costaba respirar. Se sentía como si acabara de terminar un combate. Su cuerpo estaba supremamente satisfecho y su mente rondaba los límites del agotamiento. Pero advirtió que Susanna se movía, que intentaba sentarse. El pánico que transmitían sus movimientos y la descarnada sorpresa de su voz hicieron estallar en añicos aquel estado de dicha.

—¡Devlin!

Parecía horrorizada, como si acabara de ser consciente de la magnitud de lo que habían hecho. Se apartó de él, se levantó con torpeza del diván, tomó su vestido y empezó a vestirse precipitadamente. La gasa, escurridiza, escapaba y resbalaba de entre sus manos. Devlin la oyó maldecir con fiereza. Vio su figura delicada temblando bajo la luz de la luna mientras intentaba atarse el vestido y experimentó una punzada de arrepentimiento y una extraña ternura ante aquella fragilidad. Se levantó y dio un paso hacia ella. La vio retroceder.

—Déjame ayudarte.

En el instante en el que la tocó, Susanna se quedó paralizada. Era como una criatura asustada midiendo el peligro. Su melena, aquella sedosa masa en la que Devlin había hundido sus manos, caía en salvaje profusión sobre sus hombros. Devlin se la apartó de la cara y la sintió estremecerse. Deseó arrastrarla a sus brazos y estrecharla contra él. La fuerza de aquel impulso le impactó. Pero había algo en ella que le detuvo. Sentía su absoluto rechazo y estaba siendo testigo de la dignidad con la que, cuando ya era demasiado tarde, intentaba ocultar su desnudez.

Susanna le miraba con el ceño fruncido, confundida.

—No sé...

Devlin nunca la había visto tan insegura.

—¿No sabes lo que estabas haciendo? —terminó por ella.

Era la excusa habitual en una mujer que se había dejado llevar y después quería fingir que todo había sido un error. Había oído aquella frase muchas veces, en labios de esposas y viudas que buscaban un poco de diversión, pero no lo querían admitir abiertamente.

—Yo puedo explicártelo. Estabas haciendo el amor conmigo.

Vio un fogonazo de irritación en sus ojos.

—Sí, ya me he dado cuenta —contestó cortante. Pero la hostilidad de su voz desapareció a la misma velocidad que había surgido—. No sé lo que ha pasado —parecía desconcertada—. Ni siquiera entiendo cómo ha pasado.

—Ha pasado porque queríamos que pasara —replicó Dev.

Jamás había comprendido la necesidad de fingir en cuestiones de sexo. Para él, el sexo siempre había sido un pasatiempo agradable, nada más. Sin embargo, aquella vez había sido algo diferente. Más profundo, más importante, de alguna manera. Pero era una tontería. La simple verdad era que llevaba deseando a Susanna durante toda la velada. De hecho, no había dejado de desearla desde que la había vuelto a ver. Y por fin la había tenido entre sus brazos.

Esperó a que Susanna negara sus palabras, pero ésta permaneció en silencio. Estaba intentando peinarse, un gesto sin sentido, puesto que a esas alturas, probablemente las horquillas estaban esparcidas por medio jardín. Su rostro permanecía oculto entre las sombras mientras alisaba la falda del vestido. Aquel movimiento sólo sirvió para recordarle a Devlin lo que se ocultaba bajo aquella delicada tela: la lustrosa suavidad de su vientre y sus muslos, el calor de su cuerpo cuando se cerraba a su alrededor. Sintió que su miembro volvía a endurecerse. El único problema de romper dos años de celibato con una sesión de sexo tan asombrosa era que despertaba el deseo de repetir la experiencia una y otra vez.

Vio que Susanna le recorría con la mirada. Él ni siquiera se había detenido para desprenderse de la ropa. Llevaba la casaca abierta y la camisa desabrochada. El pañuelo había desaparecido en algún momento. Se había subido los pantalones, pero éstos apenas contenían su renovada erección. Se sentía de pronto tan inexperto e inmaduro como un joven que acabara de descubrir el sexo.

—Tú tampoco estás tan impecable como habitualmente —comentó Susanna, recuperando el tono frío y compuesto de su voz.

—Bueno, te ruego que me perdones. Estoy seguro de que si me dieras la oportunidad, podría hacer el amor contigo de forma tan delicada que no tendríamos por qué desordenar nuestras ropas.

Volvió a hacerse el silencio. Aquello era algo extraordinario. La mayoría de las mujeres con las que había estado querían hablar después del sexo. Sobre él, sobre sí mismas, sobre su inexistente relación en el futuro. Susanna, por el contrario, se dirigió sigilosa hacia la puerta del cenador y permaneció allí, mirando hacia al jardín y de espaldas a él. El viento silbaba entre las ramas del abedul y la luz de la luna pintaba su tronco de negro y plata.

–¿Qué demonios estabas haciendo en mi jardín? –preguntó bruscamente, al cabo de unos minutos.

Era una pregunta tan absurda después de lo que acababa de pasar entre ellos que Dev estuvo a punto de soltar una carcajada.

–¿Y qué demonios pretendías? –añadió Susanna–. ¿Qué buscabas comportándote así, como…?

Se le quebró la voz y Dev comprendió que, a pesar de su aparente calma, estaba todavía estremecida y profundamente afectada por lo que habían compartido.

–He invadido algo más que tu jardín –contestó Devlin, arrastrando las palabras–. Y, por cierto, ¿qué estabas haciendo tú respondiéndome de esa manera?

Susanna se volvió. Devlin vio la confesión en sus ojos y comprendió que tampoco ella tenía respuesta para aquella pregunta. No sabía por qué le había deseado, por qué había respondido tan apasionadamente o, sencillamente, por qué había hecho el amor con él. Y Devlin comprendió que aquello le preocupaba profundamente.

La parpadeante luz de la luna pareció acentuar su sonrojo.

–Yo pensaba… –se interrumpió.

–¿Creías que era Fitz? –sugirió Dev.

–¡No! –casi le espetó–. Sabía que eras tú –volvió a quebrársele la voz, mostrando su inseguridad.

–Has dicho mi nombre –señaló Dev esperanzado.

–Sí… –frunció el ceño–. Y yo no… No habría…

–¿No habrías hecho el amor con Fitz? –Dev se sintió triunfal.

–Eso no es asunto tuyo.

Susanna recuperó la compostura, al menos exteriormente, porque el nerviosismo de sus pasos cuando se volvió y se alejó de él, reflejaba exactamente lo contrario. La falda del vestido se enganchó con una planta de romero situada al borde del camino, liberando la fragancia de aquella planta aromática al aire cálido de la noche. Era un olor dulce y penetrante.

Dev decidió seguir a Susanna por la mera razón de que era eso lo que le apetecía hacer.

Susanna se detuvo y se volvió hacia él. Parecía exasperada. Alzó la mano para detenerle con un gesto que traicionaba su nerviosismo.

—¿Por qué no has contestado a mi pregunta? —insistió Susanna—. ¿Qué estabas haciendo en mi jardín?

—¿Éste es tu jardín? —preguntó Dev.

No pudo evitar una carcajada. A Susanna pareció disgustarle aquella burla.

—De hecho, es el jardín del duque de Portsmouth. Alquilo esta casa durante el resto de la temporada.

—¿Pero éste no es el número 25 de Curzon Street?

—Es el número veintiuno —le miró atentamente—. Creo que te ha fallado la brújula. ¿Buscabas la casa de lord Brooke?

Por alguna razón, Dev no quería admitirlo. Y no era solamente porque quería proteger la reputación de Emma. Pero Susanna ya lo había averiguado.

—Tenías una cita con lady Emma —dijo en un tono repentinamente apagado—. Ya entiendo. Bueno, por lo menos es tu prometida —una extraña sombra oscureció su voz—. No creo que la hubieras seducido.

—Entonces has pensado en esa posibilidad. ¿Estás celosa?

Susanna le dirigió una mirada de absoluto desprecio.

—Por supuesto que no.

—Después de lo que acaba de pasar, me resulta difícil creerte.

—Un caso de confusión de identidad —tomó una ramita de aligustre y jugueteó con ella entre sus dedos—. Pensabas que ibas a seducir a Emma y yo... —se interrumpió.

—En ningún momento lo he pensado. Sabía que eras tú.

Susanna le dirigió una dura mirada.

–¿Entonces por qué lo has hecho, si era a Emma a la que pretendías seducir en un principio?

–Porque te deseo más que a ella –respondió Dev.

Vio que le miraba con los ojos entrecerrados.

–Eres mucho más inmoral de lo que imaginaba –le acusó Susanna con desprecio.

–Probablemente –respondió Dev–. Pero no estamos hablando de mí, estamos hablando de ti.

Apoyó la mano en la rama de un manzano, dejando a Susanna atrapada entre él y la tapia del jardín.

–A lo mejor tú te dedicas a hacer el amor por las noches con hombres desconocidos que invaden tu jardín –dijo suavemente.

–A lo mejor –respondió Susanna con expresión desafiante.

No intentó escapar a su cercanía, aunque Dev notaba su creciente tensión.

–Creo que deberías marcharte –añadió. Miró hacia la puerta del jardín–. Me aseguraré de que quede bien cerrada cuando salgas.

Dev no se movió. Quería volver a besarla. Quería volver a hacer el amor. Lo deseaba con una violencia que resultaba apabullante. Jamás había deseado hacer el amor con una mujer que no le gustara. Afortunadamente, aquello no había representado ningún problema, puesto que eran muchas las mujeres que le gustaban. Sin embargo, Susanna... La despreciaba por su carácter calculador y su falta de principios. Pero aun así, la había deseado con tanta fiereza que el deseo había estado devorándole durante semanas. Y una vez satisfecho aquel deseo, había vuelto a nacer con una potencia cien, mil veces mayor. Quizá el celibato de los dos años anteriores había afilado su deseo. Pero aunque le habría gustado justificarlo con una explicación tan simple, sabía que no era tan sencillo. El deseo por Susanna era tan complicado como imposible de apagar. Y también ella lo sentía. Dev estaba seguro. Ésa era la razón por la que había respondido a sus avances contra todo sentido y razón. Ninguno de ellos podía explicarlo y en aquel momento, Dev ni siquiera pretendía intentarlo.

–Por supuesto, debería marcharme –pero no hizo ningún movimiento.

Susanna le miró con aquellos ojos desbordantes de inquietud. Se oyó en la lejanía el retumbar de un trueno. La luz de la luna ya casi se había desvanecido, pero la noche continuaba siendo calurosa, pesada. El aire parecía haberse detenido, como si estuviera esperando algo.

Dev alzó la mano para rozar los mechones de pelo que acariciaban el cuello de Susanna. Sintió su piel fría y delicada bajo la yema de los dedos. Deslizó la mano por su nuca y presionó ligeramente para atraerla hacia él. Susanna dio un paso adelante y posó las manos en su pecho.

–Devlin...

Había una advertencia en su voz. Dev la oyó, pero difería hasta tal punto de lo que decían sus ojos que decidió ignorarla. Le parecía increíble que Susanna, toda una aventurera, pudiera parecer tan inocente. Tan confundida, incluso. Pero recordó la honestidad con la que había hecho el amor. Ni la más consumada actriz podría haber fingido tal sinceridad. Seguramente se le habría escapado algún gesto artificial. No, no había habido fingimiento alguno cuando se habían unido en el más íntimo de los abrazos.

De modo que aquello era real. Ninguno de ellos lo comprendía. A ninguno le resultaba cómoda la situación. Pero ambos habían disfrutado.

Dev se inclinó para besarla, muy delicadamente en aquella ocasión. La sintió tensarse, como si estuviera intentando erigir sus barreras contra él, pero al cabo de unos segundos de rigidez, se derritió en sus brazos y suavizó los labios bajo los suyos. En el interior de Dev rugió un primitivo sentimiento de posesión que le urgía a levantarla en brazos y a llevarla al interior, a la cama. Consiguió dominarlo y la besó de nuevo suavemente, con dulzura, acariciando la línea de su mandíbula y la comisura de sus labios antes de volver a tomar sus labios en un beso profundo y apasionado.

—Lo que me dijiste en el carruaje era cierto —musitó Susanna cuando la soltó. Parecía perdida, como si hubiera bebido en exceso. Suspiró—. Eres un mujeriego.

La tormenta estaba cada vez más cerca. Dev sintió las primeras gotas cayendo con lenta pesadez. Sonrió y estrechó a Susanna de nuevo entre sus brazos. Sentía sus senos presionando su pecho y el latido de su corazón contra el suyo. Las gotas comenzaron a deslizarse por su cuello.

—¿Qué quieres decir? —musitó mientras posaba los labios en el punto en el que su cuello se encontraba con su hombro. Lamió una gota, haciéndola estremecerse.

—Que el cielo me ayude —susurró Susanna—. Aun sabiendo que estás intentando seducirme…

—No quieres que me detenga.

El silencio de Susanna fue más que elocuente.

—No podemos hacerlo otra vez —susurró.

Pero Dev percibió el anhelo en su voz, un anhelo que alimentaba su deseo. Buscó con los labios el valle de sus senos e inhaló con fuerza.

—Sí, claro que podemos —posó la mano en su seno.

La lluvia comenzaba a caer con fuerza y el vestido se pegaba a su cuerpo. Bastó que Devlin le rozara el pezón con el pulgar para que Susanna se estremeciera. Dev se deleitó en su capacidad para provocar una reacción como aquélla.

—Con pleno conocimiento, y no al calor del momento… —musitó Susanna sin aliento.

—¿Por qué no? Al menos, es más sincero.

Susanna volvió a enmudecer. Dev la oía respirar bajo el

repiqueteo de la lluvia. Podía entender la batalla que se libraba dentro de ella. Una tentación, pesada y dulce como el vino los envolvía, embriagando sus sentidos. Susanna gimió suavemente y Devlin advirtió que la resistencia cedía.

—No sé por qué te deseo —parecía desconcertada. Y también rendida a su deseo.

Devlin la levantó entonces en brazos, se acercó a grandes zancadas hasta los escalones de la terraza, entró en la casa y cerró la puerta de una patada. La habitación que había tras las puertas estaba iluminada por la luz de una vela. Era un salón elegante, pero falto de personalidad. Sobre la mesa de mármol se amontonaban las revistas de moda. Un harpa descansaba en una esquina. La brisa arrancaba notas casi inaudibles de sus cuerdas.

—¿Y tus sirvientes?

No tenía sentido ser indiscretos. Los rumores podían hacerle tanto daño a él como a ella. Aquél era un encuentro clandestino. Debía permanecer en secreto.

Susanna rozó sus labios en una fugaz caricia que Dev sintió hasta en el último músculo de su pecaminoso cuerpo.

La casa estaba en completo silencio. Dev subió con ella las escaleras que conducían al dormitorio. Estaba excitado, pensando en lo que le esperaba, en aquel total y absoluto placer, en la dulce indulgencia de tumbarse junto a ella para complacerse mutuamente, para hacer el amor hora tras hora durante la noche. Era extraordinariamente excitante. Tanto que estuvo a punto de tropezar en su precipitación.

—¿Dónde está tu habitación? —susurró.

Sintió la caricia de su pelo contra sus labios cuando Susanna volvió la cabeza.

—Allí —susurró, y señaló hacia la derecha.

A los pocos segundos, Dev la dejó sobre la cama y se

volvió para asegurar la puerta. La habitación estaba a oscuras, iluminada únicamente por el reflejo de la luna en el espejo. Susanna se acercó a las cortinas, pero Devlin la agarró por la muñeca, la estrechó contra él y comenzó a quitarle el vestido empapado, con mano mucho más segura en aquella ocasión. Lo tiró a un lado y se desprendió de su propia ropa, quedando completamente desnudo, piel contra piel. La sintió temblar mientras se acariciaban y atrapó con un beso el jadeo de placer de sus labios.

–Shhh –musitó contra sus labios–. Acuérdate de los sirvientes. Tendrás que estar muy, muy callada.

La sintió estremecerse en respuesta a sus palabras. Susanna alargó el brazo hacia él, hambrienta y ansiosa, pero Devlin le hizo girarse sobre la cama y se tumbó a horcajadas sobre ella. Susanna intentó alzarse, pero él la obligó a mantenerse tumbada y descendió sobre la piel satinada de sus hombros, que cubrió de besos, para deslizar después la lengua a lo largo de su espalda. Susanna ardía y jadeaba bajo sus caricias. Dev era consciente de que estaba deseando volverse hacia él, pero la retuvo presionando con los muslos sobre sus piernas. Cuando Susanna sintió su miembro contra su trasero, soltó un grito ahogado. Devlin descendió y le entreabrió las piernas, dejando que la punta de su erección reposara en el corazón de su feminidad. Presionó entonces con delicadeza. Susanna intentó arquearse para salir a su encuentro. Devlin se retiró y advirtió divertido la frustración de Susanna.

–Más adelante –se inclinó para darle un beso en la nuca–. Todavía no.

Susanna musitó algo que sonó parecido a una maldición y Devlin soltó una carcajada. Una parte de él deseaba castigarla por todo lo que le había hecho, pero su enfado ya se había transmutado en placer y jamás un castigo le había parecido más dulce, ni una víctima más voluntariosa.

Se deslizó hacia abajo en la cama y le abrió las piernas

para poder presionar los labios contra la delicada piel de sus muslos. Una vez más, Susanna intentó dar la vuelta, pero Dev se lo impidió posando las manos en su espalda, para, muy lentamente, ir explorando cada una de sus curvas con los labios y la lengua, regresar después hasta sus nalgas y descender nuevamente hacia el vulnerable interior de sus muslos. La sentía tensa por la frustración y el anhelo. Cuando la tocaba con la lengua, se arqueaba hacia él, tensa como las cuerdas de un arpa.

Susanna intentó apretar las piernas como si estuviera pidiendo una tregua, pero Dev las mantuvo abiertas y deslizó la lengua por el candente corazón de su sexo con la más tierna y tentadora de las caricias una y otra vez. Sentía la insoportable tensión que crecía rápidamente dentro de ella, hasta que, al final, Susanna se deshizo bajo sus atenciones. Dev se tumbó entonces a su lado para poder verle la cara, para poder contemplar la dulce agonía y el gozo que en ella se reflejaba, para sentirla estremecerse incontrolablemente entre sus brazos con la piel empapada en sudor. Cubrió su boca de besos y dejó que sus manos recorrieran su cuerpo tembloroso hasta que recobró la calma. Dev experimentó entonces nuevamente aquella sensación de triunfo, acompañada de sentimientos más inquietantes que se revolvían bajo la superficie, pero que él prefirió ignorar. Creía firmemente que había que olvidar cualquier sentimiento nacido en el acto sexual. La experiencia le decía que, habitualmente, nacían de la gratitud y el placer. No respondían a nada más profundo y, desde luego, tampoco él deseaba otra cosa con Susanna. Habían compartido un pasado e, inesperadamente, parecían capaces de compartir la habilidad de proporcionarse un inmenso placer físico. Con eso ya era suficiente. Más que suficiente. Devlin estaba dispuesto a descartar cualquier otro sentimiento y a ahogarlo en la pura satisfacción.

—Me gusta ser capaz de ponerte en ese estado —se apoyó

sobre un codo y la observó mientras ella continuaba deleitándose en aquel placer con la piel sonrosada y las pestañas sombreando su mejilla.

Posó la mano sobre su seno, la sintió responder al instante e inclinó la cabeza para tomar su pezón.

—A mí también me gusta —parecía confundida y satisfecha al mismo tiempo—. Debo de estar loca. No lo comprendo.

Tampoco Dev lo comprendía. Ni le importaba. Aquella
noche se había sumergido en una vorágine de deliciosa lujuria y, una vez probado el fruto prohibido, estaba perdido.
Su deseo por Susanna era profundo, compulsivo y oscuro,
y se apoderaba de él como si de un demonio se tratara.

Alzó la cabeza de sus senos.

—Me debes una.

Sonrió con picardía y vio que Susanna abría los ojos
como platos al comprender lo que pretendía decirle. Le
sostuvo la mirada, desafiándola, y, al cabo de unos segundos, Susanna rodaba sobre él, enredando en Dev sus sinuo-
sos miembros y su negra melena. Le empujó sobre el lecho
para lamer su vientre, sus muslos, y tomarlo después con la
boca. La excitación de Dev era tan extrema que estuvo a
punto de gritar.

Permitió que Susanna tomara prácticamente el control.
El roce de su melena contra su vientre, la caricia de su lengua, la luz de la luna iluminando el lecho y las sábanas de
seda bajo su espalda tejían un sensual encantamiento que
amenazaban con llevarle más allá de la cordura. El primer
tiempo, el encuentro en el jardín, había sido para ella.
Aquél era el instante en el que Susanna le devolvía el favor.

La observó en el espejo. Observó su boca sobre él y pensó en el posterior gozo de demandarle lo que quería de ella
para darle a cambio el más absoluto placer, para recrearse
en la sensual delicia de fundirse con ella en la más perfecta

de las uniones. La erótica imagen de Susanna grabada en el negro y el blanco de las sombras y la luna, la caricia delicada de sus labios y su lengua y la oscura y vertiginosa espiral de la pasión amenazaban con hacerle desbordarse demasiado rápido.

–Ya basta –gimió, y la apartó de él–. Quiero estar dentro de ti.

Reconoció el fuego de la mirada de Susanna cuando la alzó y la colocó sobre él para que se deslizara sobre su cuerpo, para que le rodeara de su calor.

Afuera, la lluvia caía con un primitivo e insistente golpeteo que parecía un eco del ritmo de su pasión. La tormenta estalló sobre sus cabezas. Un trueno sacudió la casa. La noche era tan húmeda y oscura que cualquiera podía perderse en ella y Dev se sentía a la deriva, arrastrado hasta las orillas más remotas del placer. La espiral del deseo ardía con mayor intensidad cada vez. Sintió que Susanna le empujaba hacia los límites más extremos del gozo y comprendió con impotente abandono que él, el depredador inclemente, se había convertido en la más indefensa de las víctimas. Justo entonces, Susanna llegó al límite en una marea que se lo llevó también a él. Pero mientras lo bañaba el éxtasis, Dev experimentó algo más profundo, aquel sentimiento escurridizo que había experimentado la vez anterior y que habría preferido olvidar. Pero en aquella ocasión, el sentimiento era más intenso y envolvía su corazón como los zarcillos de una parra. Y mientras intentaba desprenderse de él, tuvo la inquietante sensación de que ya era demasiado tarde. Estaba atrapado. La trampa pareció cerrarse todavía más en el momento en el que Susanna, exhausta, se quedó dormida entre sus brazos.

Volvió a despertarla más tarde e hicieron el amor otra vez, con Susanna todavía somnolienta y dúctil. Los movimientos de Susanna eran lánguidos, lentos, parecían regodearse en la delicia de tenerse el uno al otro. Dev estaba desesperado por volver a poseerla. Se sentía como un joven que acabara de descubrir el placer de compartir el lecho con una dama y se aferraba con glotonería a él. Sintió que Susanna sonreía contra sus labios y supo que era consciente del deseo que despertaba en él, pero Dev ya no era capaz de ocultarlo. Le enfadaba que su capacidad de resistencia fuera tan limitada. Hizo el amor con Susanna con una controlada intensidad que los condujo a ambos a la cumbre de un éxtasis tan placentero que resultaba casi doloroso.

–Abre los ojos –le ordenó a Susanna, mientras sentía las oleadas irresistibles de su éxtasis cerrándose sobre él–. Quiero que estés segura de que estás haciendo el amor conmigo. Quiero que me recuerdes.

Susanna abrió los ojos, unos ojos somnolientos y oscuros, llenos de sensuales secretos. La sonrisa que había en ellos hizo ceder completamente a Dev, que sintió que Susanna se cerraba nuevamente a su alrededor, entregada por completo a aquel placer.

Tiempo después, cuando las primeras luces del amanecer comenzaban a iluminar el cielo y brillaban sobre las calles empapadas de la ciudad, Dev abandonó el lecho en silencio, evitando despertarla.

Capítulo 10

Susanna se despertó muy lentamente. La habitación estaba llena de luz y la cama vacía. Ella también se sentía extrañamente luminosa y vacía. Su memoria le proporcionó una sucesión de imágenes de lo que había ocurrido la noche anterior. Sabía que eran reales. Pero le resultaba imposible creerlo.

Había hecho el amor con Dev de forma flagrante, descarada, deliciosa y demasiado consciente como para olvidarlo. Su cuerpo entero ardía por los recuerdos de aquella sensual noche. Y continuaba estando muy lejos de comprender por qué lo había hecho.

Buscó la bata. Se sentía lenta, vacía, como si durante las largas horas de la noche hubiera abandonado su cuerpo toda emoción. Pero aun así, había sentimientos que continuaban tremendamente vivos. Devlin… Años atrás, había llegado a su vida para iluminarla con su amor por el riesgo y con su imprudente intensidad. Susanna había pagado un alto precio por ello. Ya nada había vuelto a ser igual. No podía volver a cometer el mismo error por segunda vez.

Dev, su marido, aunque él no lo supiera. Pero el hecho de que estuvieran casados no mejoraba la situación. Sólo servía para hacer todavía más compleja aquella telaraña de sentimientos y engaños. Cuando Susanna había conocido a

Devlin a los diecisiete años, se había enamorado profundamente de él. Pero ya no era una jovencita ingenua. Era obvio que había dejado de amarle, pero, aun así, se había entregado a él, ofreciéndose en cuerpo y alma.

Se sentó ante el espejo del tocador y comenzó a cepillarse el pelo a un ritmo que la tranquilizaba. Durante los nueve años anteriores, habían sido muchos los hombres que habían intentado seducirla. Tantos que había perdido la cuenta. Pero siempre se había negado. En algunas ocasiones, había estado tentada, aunque sólo fuera para escapar de la pobreza, de la soledad y de la dureza de su vida durante unas horas. Sin embargo, cada vez que había pensado en entregarse a un hombre, lo había sentido como algo escabroso. Adivinaba un vacío allí donde en el pasado había encontrado junto a Dev el paraíso.

Había vuelto a visitar el paraíso aquella noche. Quizá hubiera sido ésa la razón por la que le había deseado. Porque se preguntaba si los recuerdos de juventud, del tiempo que habían pasado juntos, eran ciertos. Pero no podía decir que hubiera sido la curiosidad la que la había impulsado a acostarse con Devlin. Sus sentimientos eran mucho más profundos, mucho más complejos y confusos. De hecho, eran tan irresistibles que la asustaba. De modo que era un insulto para ambos intentar describir su respuesta a Dev como simple curiosidad.

Pero estaba también Emma. A Susanna no le gustaba y sabía que Dev no amaba a su prometida, pero no quería convertirse en el medio por el que Dev traicionara a aquella joven. Ya lo había hecho en una ocasión y se había equivocado. Estaba segura de que a Emma no le haría ninguna gracia que Dev la mantuviera como amante. Y, en cualquier caso, ella era la esposa de Dev, no su amante, aunque nadie lo supiera. Aunque nadie pudiera saberlo.

Con un suspiro, dejó el cepillo de mango nacarado en el tocador y posó la mano sobre su vientre. Había sido una imprudencia, pero esperaba que no tuviera consecuencias. Tenía la suerte de que sus períodos eran extremadamente regulares, de modo que, por lo menos, sabía que aquella vez no estaba embarazada. Se estremeció mientras los recuerdos del pasado la azotaban como negras alas. Amor y pérdida. Su familia, su marido, su hija... Lo único que había conocido eran pérdidas. No dejaría que volviera a pasar. Porque sabía que otra pérdida más la destrozaría.

Aquella mañana, el espejo le devolvía una imagen pálida y frágil. Desde el primer momento se había sabido vulnerable a Dev, pero no había calculado lo profundo de aquella debilidad. Ella era capaz de resistirse a cualquier hombre, por mucho que éste pensara lo contrario, si, sencillamente, no lo deseaba. Lo complicado de aquel asunto era que se había imaginado inmune a Dev y había descubierto que era todo lo contrario. En cualquier caso, no volvería a repetirse. Si alguien se enteraba de lo que había pasado, arruinaría sus planes de atrapar a Fitz. Echaría por tierra el trabajo que estaba haciendo para los duques de Alton y con él, su futuro y el de los mellizos. Volvió a agitarse la ansiedad dentro de ella y se obligó a controlar sus miedos. Podía hacerlo. Todo saldría bien. Lo único que debía procurar era mantenerse lejos de Devlin, concentrarse en llevar a Fitz al límite lo más rápido posible, embolsarse el dinero y huir.

Llamaron a la puerta. Casi inmediatamente, Margery asomó la cabeza. Cuando vio que Susanna estaba despierta, pareció aliviada.

—Mi señora, he venido ya dos veces, pero estabais tan profundamente dormida que no he querido despertaros. Espero haber hecho lo que debía.

Susanna tuvo la repentina visión de su doncella tropezando inesperadamente con una escena de absoluto libertinaje, descubriéndola en los brazos de Dev, desnudos ambos y con la ropa esparcida por toda la habitación. Pero no había nada en el rostro de la doncella que indicara que había visto herida de tal modo su sensibilidad.

–Gracias, Margery. Pero no te preocupes en absoluto.

La doncella pareció tranquilizarse.

–Me temo que os habéis perdido el desayuno de lady Phillips mi señora –musitó–. Y también el recital de la señora Carson.

Susanna miró el reloj. Eran más de las tres.

–Me sorprende no haberme perdido también la velada de la duquesa de Alton –observó–. Prepárame una taza de té, Margery, y montones de galletas de chocolate. Después tendrás que ayudarme a elegir el vestido para esta noche.

La doncella se retiró. Susanna se acercó a su armario y revisó los vestidos que allí guardaba. Advirtió que el vestido de gasa de la noche anterior había desaparecido. Sin lugar a dudas, lo había retirado Margery en una de sus visitas previas. Esperaba que no hubiera encontrado ningún lazo roto, porque no iba a ser fácil explicarlo.

Por lo menos era poco probable que Dev estuviera presente en la velada de aquella noche, puesto que se había organizado una reunión para un muy selecto grupo de invitados con la esperanza de arrojar a Fitz en sus brazos. Susanna sintió un nudo en el estómago. Aquella noche debía asegurarse de halagar a Fitz y de estar pendiente de todas y cada una de sus palabras. Cuanto antes pudiera arrancarle una declaración, antes podría destrozar para siempre las esperanzas de Francesca Devlin y bajar el telón de su propia comedia. Fue descartando vestidos con creciente irritación, buscando algo que resultara revelador y discreto, ligeramente subido de tono, pero no tanto como para escandalizar a las respetables viudas de la nobleza con las que compartiría la velada. Tenía que parecer tentadora, pero, al mismo tiempo, respetable. Sacudió la cabeza. La noche anterior había sido profunda y deliciosamente irrespetuosa. Sintió un cosquilleo en la piel al recordarlo, acompañado de un escalofrío de placer. Aquello no estaba bien. No estaba bien en absoluto. ¿Cómo iba a seducir a Fitz cuando sólo era capaz de pensar en Devlin?

Se quedó paralizada. ¿Cómo no iba a seducir a Fitz? No tenía otra opción. Años atrás, había terminado en un hospicio. Todavía recordaba el olor de la enfermedad y la desesperación. No quería condenar a Rory y a Rose a una vida tan miserable. Les había salvado de ese triste destino cuando apenas eran unos bebés y había prometido a su madre que jamás regresarían a un lugar tan sórdido. Todavía podía sentir la mano de Flora aferrándose a la suya, ver el terror en los ojos oscuros de su amiga...

«Prométemelo», le había suplicado y allí, rodeada de muerte y de miseria, Susanna le había dado su palabra y Flora se había marchado para siempre, por fin en paz. Susanna, que había enterrado a su propia hija, jamás abandonaría a los niños que le habían confiado.

—El vestido rosa de seda sería ideal para esta noche, mi señora —sugirió Margery.

Susanna se sobresaltó. La doncella había regresado, pero ella estaba tan absorta en sus pensamientos que ni siquiera lo había notado.

—Sí —respondió—. Gracias, Margery.

Había llegado el momento de transformarse en Caroline Carew, de olvidar el pasado y, sobre todo, de olvidar la noche que había pasado con Devlin. Tenía un marqués al que atrapar y no podía fallar. Alargó la mano hacia las galletas y se comió cuatro, una tras otra. Se sintió reconfortada. Ligeramente. Se limpió los restos de chocolate y comenzó a vestirse.

—Estabais durmiendo como un bebé, o como un hombre con la conciencia tranquila —Dev se despertó y descubrió a Frazer sacudiéndole, no con mucha delicadeza—. Es extraño –continuó diciendo el valet–, puesto que habéis llegado al amanecer y presumo que no habéis hecho nada bueno mientras estabais despierto.

Dev se estiró, bostezó y volvió a apoyar la cabeza en la almohada.

–Yo no diría eso –comentó.

Se sentía bien. Mejor que bien. De un humor apacible, con el cuerpo satisfecho. Sabía que no debería sentirse así. Debería sentirse culpable por haber traicionado a Emma, arrepentido, preocupado… Aquéllos eran los sentimientos que deberían inquietarle en aquel momento, junto a la firme determinación de dejar aquella sensual y tórrida noche en el pasado y asegurarse de que no volviera a repetirse. Y lo que no debería sentir era aquella satisfacción física atemperada con la fuerte necesidad de repetir de nuevo la experiencia. Y lo antes posible.

Frazer esbozó una mueca de disgusto.

–Vuestra meretriz debía estar muy por encima de esas prostitutas de Haymarket –comentó con acritud.

–No quiero hablar de ello –respondió Dev.

Le pilló por sorpresa aquella fiera y repentina necesidad de proteger a Susanna. Apartó las sábanas y se levantó.

–En cualquier caso, tened cuidado. Lady Emma posee setenta mil libras. Vale mucho más que un rápido revolcón con una prostituta.

–Eso no describe en absoluto mi experiencia de esta noche –le espetó Dev, que apenas podía contener su genio–. Y te sugiero que no vuelvas a mencionar el tema, Frazer.

Era la primera vez que le hablaba al mayordomo en ese tono y advirtió que éste arqueaba las cejas antes de que asomara a sus labios algo parecido a una sonrisa.

–Muy bien, señor –contestó el valet. Había un tono de aprobación en su voz–. Hay un caballero que quiere veros. Responde al nombre de Hammond –continuó diciendo–. No le hubiera despertado si no hubiera sido por esta visita.

Me ha dicho que anoche fue a consultarle por cierto asunto.

Dev se quedó paralizado. Había olvidado por completo que la noche anterior se había citado en un café con Hammond, el más insigne detective londinense, para encargarle un trabajo. Le había pedido que averiguara todo lo que pudiera sobre su Susanna y su marido, el fallecido sir Edwin. Hammond le había mirado con recelo y un evidente cinismo y le había dicho que le informaría al día siguiente de lo que había averiguado.

–¿Habéis cambiado de opinión? –preguntó Frazer al advertir que vacilaba–. Puedo pedirle que se marche.

–No –respondió Dev lentamente.

Era consciente de lo contradictorio de sus sentimientos. Por un lado, quería saber la verdad, pero por otro, sentía una más que obvia reluctancia. Era posible que no le gustara lo que Hammond tenía que decirle. Muy probablemente, no le iba a gustar. Volvió a experimentar aquel sentimiento de protección hacia Susanna, pero lo descartó rápidamente y sacudió la cabeza con impaciencia. Había hecho el amor con ella de una forma salvaje y desinhibida, pero eso no significaba que hubiera dejado de considerarla una aventurera. Y, desde luego, tampoco significaba que la quisiera. Pero aun así, no podía borrar la imagen de Susanna dormida entre sus brazos, con la melena esparcida sobre su pecho y la cabeza apoyada en su hombro. Con su cuerpo dulce y dócil contra el suyo, absolutamente vulnerable en el sueño.

Con un suspiro, alargó la mano hacia la camisa y se puso la chaqueta mientras Frazer chasqueaba la lengua con desaprobación ante su falta de cuidado. Se dirigió después al salón. Los últimos rayos del sol de la tarde caían como barras de oro sobre el suelo. Había dormido hasta muy tarde.

–Sir James –Hammond se levantó y le estrechó la mano.

Llevaba con él el olor de las tabernas, el olor del humo y la cerveza. Parecía impregnar su piel. Pero sus ojos astutos brillaban con inteligencia.

—Un caso curioso el que me habéis asignado —hablaba como un hombre que acabara de completar un rompecabezas particularmente complicado y divertido.

—No esperaba que tuvierais tan pronto una respuesta.

Hammond mostró sus dientes con un gesto que podría haber pasado por una sonrisa.

—Me enorgullezco de ser rápido y eficiente en mi trabajo, señor. Además, ya había estado haciendo algunas indagaciones sobre la viuda.

Dev le miró con un repentino desasosiego.

—¿Por qué? —preguntó rápidamente.

Hammond esbozó entonces otra de sus sonrisas ladeadas.

—Cuando aparece una mujer tan bella, misteriosa y rica como lady Carew en la ciudad, digamos que despierta mi... natural curiosidad. Ya tenía a un hombre trabajando en ella. Por si acaso.

Dev esbozó una mueca. Aunque él mismo le hubiera pedido a Hammond información sobre sir Edwin Carew, le molestaba que hubiera otros indagando en los secretos de Susanna. De alguna manera, aquello volvió a alimentar su necesidad de protegerla, lo cual era absolutamente ridículo, puesto que, seguramente, Susanna era tan vulnerable como una tigresa.

Le indicó a Hammond que tomara asiento y esperó, consciente de la extraña combinación de expectación e inquietud que le invadía.

—Caroline Carew —dijo Hammond con deliberada lentitud—, no es exactamente una viuda.

Por un momento, Dev se quedó sin habla.

—¿Sir Edwin Carew continúa vivo? —preguntó por fin.

Hammond sonrió.

–En absoluto, señor. Edwin Carew nunca ha existido.

Dev frunció el ceño. Evidentemente, Hammond no era tan buen detective como presumía.

–Por supuesto que existe. He conocido a personas que dicen conocerlo. Los duques de Alton… –se interrumpió de nuevo.

Hammond le miraba con evidente diversión.

–Es una estafa, señor –respondió el detective–. No es la primera vez que lo veo. Alguien dice conocer a sir Edwin y antes de que uno pueda darse cuenta de lo que está pasando, ya hay quien dice recordar un encuentro con él, o haber hablado de Astronomía con él, o haber compartido con sir Edwin un whisky en una posada de Edimburgo. Hay quien es capaz incluso de proporcionar una descripción física sobre ese hombre inexistente.

Dev se hundió en su asiento. Sólo había un motivo por el que Susanna podía haber inventado la existencia de Edwin Carew: la necesidad de ocultar su verdadero pasado. Le había dicho que había dejado Balvenie por Edimburgo para buscar un marido rico. Se suponía que sir Edwin era ese marido. Pero sir Edwin no existía. De modo que podía haberlo inventado para preparar el cebo de la viuda rica con intención de dar caza a un marqués. ¿Averiguaría el marqués, cuando ya fuera demasiado tarde, que en realidad lo que había capturado no era más que una aventurera sin un solo penique? Sonrió con cinismo. Susanna siempre había sido muy inteligente. Había puesto una venda en los ojos de todo el mundo. Pero él había encontrado el hilo del que comenzar a tirar para deshacerla. Si era suficientemente astuto, encontraría la manera de persuadir a Susanna para que dejara de perseguir a Fitz antes de que fuera demasiado tarde para Chessie. Era poco probable, teniendo en cuenta los secretos que ella conocía de él, pero si había alguna forma de interponerse en su camino, la encontraría.

–¿Estáis absolutamente seguro de lo que decís?

Hammond pareció ofenderse.

–Soy el mejor, señor.

–Muy bien, gracias.

Hammond asintió y se levantó.

–No puedo permitirme el lujo de financiaros para que sigáis investigando, señor Hammond, pero si siguierais a cargo del caso, ¿qué haríais a continuación?

Hammond soltó una carcajada.

–¿Me estáis pidiendo un consejo gratuito?

–Sí, supongo que sí.

–Averiguaría todo sobre la dama, señor –respondió Hammond–. Para empezar, me temo que Caroline Carew no es su verdadero nombre.

–En eso puedo ahorraros el trabajo. Efectivamente, no es su nombre.

Hammond volvió a reír.

–Caramba, señor, no parece que necesitéis un detective.

–Quiero saber qué ha estado haciendo lady Carew desde la última vez que nos vimos.

–En ese caso, preguntádselo directamente. Imagino que podríais encontrar la forma de persuadirla para que os lo cuente –le miró directamente a los ojos–. No hay como un ladrón para atrapar a otro, ¿verdad, sir James?

Dev sonrió a su pesar.

–¿Estáis insinuando que soy un sinvergüenza, señor Hammond?

–No más que lady Carew es una aventurera, sir James –fue la respuesta del detective. Alzó su baqueteado sombrero a modo de despedida–. Sólo un diamante corta el diamante, según dicen.

–Sí, eso dicen –confirmó Dev suavemente, y cerró la puerta tras el detective.

Pensó en Susanna desnuda entre sus brazos, en su boca abierta y ansiosa bajo sus labios, en sus cuerpos unidos en el más íntimo y abandonado de los abrazos. Era cierto que había un vínculo especial entre ellos, una pasión tan violenta y arrebatadora como lo habían sido sus encuentros amorosos. De lo que no tenía la menor idea era de en qué consistía realmente aquel vínculo, o si era posible romperlo.

Se acercó hasta la repisa de la chimenea y tomó las invitaciones que allí descansaban. Las hojeó rápidamente. Se suponía que al cabo de un par de días, debería acompañar a Emma al baile de lady Bell. Se le cayó el alma a los pies al pensar en ello. Inmediatamente después, surgió la posibilidad de que asistiera Susanna convertida en la más pura tentación. Quizá pudieran encontrarse a solas. Se divertiría obligándola a enfrentarse a la verdad sobre su falso marido. Después, se la llevaría a casa en un carruaje y haría el amor con ella en el asiento. Le subiría las faldas hasta la cintura y encontraría su cuerpo cálido y dispuesto a encontrarse con el suyo. Y se ahogaría una vez más en ella, en aquel placer puro y prohibido.

Le bastó pensar en ello para excitarse. Pero no, no podría ser. No debía ser. Tenía que apartar a Susanna de su mente y no volver a pensar nunca jamás en seducirla. De hecho, debería expiar el daño que le había hecho a Emma. Para ello, se convertiría en el prometido más atento y fiel del mundo. Su conducta había sido deshonrosa. Y no sólo eso, sino que había puesto sus planes de futuro en peligro.

La insatisfacción se revolvía en su interior. Por un momento, imaginó un futuro alternativo. Un futuro en el que volvía a la Marina y hacía algo más útil con su vida que convertirse en el mandado de Emma. Recuperaría así los horizontes abiertos y una vida plagada de desafíos. Sintió la emoción crecer dentro de él. Pero recordó inmediatamente sus deudas. Eran suficientemente elevadas como para que acabara saliendo su nombre en los diarios y para arruinar el futuro de Chessie. No podía condenar a su hermana al sufrimiento por culpa de su insensatez. Había cuidado a Chessie desde el día que su padre, el más irresponsable y arriesgado de los jugadores, se había pegado un tiro, destrozándoles la vida cuando él tenía nueve años y su hermana seis. Devlin sabía que había sido un estúpido al seguir los pasos de su padre, pero para él, todavía no era demasiado tarde y jamás abandonaría a su hermana.

En cuanto a Susanna, tenía que olvidar la pasión salvaje que había entre ellos y concentrarse en derrotarla. Si Susanna le daba la más ligera ventaja, la aprovecharía. Si podía dar a conocer sus secretos y mantener a salvo los suyos, no dudaría en hacerlo. Susanna no tenía piedad para conseguir lo que quería. Él tampoco la tendría. Tenía que vencer la peligrosa atracción que sentía y la más peligrosa todavía necesidad de protegerla. Con una maldición, Devlin arrojó las invitaciones sobre la mesa y fue a buscar a Frazer y un cuenco de agua helada para sofocar su ardor.

El baile de lady Bell estaba abarrotado, pero con una fatalidad que parecía dictada por el destino, Susanna vio a Dev en el instante en el que entró en el salón. Estaba bailando con Emma, compartía con ella un baile campestre. Emma miraba a su alrededor como si estuviera buscando desesperadamente un rostro conocido en medio de la multitud, mientras Dev hablaba sin muchas ganas con ella y era explícitamente ignorado.

Habían pasado dos días desde su encuentro nocturno. Dos días que Susanna había pasado casi exclusivamente con Fitz, paseando en el parque, compartiendo bailes y arrastrándole a pedirle matrimonio mientras él se mostraba crecientemente posesivo e igualmente frustrado. Susanna había coqueteado con él, le había tentado, le había provocado y le había prometido acceso, sino a su cuerpo, sí a su enorme y ficticia fortuna. Estaba comenzando a pensar que Fitz tenía tantas ganas de ponerle la mano encima a ella como a su dinero, lo cual era extraordinario, puesto que no era un hombre pobre, aunque estuviera demostrando ser particularmente avaricioso. Cuanto más tiempo pasaba con él, menos le gustaba. Comenzaba a darse cuenta de que bajo una apariencia de amabilidad, se ocultaba un hombre desconsiderado, egoísta y entregado únicamente a su propio placer. Si no hubiera sido por el daño que sabía infligiría a Francesca Devlin, no habría tenido escrúpulo alguno por lo que estaba haciendo. Aquel hombre se merecía que algo le saliera mal en la vida.

Durante aquellos dos días, Susanna casi había llegado a convencerse de que cuando volviera a ver a Devlin, no sentiría nada más que una fría indiferencia. Comprendió entonces que, durante aquellos dos días, había estado engañándose, porque le bastó ver a Dev para que reviviera una intensa conciencia de él, demostrándole que jamás podría escapar a lo que sentía por aquel hombre.

Sus ojos se encontraron por encima de las cabezas de los danzantes. Devlin le sostuvo la mirada durante largos segundos. El fuego brillaba en sus ojos y Susana sintió el impacto en todo su cuerpo. Fue un impacto abrasador y turbulento. Estuvo a punto de soltar un gemido. Todo lo que había pasado durante aquellos dos días de separación pareció desvanecerse como si nunca hubiera ocurrido.

De modo que ninguno de ellos podría ignorar lo que había pasado entre ellos. Ninguno tenía suficiente poder como para negarlo.

—¿Tienes frío? —preguntó Fitz al ver que se estremecía—. Porque aquí hace un calor sofocante.

El rostro de Fitz mostraba su mal humor. En el carruaje había sugerido que se olvidaran del baile y fueran a algún lugar más emocionante, ellos solos. Susanna, consciente de que Fitz había bebido una generosa cantidad de brandy antes de que se pusieran en camino y sabiendo también cuáles eran sus intenciones, no había secundado su propuesta. Desde entonces, Fitz se había mostrado sombrío.

Una atractiva condesa salió a su encuentro intentando reclamar las atenciones de Fitz. El calor del salón era sofocante, la música y las conversaciones excesivamente altas. Susanna reprimió un suspiro. Antes de llegar a Londres, estaba convencida de que aquella ciudad era el lugar más emocionante del planeta. Y quizá lo fuera. Pero la temporada de baile sólo consistía en la misma gente encontrándose en diferentes lugares y disfrutando de idénticos entretenimientos: bailar, beber y coquetear. Estaba comenzando a resultarle insoportablemente aburrido.

Dejó a Fitz coqueteando con la condesa y se acercó al salón en el que servían la cena. Cuánta comida… Le sonó el estómago, pero se obligó a servirse una cantidad moderada. La gente la observaba. Comió un cuenco de fresas, aunque se moría por un pastel de nata. Quizá más tarde…

–Qué aspecto tan encantador, lady Carew.

El baile había terminado y Dev estaba justo detrás de ella. En medio de tanta gente, Susanna no le había visto acercarse y al oírle, se sobresaltó. Devlin le susurró al oído:

–Seda de color crema. Qué inapropiadamente virginal –añadió, cuando Susanna se volvió para mirarle–. Por lo menos no habéis llevado demasiado lejos la ficción y habéis prescindido del blanco.

–Sir James –Susanna mantuvo la voz firme y consiguió ignorar sus nervios–. Me gustaría deciros que es un placer volver a veros, pero… –se encogió ligeramente de hombros–, preferiría no mentir.

–Yo no me preocuparía por eso –replicó Dev–. La mentira es vuestra especialidad, ¿no es cierto? La última vez que nos vimos pareció complaceros mi compañía –continuó, y añadió, antes de que ella pudiera responder–. O al menos, yo así lo recuerdo.

–¡Sir James! –Susanna le cortó rápidamente.

En aquel momento no había nadie que pudiera oírlos,

pero aquél no era lugar para mantener una conversación de ese tipo. Sabía que Dev sólo pretendía provocarla. Y, maldita fuera, lo estaba consiguiendo.

—Me estáis obligando a mencionar nuestro último encuentro —le respondió con frialdad—. Y como caballero, considero que no deberíais recordármelo.

—Ah... —Dev parecía arrepentido.

Le tomó la mano y posó delicadamente los dedos sobre el pulso que latía en su muñeca.

—Estoy seguro de que cualquier caballero accedería a vuestros deseos, lady Carew. Pero ya sabéis que no soy tal —esbozó una sonrisa radiante, devastadora—. De modo que, lamentablemente lo único que puedo decir es que si, en algún momento deseáis someterme a vuestros deseos, me pongo por completo a vuestras órdenes.

A Susanna se le aceleró el pulso al pensar hasta dónde le habían llevado aquellos deseos. Dev lo notó. Susanna vio que se intensificaba el brillo de sus ojos.

—Susanna —Dev bajó la voz, convirtiéndola en poco más que un susurro en sus oídos—, sé que no te arrepientes de lo que ocurrió. Lo sé.

Susanna alzó la mirada para encontrarse con sus ojos y no la apartó. Esperaba encontrar desafío en su expresión. Y, sin embargo, descubrió en ella una sinceridad y una ternura que hizo que el corazón le diera un vuelco.

—Yo...

Vaciló cuando estaba a punto de confesar la verdad. Sentía la tentación de reconocer sinceramente sus sentimientos, pero, al mismo tiempo, tenía miedo. Dev estaba muy cerca de ella. Sus labios estaban a sólo unos centímetros de los suyos. La fragancia de su piel impregnada en colonia de sándalo embriagaba sus sentidos. Sentía el calor de su mano sobre la suya. Su contacto, su proximidad, hicieron crecer en ella el anhelo. Se olvidó de todo: del baile, de las multitudes, incluso de su intención de atrapar a Fitz.

En aquel momento no había nada, salvo Devlin observándola con aquella desconcertante delicadeza.

Susanna bajó la mirada hacia sus dedos entrelazados.

–Susanna, contéstame –había urgencia en la voz de Dev–. Puedes confiar en mí, te lo juro –tomó aire y se acercó todavía más hacia ella–. Sé que tienes alguna clase de problemas –añadió rápidamente y en voz muy baja–. Si necesitas ayuda, dímelo. Te prometo que haré todo lo que esté en mi mano para ayudarte.

El corazón de Susanna comenzó a latir a toda velocidad. Pensó en sus deudas, en el miedo a fallar a Rory y a Rose, en el anónimo que había recibido, en aquella complicada red de mentiras que parecía a punto de escapar a su control. Sintió la mano de Dev, cálida, tranquilizadora, recordó la intimidad que habían compartido. Y se sintió tan sola en aquel momento que estuvo a punto de echarse a llorar.

–Confía en mí –repitió Dev.

Susanna le miró a los ojos y, por una décima de segundo, vio en ellos un brillo calculador que borraba toda la sinceridad a sus palabras.

La ilusión se desvaneció.

«Puedes confiar en mí…»

La verdad era que Dev le había tendido una trampa para que se sincerara y había estado a punto de caer en ella. La había seducido, había explotado sin piedad la atracción que sentía hacia él y después había utilizado su debilidad en contra de ella. No le importaba lo más mínimo lo que pudiera ocurrirle. Por supuesto, estaba segura de que había encontrado el placer entre sus brazos. Pero era lo único que pretendía Dev, mientras que ella había sentido una cercanía emocional que la asustaba. Dev no albergaba ningún sentimiento hacia ella. Y Susanna se había vuelto tan vulnerable que había estado a punto de confesarle todos sus secretos. Se estremeció al pensar en lo cerca que había estado de contarle toda la verdad.

–¿Confiar en ti? Antes confiaría en una serpiente.

Dev esbozó una sonrisa tan arrogante que a Susanna le entraron ganas de clavarle el delicado tacón de su zapato de baile en el pie.

–Merecía la pena intentarlo –dijo Dev.

–Eres un bastardo –le reprochó Susanna con sentimiento.

Sentía el corazón frío y herido.

Dev respondió con una carcajada.

–Puedo ser muchas cosas, pero ésa precisamente, no. Al menos por lo que yo sé –la miró de reojo–. Has estado a punto de caer. Admítelo.

–No quiero hablar contigo.

Dev se llevó su mano a los labios.

–¿Quieres acostarte conmigo, pero no quieres hablarme?

–Tampoco quiero acostarme contigo –replicó Susanna–. Lo que pasó el otro día fue un error, Devlin. Olvídalo –esbozó una tentadora sonrisa con la que pretendía ocultar el frío dolor que crecía en su interior–. ¿O no eres capaz de hacerlo? ¿No eres capaz de olvidarme?

Se miraron a los ojos con enfado. Susanna quería alejarse de allí, pero, al mismo tiempo, algo la retenía a su lado. La pasión titilaba entre ellos como una llama ardiente, fiera e innegable.

–Por lo menos no necesitas preocuparte de olvidar a sir Edwin Carew, puesto que nunca existió. Además, puedes inventarte cuanto quieras sobre él.

Susanna se sintió palidecer. Por un instante, el suelo comenzó a moverse bajo sus pies. Dev tuvo que agarrarla para evitar que cayera.

–Parece que es cierto –comentó Dev con sombría satisfacción y los ojos fijos en su rostro–. Sir Edwin es una pura invención.

Durante un largo y aterrador segundo, la mente de Susanna se pobló de un amasijo de aprensión y dudas. Escrutó el rostro de Dev, intentando averiguar qué sabía exactamente, pero su expresión era indescifrable.

Sabía que no iba a recibir ayuda por su parte. De hecho, debía estar esperando cualquier tropiezo para aprovecharse de ella, para obligarla a revelar todos sus secretos, como había intentado hacer minutos antes. Si un método fallaba, emplearía otro. Y su única defensa sería mantenerse firme ante él y negar las evidencias.

Enderezó la espalda y le miró directamente a los ojos.

—Muy bien —dijo, restándole importancia—. Inventé a sir Edwin. Era una manera de… adornar mi pasado.

Dev la agarró del brazo y la empujó tras una columna, alejándola de las miradas de los curiosos.

—¿Un adorno para qué? ¿Para darte respetabilidad? —preguntó con dureza—. ¿Para hacer parecer respetable a una viuda rica cuando no lo es en absoluto?

—Precisamente —respondió Susanna con frialdad.

Era mentira, otra mentira, pero estaba dispuesta a hacer cualquier cosa para evitar que Dev se acercara a la verdad y descubriera que la habían contratado los duques de Alton. Todo su futuro dependía de preservar esa fachada. Prefería, con mucho, que Dev la creyera una aventurera sin principios.

—Ya sabes cómo son estas cosas, Devlin —continuó diciendo—. Una cazafortunas tiene que fingir tener dinero, aunque apenas tenga para mantener las apariencias.

Dev fijó la mirada en los diamantes que adornaban su cuello.

—Esos diamantes son reales. Alguien tiene que haberlos pagado.

Maravilloso. Así que la consideraba una prostituta que recorría las calles de Edimburgo en busca de clientes, o quizá una meretriz, una cortesana. Susanna se encogió mentalmente de hombros. Si quería mantener en secreto el nombre de sus pagadores, no podía negarlo.

–Sí, claro que los ha pagado alguien –contestó con cansancio. Advirtió la desilusión en la mirada de Dev–. ¿Cómo te has enterado de lo de sir Edwin? –añadió.

–Haciendo preguntas –contestó Dev vagamente. Susanna comprendió que no iba a decírselo–. Muchos dicen conocerle, pero al parecer, tienen tanta imaginación como tú.

Susanna se encogió de hombros y le miró a los ojos.

–¿Qué piensas hacer con esa información?

–¿Qué te gustaría que hiciera? –preguntó Dev divertido.

Maldito fuera. Susanna le lanzó mentalmente toda una ristra de maldiciones. Dev sabía que no podía permitir que le causara problemas con Fitz. No podía permitir siquiera que insinuara a sus conocidos que ella no era la viuda rica que fingía ser. Sabía que eso daría lugar a todo tipo de preguntas embarazosas. Y lo único que podía hacer para impedírselo era amenazar con destrozarle sus planes de futuro.

Susanna sonrió.

–Sólo te pido que pienses en tu propia situación antes de cambiar la mía –le advirtió con dulzura.

Vio que Dev apretaba los labios.

–Chantaje. Eso no está bien, Susanna.

–En ese caso, llámalo prevención –le propuso ella–. Tú no quieres perder a tu rica heredera, ¿verdad? En ese caso…

A los labios de Dev asomó una sonrisa.

–Eres increíble –musitó–. Podría decir que casi te admiro.

–Sin embargo, tú, eres una florecilla inocente, ¿verdad? Devlin soltó entonces una carcajada.

–Oh, Susanna –susurró–. Estoy deseando sacarte de este salón de baile y hacer el amor contigo hasta hacerte gemir de placer.

Susanna se sintió repentinamente envuelta en una oleada de tórrida sensualidad. Contuvo la respiración. Dev lo advirtió y el brillo pícaro de sus ojos se intensificó.

—Ven conmigo. Sabes que lo estás deseando. Por lo menos eso no es mentira.

El bolso de Susanna resbaló de entre sus dedos, cayó al suelo y se abrió, mostrando su contenido. Con una maldición amortiguada, Susanna se arrodilló e intentó guardarlo todo antes de que Dev pudiera verlo. Pero ya era demasiado tarde. Mientras intentaba guardar el último pastel de nata con manos temblorosas, se dio cuenta de que Dev la había visto.

—Qué demonios…

Había cambiado completamente su tono de voz. Y también la expresión de sus ojos. La miraba con absoluto desconcierto y con algo que Susanna temió pudiera ser compasión.

—Así que también robas comida. Es posible que tengas serios problemas.

—No es nada —le espetó Susanna.

—Susanna, tienes el bolso lleno de pasteles de nata.

Susanna se ruborizó intensamente.

—Tengo hambre.

—Para eso está el salón en el que sirven la cena —señaló Dev.

Susanna apretó con fuerza el bolso, que se había manchado de nata.

—Tendrás que lamer eso.

Susanna alzó la mirada. Y de pronto, se sintió a punto de llorar, como si aquel comentario de Dev hubiera sido la gota que había colmado el vaso.

—No le comprendes —le reprochó. Y oyó que le temblaba la voz—. ¿Acaso no recuerdas lo que es no tener nunca suficiente para comer y sentir tanta hambre durante tanto tiempo que apenas puedes aguantarte en pie?

Vio que Dev fruncía el ceño.

—Sí —contestó suavemente al cabo de unos segundos con voz emocionada—. Sí lo recuerdo.

Se miraron a los ojos.

—Entonces… —comenzó a decir Susanna.

—Esto es condenadamente aburrido —se oyó decir a Fitz con evidente disgusto.

Se había cansado de coquetear con la condesa y estaba buscándola. Susanna, sobresaltada, escondió el bolso tras su espalda. Dev se enderezó y saludó a Fitz con una reverencia. Fitz profundizó su ceño al ver que estaba con Susanna.

—¿Cómo estás, Devlin? —preguntó con una grosería que hizo pensar a Susanna en lo maleducado que era—. ¿Tu hermana no vendrá esta noche?

—Francesca vendrá con lady Grant. Si quieres reservar un baile…

—Creo que prefiero no tomarme la molestia —le interrumpió Fitz con dureza—. Malditos bailes de debutantes —se volvió hacia Susanna—. Vamos, querida, vayámonos a Vauxhall. Creo que me apetece más disfrutar de un poco de música al aire libre, un baile y un paseo nocturno —sonrió con evidente intención.

Susanna sintió la mirada de Dev sobre ella, y también la tensión que emanaba de él. Vio el semblante decidido y sonrojado de Fitz. Sabía que en el poco tiempo que llevaban allí, había bebido varias copas de champán como si fueran agua, además del brandy que ya había consumido previamente. El corazón se le cayó a los pies. Aquél era un momento crítico. Tenía que seguir la corriente a Fitz. Si le rechazaba en aquel momento, podía despedirse para siempre de la misión que le habían encargado los duques de Alton. No podía seguir frustrando eternamente las tentativas de Fitz. Por otra parte, le bastaba pensar en que la tocara para sentir repugnancia. Días atrás, la idea de compartir con él algún beso no le había parecido tan terrible. En aquel momento, se le hacía imposible. Y si Fitz pretendía tomarse más libertades… Reprimió un escalofrío. Dev continuaba observándola, esperando la respuesta con la misma expectación que Fitz. Susanna era consciente de que la reacción de Dev era mucho más importante para ella que la del segundo. El corazón le latía con fuerza contra las costillas. Quería rechazar a Fitz, odiaba la idea de someterse a él, pero aun así, sabía que no tenía otra opción. Aquello era lo que había acordado cuando los duques le habían pagado para alejar a Fitz de Francesca Devlin. Aquella noche, si era inteligente y jugaba bien sus cartas, podía sellar el trato. Pero se sentía enferma con solo pensarlo. La idea de besar a Fitz, cuando recordaba los besos de Devlin, o de sentir la mano de Fitz sobre ella, cuando en lo único en lo que podía pensar era en las caricias de Dev…

Alzó la barbilla. La verdad era que no tenía ningún motivo para rechazar a Fitz, porque su relación con Dev no tenía futuro. Después de haber hecho el amor con él, sus sentidos continuaban recordándole, eso era todo. Se había dejado cautivar por algo que sólo era placer físico. Si rechazaba a Fitz en aquel momento, estaría saboteando todo aquello por lo que había trabajado. Aquél sólo era un trabajo, igual a otros muchos que había realizado.

Sonrió.

—¿Vauxhall? Me parece una estupenda elección, milord.

Fitz sonrió de buen humor y la agarró del brazo con un gesto de ostentosa posesión. Susanna se arriesgó a mirar a Dev e inmediatamente deseó no haberlo hecho. El breve instante durante el que habían compartido los recuerdos del pasado se había desvanecido. En aquel momento, lo único que vio en los ojos de Dev fue un desprecio que le hirió en el alma. Dev creía que era una prostituta, algo que no podía sorprenderle. Tampoco debería importarle la opinión de Dev, por supuesto. Era lo último que le concernía. Además, Dev no era mejor que ella.

—Disfrutad de la velada —se despidió educadamente Dev.

–Lo mismo os deseo, sir James. Y estoy segura de que encontraréis a alguien con quien divertiros.

Dev sonrió con ironía, inclinó la cabeza y se alejó. Fitz condujo a Susanna hacia la puerta, con una mano en su espalda que deslizó brevemente hacia su trasero, indicándole con aquel gesto cómo pretendía que terminara la noche. Susanna consiguió mantener la sonrisa, a pesar de que su mente corría a toda velocidad. Aquella noche, no sólo iba a tener que actuar de forma muy inteligente, sino que iba a tener que ser extremadamente precavida. Por un breve e intenso momento, deseó con todo su corazón no haber ido nunca a Londres y no haber aceptado aquel trabajo. Pero ya era demasiado tarde. Estaba metida hasta el cuello en aquella turbia misión.

Capítulo 11

La señorita Francesca Devlin salió de la casa de Hemming Row y fijó la mirada en la luna creciente que asomaba entre las ramas del cerezo de la plaza de enfrente. Llevaba allí tres horas, esperando a su amante. Era una noche cálida, hermosa, una noche hecha para el romanticismo. Se apreciaba la fragancia de las flores en el aire. Daba la sensación de que hasta iba a comenzar a cantar un ruiseñor. Sin lugar a dudas, debía de haber muchos amantes prometiéndose amor eterno bajo la luna, pero Francesca tenía la sensación de que para ella no habría un final feliz. Llevaba tiempo sospechándolo, sabía que había sido una insensata al arriesgarlo todo a una partida de dados, al entregarse a un hombre con la esperanza de que él pudiera amarla. El amor no funcionaba de aquella forma. Él había tomado todo lo que le había ofrecido, pero no le había dado nada a cambio, y el frío y creciente pavor que invadía su corazón le decía que jamás lo haría. Había jugado y había perdido.

Recordó de nuevo su infancia y cómo el juego siempre le había arrebatado la felicidad. Pensó en Devlin, que siempre había intentado protegerla del peligro y la desesperación que los había amenazado. Dev sufriría una enorme decepción.

Chessie ahogó un sollozo. Dev no debía enterarse nunca de lo que había hecho, de los riesgos que había corrido, de todo lo que había perdido en el juego. No soportaría mirarle a los ojos y ver en ellos el horror y la vergüenza.

Fitz, su amante secreto, no iba a volver con ella. Lo sabía. Le había visto salir del baile con lady Carew y había comprendido que aquél era el fin. Aquella hermosa y misteriosa viuda le había quitado a Fitz para siempre. No podía culparla. De verdad. Unos días atrás, odiaba a la bellísima Caroline Carew. Había querido culparla de todas sus desgracias. Pero era una persona honesta y no podía engañarse. Sabía que no se podía seducir a un hombre en contra de su voluntad. Fitz era un hombre débil, Chessie siempre lo había sabido, y aun así, continuaba queriéndole, estúpidamente.

Alzó la mano para secar las lágrimas de sus mejillas. Justo en ese momento, oyó los cascos de un caballo sobre los adoquines de la calle y se ocultó entre las sombras. Un coche de alquiler se detuvo afuera de la casa y vio a Fitz bajando de él y tendiéndole la mano a la dama que le acompañaba para ayudarla a bajar. Le pasó el brazo por la cintura y la acompañó hacia la puerta. Chessie podía percibir su impaciencia y ver también cómo la dama, si de una dama se trataba, reía y protestaba por su precipitación. La luz de la luna iluminó sus rizos dorados mientras se detenía para darle un largo, profundo y apasionado beso.

—¡Así que es así como celebras tu compromiso! —le oyó decir Chessie a la mujer cuando se separaba—. ¡Qué detalle tan encantador, querido!

No era lady Carew. Aquella mujer iba pintada y se movía como una prostituta. Era la primera vez que Chessie la veía, pero no tuvo ningún problema para identificarla como lo que era. Sintió crecer una tristeza enorme en su interior y se apoderó de su alma un enorme cansancio. Llegó a sentir incluso una inesperada compasión por lady Carew. Había algo en aquella mujer que le gustaba, a pesar de que había sabido, desde el primer momento, que representaba un serio peligro para ella. Era una sensación inexplicable y extraña, pero deseó que todo hubiera sido diferente.

Cuadró los hombros. Las cosas eran tal y como eran. Tanto ella como Caroline Carew habían perdido, cada una a su manera. Quizá a lady Carew no le importara que Fitz estuviera con otra mujer la noche que se habían prometido. No lo sabía. Lo único que sabía era que a ella le importaba lo que había perdido. Y le dolía. Le dolía como jamás le había dolido algo en toda su vida.

Eran más de las tres de la mañana cuando el carruaje volvió a Curzon Street y se detuvo ante el número veintiuno. Susanna descendió agotada y caminó hacia la puerta de su casa. No había nada que deseara más que quitarse los zapatos, meterse en la cama y dormir tanto como necesitara. Dormir para siempre. Estaba exhausta y tenía el corazón destrozado.

Era consciente de que debería sentirse satisfecha. Más que satisfecha, incluso. Debería sentirse triunfante. Todos sus planes se habían hecho realidad. Había conseguido lo que quería. Había atrapado a Fitz. Fitz le había propuesto matrimonio formalmente y, naturalmente, ella había aceptado encantada. Los duques de Alton se llevarían una gran alegría. Y, lo más importante, por fin le pagarían y ella podría comenzar a desenmarañar aquella telaraña de mentiras, pagar sus deudas, comenzar desde cero, regresar con sus mellizos e iniciar una nueva vida junto a ellos, muy lejos de aquel ambiente contaminado por la falta de honestidad y el fraude. A pesar de que no era una mujer acostumbrada a llorar, se le hizo un nudo en la garganta al pensar en ello.

Susanna rechazó las atenciones del mayordomo y, bostezando, envió a Margery a la cama. No la necesitaba para desnudarse y no tenía intención de hacer nada más que quitarse la ropa y dejarse arrastrar por el sueño. Ignoró las cartas que esperaban en la mesita de la entrada. Sabía que sólo la esperaban invitaciones, otra carta amenazadora de los prestamistas y, seguramente, un anónimo. Lo estaba esperando desde que había recibido el último. Sabía que él, o ella, le reclamaría algo a cambio de su silencio.

De momento, se negaba a pensar en ello. Todo podía esperar hasta el día siguiente. Subió cansada las escaleras, con los zapatos en la mano, permitiendo que los pies se hundieran en la alfombra. Iba a echar de menos aquella vida plagada de lujos, pensó. Era una delicia vivir rodeada de comodidades. Pero aquella casa, su vida entera, era una ilusión. Nada le pertenecía: ni la casa, ni la ropa, ni su nombre, ni la historia de Carolina Carew. Todo era mentira. Y estaba cansada de tanta falsedad.

Se deslizó en la intimidad del dormitorio. Margery había corrido las cortinas y había encendido una vela. La habitación era todo sombra y oro. Y en el centro de la enorme cama estaba James Devlin completamente vestido, con los brazos detrás de la cabeza y observándola con un fiero brillo en sus ojos azules.

Susanna pareció despertarse de pronto, sintió la excitación atravesándola como un rayo, arrastrando el cansancio y despertando todos sus sentidos a una nueva vida. Cerró la puerta del dormitorio suavemente tras ella y avanzó al interior de la habitación. Dev no se movió, y tampoco apartó la mirada de su rostro. Susanna se sintió desnuda y vulnerable bajo su fría mirada. El pulso se le aceleró. Tomó aire.

—¿Qué estás haciendo aquí?

Era una pregunta estúpida, puesto que conocía de sobra la respuesta. Sabía lo que Dev quería. Y también ella lo deseaba. Durante las dos noches anteriores, había sufrido el anhelo de querer volver a estar en sus brazos, de sentir la presión de su cuerpo contra el suyo. Quería sus besos, quería sus manos sobre su piel. Por un momento, se sintió débil y ligeramente mareada. El corazón le martilleaba en el pecho. Deseaba a Devlin y no podía negarlo. Pero no iba a volver a cometer el error de acostarse con él.

—Sabías que estaba aquí —dijo Dev—. Le has pedido a tu doncella que se retire. ¿Por qué ibas a hacerlo, a no ser que supieras que te estaba esperando?

—Estaba cansada. No la necesitaba —sacudió la cabeza—. Qué arrogante eres, Devlin, para asumir que podía haber otro motivo. Sobre todo cuando ya te dije que no volvería a acostarme contigo.

Devlin sonrió y se estiró en la cama. Susanna intentó no fijarse en el movimiento de los músculos que se adivinaba bajo la camisa. Desvió la mirada hacia el rostro de Dev, comprendió que éste le había leído el pensamiento y deseó darle una bofetada por ser tan pretencioso.

—¿Cómo has conseguido entrar? Los sirvientes no saben...

Se le quebró la voz y vio que Dev sonreía.

—Por supuesto que no. Puedo llegar a ser muy discreto. He subido por el balcón —señaló hacia los ventanales que daban al jardín—. El duque de Portland debería de tener más cuidado con su casa.

—Es evidente —repuso Susanna con frialdad. Puso los brazos en jarras—. Creo que deberías marcharte. No sé si lo recuerdas, pero hace unas horas has intentado seducirme para sonsacarme mis secretos. Y has fracasado —se volvió—. Márchate, Devlin. Deja de jugar conmigo. Estoy cansada y quiero acostarme. Sola.

Se quitó la capa y dejó que cayera como un charco de terciopelo a sus pies. Vio que Devlin seguía el movimiento con la mirada para fijarla después en los hombros desnudos que el vestido de seda dejaba al descubierto. Susanna sabía, sin necesidad de mirarse en el espejo, que su piel estaba teñida de rosa por el ardor de los besos de Fitz. No le había quedado más remedio que permitir que Fitz se tomara algunas licencias aquella noche para conseguir exactamente lo que quería. Por un momento, se sintió fría, utilizada y sucia.

El brillo salvaje de la mirada de Dev se intensificó mientras deslizaba la mirada sobre ella y la detenía sobre las manchas delatoras que cubrían su piel. Pero Susanna no se movió. Permaneció inmóvil donde estaba, atrapada por la luz de sus ojos.

—No estaba seguro de si volverías esta noche —susurró Dev al cabo de unos segundos.

—¿O de si Fitz volvería conmigo? —preguntó Susanna. Tomó aire—. Ya te dije antes que eso no es asunto tuyo, Devlin.

Dev no apartaba la mirada de su rostro. Susanna podía sentir la violencia que emanaba de él, una violencia a duras penas contenida. Vio que se movía un músculo de su mandíbula.

—¿Has hecho el amor con él? —parecía estar haciendo la pregunta en contra de su voluntad.

Antes de que Susanna pudiera responder, se levantó de la cama y la agarró de los antebrazos con tanta delicadeza como despiadado era su tono de voz.

—Maldita sea. No lo entiendo, pero hayas hecho lo que hayas hecho con Fitz, continúo deseándote —la recorrió de los pies a la cabeza con aquella mirada cargada de furia—. Me parece imposible, pero es cierto.

Enmarcó su rostro con las manos y buscó sus labios. Una vez más, la ternura de sus labios contra su boca marcaba un inquietante contrapunto con el enfado que Susanna sentía bullir dentro de él.

—Sería capaz de hacer el amor contigo aunque tu cuerpo conserve la marca de sus besos y sus manos.

Volvió a besarla, con más dureza en aquella ocasión, hundiendo la lengua en su boca y exigiendo una respuesta.

–¿Lo has conseguido? –preguntó con desprecio cuando la soltó–. ¿Ya tienes lo que buscabas?

–Mañana anunciarán el compromiso en el periódico –susurró Susanna.

Vio que cambiaba el semblante de Dev. Le oyó soltar la respiración antes de estrecharla de tal manera contra él que Susanna podía sentir los latidos de su corazón contra su pecho.

–Susanna… –estaba temblando–, ¿por qué estás haciendo esto?

Entonces fue Susanna la que se enfadó. Le empujó para apartarlo de ella.

–Estoy asegurando mi futuro, Devlin. Al igual que lo estás haciendo tú a través del matrimonio. Ésa es la única razón por la que estoy haciendo esto.

De pronto, deseaba contarle todo. Le resultaba extraño, porque Devlin era la última persona en la que debería confiar, pero se sentía muy sola llevando una doble vida y Dev era el único que sabía realmente quién era.

–Los dos estamos haciendo lo que tenemos que hacer. Tú casándote con Emma y yo casándome con Fitz.

–Esto no tiene nada que ver con Fitz o con Emma –replicó Dev con dureza.

La estrechó entre sus brazos y la besó como si su vida dependiera de ello. Susanna enredó la lengua con la suya y le bastó disfrutar de su sabor y respirar su esencia para sentirse de nuevo embriagada.

–Dijimos que no deberíamos… –comenzó a decir cuando Dev abandonó sus labios.

–Sabías que volvería a ocurrir –contestó Dev con dureza–. ¿Cómo no íbamos a repetirlo?

Cómo no iba a repetirlo, pensó Susanna, si durante todo aquel proceso en busca de fortuna se habían comportado como si fueran las dos mitades de un todo, dos personas que se completaban y que, contra todo pronóstico, necesitaban estar juntas. El mero pensamiento la horrorizaba. Habría sido mucho más fácil fingir que era el simple deseo lo que los unía. Pero no habría sido cierto. Era mucho más lo que sentía por Devlin. Siempre lo había sido, aunque él no lo sintiera.

Devlin tomó su rostro entre las manos y volvió a besarla. Había enfado en él y una extraña angustia e inquietud. Le quitó bruscamente el vestido. Al oír cómo saltaban las costuras, Susanna protestó.

—Ya te comprarán otro tus amigos, los duques de Alton, puesto que parecen tener tanto interés en que seduzcas a su heredero —le espetó Dev.

La hizo volverse hacia la luz de la vela, de manera que un resplandor dorado bañara su cuerpo.

—Maldita sea…

Volvió a recorrerla de los pies a la cabeza, y no hubo un solo milímetro de la piel de Susanna que no ardiera ante la fuerza de sus ojos.

—No soporto pensar en ello siquiera.

—Pero no hemos… —comenzó a decir Susanna.

Devlin la silenció negando con la cabeza.

—Ahórramelo.

La tumbó en la cama y le sostuvo con una mano las muñecas. Susanna se retorció para liberarse, pero Devlin se limitó a continuar presionando y la retuvo tumbada sin dificultad. A Susanna le dio un vuelco el corazón al comprender que, en aquella ocasión, no iba a esperar. Se apoderó de ella una alegría fiera. Estaba deseando aquel encuentro. Se sentía desesperadamente carnal.

Devlin cerró su boca ardiente sobre uno de los pezones, y Susanna sintió un estallido de placer atravesando su cuerpo entero. Devlin succionó y ella continuó retorciéndose, intentando liberar sus manos. Devlin comenzó a descender. Susanna emitió un jadeo que terminó convertido en un gemido de frustración. Al parecer se había equivocado. Devlin estaba dispuesto a hacerla esperar.

—Parece que la velada no ha sido tan satisfactoria como cabría imaginar —susurró Devlin mientras rozaba su seno con los labios. Le lamió el pezón—. ¿Lo ha sido, Susanna?

—Devlin, por favor…

—Mañana anunciarás tu compromiso con otro hombre.

Devlin se interrumpió y Susanna sintió la caricia de su respiración sobre su piel. Devlin succionó de nuevo el pezón. Otra llamarada encendió el cuerpo entero de Susanna, dejándola temblando y furiosa por el dominio que parecía tener Devlin sobre ella.

—¿Qué estás intentando demostrar? —le preguntó entre dientes.

Vio el resplandor de los dientes de Devlin cuando éste sonrió.

—Sólo que sientes por mí algo que jamás sentirás por Fitz.

—Así que es orgullo —le reprochó con enfado y desprecio, a pesar de su excitación—. En ese caso, lo admito libremente, Devlin. Jamás responderé a Fitz como te respondo a ti. De modo que si lo que querías era demostrar algo, ya puedes marcharte.

Dev acarició su vientre.

—Me temo que no.

Susanna continuaba enfadada, pese a que las caricias de Dev le hacían estremecerse de deseo.

—Eres un hipócrita al pedirme ese tipo de cosas —le reprochó con amargura—. Al fin y al cabo, tú tampoco eres mío, ¿no es cierto, Devlin? Perteneces a otra mujer.

—Ah…

Demostrando una asombrosa capacidad para la ternura, Devlin la besó con infinita delicadeza, como si quisiera llegarle hasta el alma. Cuando se separó de ella, los dos estaban temblando. Devlin le apartó el pelo de la frente, haciéndole sentir las frías yemas de sus dedos contra su piel.

–Años atrás nos pertenecimos el uno al otro, Susanna. Y esta noche, podemos hacerlo otra vez.

Fue aquel pensamiento el que le dio a Susanna la fuerza para detenerlo. Una noche. Sí, podría entregarse a Devlin una noche más. Sería fácil sumergirse en la pasión y olvidarlo todo en el goce supremo junto a él.

Pero al cabo de unas horas, Devlin se marcharía, volvería a perderle y se odiaría a sí misma por su debilidad. El placer desaparecería, pero permanecería el dolor. Se había prometido a sí misma que jamás volvería a arriesgarse a perder en el amor y sabía que si flaqueaba en aquel momento, estaría perdida.

–¡No!

Se apartó bruscamente de él y se aferró a la sábana para ocultar su desnudez. Se envolvió en ella con manos temblorosas.

–No –repitió.

Se alejó de la cama. Las piernas le temblaban de tal manera que pensó que iba a caerse.

–Esta noche no, Devlin. Tenemos que detener todo esto.

Dev dio media vuelta en la cama y se levantó. Por un momento, pareció completamente aturdido, tan absorto en lo que estaba sintiendo como lo estaba ella segundos antes. Sacudió la cabeza, como si necesitara aclarar sus pensamientos. Alzó la mirada y la fijó en Susanna. Ésta comprobó estupefacta que había diversión en ella.

–Tienes el sentido de la oportunidad más frustrante del mundo –musitó.

–Lo siento –contestó Susanna. Se aferró al brazo de la butaca y se sentó agradecida–. No pretendía tentarte intencionadamente.

–Lo sé –le espetó Dev. Su frustración era visible. La miró, desvió a regañadientes la mirada y sacudió la cabeza–. ¿Pero de verdad tienes que serle fiel a Fitz cuando sólo le quieres por su título y además es muy posible que en este momento esté disfrutando de la noche con una prostituta del Covent Garden?

La brutalidad de sus palabras hizo que Susanna se encogiera. Obviamente, Dev pensaba que su compromiso con Fitz era real, cuando ella sabía que era una estafa. Pero eso no cambiaba el hecho de que se estaba jugando su futuro en aquella operación.

—Creo en la fidelidad —proclamó con firmeza.

Vio la incredulidad en los ojos de Dev. Éste se apartó el pelo de la frente con impaciencia.

—¿Y se supone que tengo que creérmelo?

Le dolía que no la creyera, pero Susanna no esperaba menos.

—¿Y qué me dices de ti? ¿Puedes decir que siempre has sido fiel a la mujer con la que estás comprometido?

Dev la miró con el semblante totalmente inexpresivo.

—Hasta la noche que estuve contigo, no le había sido infiel a Emma en dos años de compromiso.

Entonces le tocó a Susanna sorprenderse. Pero no lo hizo. El James Devlin al que había conocido, a pesar de sus aires de libertino, siempre se había dejado guiar por la integridad y el honor. Ése era uno de los motivos por los que le había amado.

—Entonces entenderás por qué esto tiene que terminar, Devlin.

Devlin no contestó inmediatamente. Se acercó a ella y la atrajo suavemente hacia él. Por un instante, rozó su mejilla con la suya, haciéndole sentir la sutil aspereza de su barba contra la suavidad de su piel.

—Maldita sea, Susanna —parecía estremecido, pesaroso.

Susanna posó la mano en su pecho.

—Sabes lo que tienes que hacer, Devlin. Eres un buen hombre. Demuéstralo poniendo fin a todo esto.

En cuanto tocó a Dev, éste se quedó paralizado. Susanna notaba el latido de su corazón bajo su mano. Había perplejidad y una nueva conciencia en su mirada. Todas las provocaciones, los fingimientos, habían desaparecido. Entre ellos ya sólo quedaba la verdad. Aquel instante se prolongó en el tiempo, envolviéndolos como una delicada telaraña, hasta que Dev posó la mano sobre la de Susanna, que continuaba apoyada en su corazón.

—Gracias —le dijo. Sacudió ligeramente la cabeza, con desconcierto, pero también con un nuevo sentimiento—. Eres una mujer sorprendente, Susanna.

—No sabes hasta qué punto —respondió Susanna con sinceridad.

Dev le brindó una sonrisa desprovista por una vez de toda burla, después retrocedió y Susanna se sintió más fría y sola de lo que jamás se había sentido en su vida.

Dev tomó la chaqueta y se la colgó al hombro. Se dirigió hacia la puerta.

—¡Por el balcón! —le pidió Susanna—. Tienes que irte por donde has venido.

Dev esbozó una mueca.

—Podría hacerme daño…

Susanna le bloqueó el camino a la puerta.

—Tendrás que correr ese riesgo. Prefiero que sufra tu salud a que sufra mi reputación.

Dev le dirigió entonces una sonrisa tan deslumbrante que le aceleró nuevamente el pulso.

—En ese caso, buenas noches, lady Carew —se despidió de ella—. Y buena suerte.

Un segundo después, saltó por el balcón y desapareció. Susanna contuvo la respiración horrorizada. Cuando había sugerido que se fuera por donde había llegado, sospechaba que descendería por la fachada, no que saltaría desde un primer piso. Corrió al balcón y se asomó a la barandilla. Los primeros rayos del amanecer cruzaban el cielo, tiñéndolo de rosa y oro. Bajo aquella luz, pudo ver a Dev en el jardín, completamente ileso, sacudiéndose el polvo de la chaqueta. Alzó la mirada hacia ella y la descubrió observándole. Susanna vio entonces el resplandor de sus dientes, que asomaban tras una radiante sonrisa.

–Sabía que querrías asegurarte de que estaba a salvo –se burló Devlin.

–Maldito seas –respondió Susanna, furiosa por haberle demostrado que tenía razón.

Devlin soltó una carcajada.

–Dulces sueños –le deseó.

Susanna cerró la puerta quedamente, corrió las cortinas y se sentó en el borde de la cama. Todavía estaba temblando. Sabía que había hecho bien al echar a Dev. Y sabía que también él lo sabía. Aun así, se sentía más sola y vacía de lo que había estado jamás en su vida.

Se abrazó a sí misma, intentando reconfortarse a pesar del calor de la noche. Devlin. Su marido. Eran muchas las cosas que Devlin no sabía, y que jamás debería saber. Se estremeció. Si era capaz de guardar sus secretos, si era capaz de mantener a los prestamistas a raya y de mantenerse a salvo, pronto podría comprar la anulación de su matrimonio y escapar a una nueva vida. Sólo tenía que aguantar un poco más. Después, no volvería a ver a James Devlin nunca más. Eso era lo mejor para todos, además de la única opción. Ella ya había perdido demasiado y sabía que perder de nuevo el amor la destrozaría.

Capítulo 12

—Te levantas temprano —comentó Alex Grant. Dejó a un lado el periódico mientras el mayordomo urgía a Devlin a pasar al desayunador de Bedford Street. Observó a su primo, vestido todavía con la indumentaria de la noche anterior—. ¿O es que todavía no te has acostado?

—Todavía no he dormido —confirmó Dev. Aceptó agradecido la taza de café que Alex sirvió y empujó en su dirección—. No hace falta que me mires así. No ha sido lo que estás pensando.

Alex arqueó una ceja.

—Yo no juzgo a nadie —dijo con amabilidad.

Dev se encogió de hombros, malhumorado. Advirtió que su primo le estaba observando y en ese preciso momento supo que Alex pondría inmediatamente el dedo en la llaga. Su primo siempre había sabido leer en él como si fuera un libro abierto. Cuando era más joven y Alex era su tutor, le resultaba muy embarazoso. Jamás había podido ocultarle nada. Los nueve años en los que Alex le superaba siempre le habían proporcionado aquella ventaja. A eso había que añadir que Alex había sido un famoso explorador, un héroe, y no había nada que Dev deseara más que seguir sus pasos y complacerle. Un sentimiento que perduraba incluso ahora.

–Pareces un hombre al que le habría gustado disfrutar de una noche de desinhibida disipación, pero que, sabiendo que no le convenía, no lo ha hecho y, sin embargo, se arrepiente de todo lo que no ha sucedido –aventuró Alex al cabo de un momento mirándolo con expresión seria.

Dev se rió casi a su pesar.

–No puedo menos que felicitarte, Alex. Me conoces muy bien –miró a su alrededor para asegurarse de que la puerta estaba cerrada–. ¿Debo deducir que las damas no van a reunirse con nosotros?

Alex miró el reloj que descansaba en la repisa de la chimenea.

–¿A las siete y media? ¿Todavía no conoces a las mujeres? –asomó a sus labios una sonrisa–. Estás a salvo, Devlin. Aunque si estás a punto de contar algo escandaloso, supongo que Joanna lamentará habérselo perdido.

Dev bebió un sorbo de café y se reclinó cómodamente en la silla.

–Hay una mujer –admitió.

No sabía por qué estaba contándole aquello a su primo. En realidad, no tenía intención de hablar de Susanna.

Alex asintió.

–Sabía que la habría, antes o después –alzó la mano para detener la protesta casi refleja de Dev–. Perdona, no estaba insinuando que daba por sentado que le serías infiel a tu prometida. Solamente… –se interrumpió y jugueteó con la taza–, que cuando uno opta por un matrimonio sin amor, siempre corre el peligro de que surja una persona de la que se enamore.

–No estoy enamorado –respondió Dev automáticamente.

No amaba a Susanna. No podía amarla. Había salido suficientemente escaldado de aquella relación como para caer de nuevo en la trampa. Pero no podía negar el deseo que sentía por ella, ni el fuerte vínculo que los unía. Sintió tensarse su cuerpo, cambió incómodo de postura y se preguntó si alguna vez se liberaría del fiero deseo que lo apresaba.

Alex sonrió.

–En ese caso, perdóname otra vez, pero, sea quien sea esa mujer, es obvio que lo que sientes por ella es mucho más fuerte que cualquier cosa que hayas sentido nunca por lady Emma.

Eso, pensó Dev con pesar, era cierto. Admiraba la belleza de Emma y la quería por su dinero, pero no sentía nada más por ella. El compromiso que le había ofrecido era un compromiso vacío que ninguno de los dos merecía.

Se inclinó hacia delante.

–No he venido aquí para hablar de mis problemas sentimentales. Vengo a pedirte ayuda –se interrumpió–. En realidad, tengo que pedirte un enorme favor.

–Adelante.

–Voy a elevar una petición al Almirantazgo para recuperar mi cargo en la Marina –alzó la mirada–. He pensado que tú podrías ayudarme.

Alex estuvo a punto de atragantarse con el café.

–Devlin, vendiste tu cargo para financiar la búsqueda de un tesoro en México. Dudo que los lores del Almirantazgo te tengan ninguna simpatía después de aquello –dejó la taza suavemente sobre el plato–. Después, está ese asunto del palo mayor, lo que ocurrió con la hija del almirante a la que desfloraste cuando abordamos una fragata en el Ártico… –se interrumpió y sacudió la cabeza–. Tienes que estar loco para considerarlo siquiera.

–No fui el primer hombre que había estado con la hija del almirante –protestó Dev.

–Eso es precisamente lo que el almirante no quiso aceptar.

–A ti te aceptaron después del incidente de la fragata. Y

se negaron a formarte un consejo de guerra cuando ayudaste a escapar a Ethan Ryer.

–Eso fue un accidente –respondió Alex–. El Almirantazgo aceptó que había tropezado y, accidentalmente, había dificultado la labor del guarda que estaba intentando dispararle.

Dev soltó un bufido burlón.

–Tonterías. ¿Y el incidente con Hallows?

–Argüí que estaba bajo la influencia de una pasión extrema. Estaba intentando recuperar a mi esposa.

–¿Y se lo tragaron? –preguntó Dev con desdén.

–Era cierto –cambió el tono de voz. Habría hecho cualquier cosa para recuperar a Joanna. Suspiró hondo–. ¿Por qué quieres volver al mar, Devlin?

Dev pensó en lo que le había dicho Susanna unas horas atrás. Sus palabras sólo habían confirmado las sensaciones que llevaban persiguiéndole durante semanas: estaba aburrido, estaba desperdiciando su vida. Susanna le había asegurado que era mejor hombre que aquel ocioso cazafortunas en el que se había convertido. Sabía que Susanna estaba hablando entonces de la fidelidad y el honor, pero lo que había dicho podía aplicarse a toda su vida. No podía continuar allí sentado, pendiente de los antojos de Emma, por el mero hecho de ambicionar dinero y estatus. Cuando se había unido a la Marina, se había labrado su propia fama y se había ganado holgadamente la vida. El mar se había convertido en una amante muy exigente, pero él había respondido a su llamada. Tras hablar con Susanna, había comprendido que debía volver.

Tenía que agradecerle a su exesposa aquella revelación. Había sido Susanna la que le había desafiado a ser mejor hombre y la que le había hecho enfrentarse a la verdad. Le había devuelto el respeto por sí mismo. Le había mostrado el camino. Por un momento, sintió una inmensa gratitud y una sensación igualmente intensa de pérdida. Jamás habría imaginado que Susanna pudiera darle algo tan precioso. Pero tenía que intentar dejar de pensar en Susanna. Muy pronto se convertiría en la marquesa de Alton, y cuanto más lejos estuviera de ella, mejor. Un barco en el otro extremo del mundo podía ser un lugar tan bueno como cualquier otro.

Advirtió que Alex todavía estaba esperando una respuesta.

—Son muchas las razones que tengo para ello. Me he cansado de ser el perrito faldero de Emma. Creo que estoy desperdiciando mi vida.

A los labios de Alex asomó una sonrisa.

—Yo pensaba que querías dinero y un lugar en la alta sociedad —musitó.

—Y es cierto. Pero el precio a pagar es demasiado alto.

—Es posible que lady Emma no quiera casare con el teniente más viejo de la Marina —comentó Alex secamente—. Porque puedes estar seguro de que es poco probable que te ofrezcan otro cargo, Devlin. Te harán comenzar desde abajo para castigarte por tu pasado.

—Aun así, estoy seguro de que algún día llegaré a ser almirante —respondió Dev con una sonrisa—. Sabes que puedo hacerlo —la sonrisa desapareció—. Además, es posible que a Emma no le gusten muchas de las cosas que tengo que decirle. Lo mejor será aceptar que nuestro compromiso ha terminado.

Alex se sirvió una segunda taza de café y le tendió la cafetera a su primo.

—Una vez más, estoy a punto de preguntarte que si te has vuelto loco. Estoy seguro de que debes miles de libras. Si lady Emma rompe el compromiso, los prestamistas querrán saldar sus deudas y terminarás arruinado.

—Lo sé —contestó Dev. Miró a su primo con semblante serio—. Pero también sé que podré hacer frente a mis deudas. Si logro acceder a un cargo en la Marina, comencé a tener ingresos regulares y si gano alguna recompensa económica, saldaré todas mis deudas –se le quebró la voz–. Y recuperaré el respeto por mí mismo. Odio el hombre en el que me he convertido –añadió con repentina fiereza–. La única manera que tengo de redimirme ante mí mismo es volver al mar.

Alex soltó entonces una carcajada.

–Maldita sea, Devlin. Es una locura tirar por la borda todo lo que has conseguido, pero te admiro. Llevas demasiado tiempo malgastando tu vida y lamentaba verte así. Pero aun así, hay algo que me preocupa: Chessie.

–Sí –Dev esbozó una mueca–. Soy consciente de que estoy en deuda contigo, Alex. Le has proporcionado a Chessie un hogar y has prometido una dote, cuando eso debería ser responsabilidad mía... –se interrumpió cuando Alex alzó la mano.

–Yo era tanto tu tutor como el de Chessie. Durante mucho tiempo, estuve ausente de vuestras vidas y tuvisteis que arreglároslas solos. Ya hiciste mucho entonces para proteger a tu hermana. Permíteme redimir ahora mi culpa –frunció el ceño–. Durante algún tiempo, pensé que Chessie podría casarse con Fitzwilliam Alton, pero ahora parece que no va a ser así.

–No. Alton va a casarse con lady Carew. Hoy mismo anunciarán su compromiso.

Dejó la taza bruscamente sobre la mesa. El café se había enfriado y de pronto lo encontraba excesivamente amargo.

–Es una pena. Chessie debía de estar muy enamorada de él. Últimamente parece triste. Joanna me lo comentó hace varios días.

–Fitz no es un hombre suficientemente bueno para ella –respondió Dev cortante–. Pensaba que sería una buena pareja para mi hermana, pero estaba equivocado.

–Nos enfrentamos de nuevo a la cuestión del dinero y el estatus –se estiró y dejó la servilleta en la mesa–. Así que la misteriosa viuda ha terminado atrapando al marqués. ¿Sabes? Cuando la vi, tuve la extraña sensación de que la conocía.

—Lo dudo —respondió Dev, más seco todavía—. Tengo entendido que es la primera vez que visita Londres.

No entendía qué le impulsaba a proteger a Susanna, pero había algo en su interior que le empujaba a guardarle el secreto. No iba a decirle a Alex que había conocido a Susanna cuando ésta sólo era la sobrina del maestro de Balvenie.

—Es escocesa, ¿no es cierto? He pensado que quizá…

—Te ruego que me perdones —le interrumpió al tiempo que se levantaba—. Tengo que ir al Almirantazgo y después me gustaría ir a ver a Emma y ponerle al corriente de mis planes. Gracias por el café, Alex. Y por tus consejos.

—Ha sido un placer —respondió Alex. Se levantó y le estrechó la mano—. Buena suerte, Devlin. Escribiré para apoyar tu petición. Hace falta mucho valor para hacer lo que estás haciendo. Te mereces que todo salga bien.

—Gracias —contestó Dev.

Salió entonces al sol del verano. La brisa era fresca y el cielo resplandecía sobre su cabeza. Era el día ideal para estar en la proa de un barco.

Un repartidor de periódicos le tendió un ejemplar y Devlin bajó la mirada hacia él sin prestarle demasiada atención. Pero vio entonces un dibujo escabroso en el que aparecía una mujer medio desnuda de larga melena negra sentada a horcajadas sobre una corona ducal mientras un hombre que podía ser reconocible como Fitzwilliam Alton contaba monedas con expresión lasciva. *Dinero a cambio de un título*, rezaba el titular. Por un momento, Dev fue presa de una rabia tan ciega que se quedó paralizado donde estaba. Ver a Susanna expuesta de forma tan flagrante y en una actitud tan irreverente le produjo una sensación nauseabunda. Después, con un frío escalofrío, recordó que era eso precisamente lo que ella pretendía, comprar un título para asegurarse el futuro. Hasta hacía muy poco, también había sido ése su objetivo. De modo que aquello sólo era el precio a pagar.

Cerró el puño con tanta fuerza alrededor de aquel pliego que los bordes del papel le arañaron la palma de la mano. Después, le devolvió el ejemplar al repartidor y se alejó de allí sin decir una sola palabra.

Lady Emma Brooke estaba de muy mal humor. Inclinó la sombrilla para protegerse del intenso sol que resplandecía sobre el agua y se ajustó el chal como si quisiera protegerse de una imaginaria brisa. El hecho de que hiciera un día tan hermoso agriaba todavía más su mal humor. Su madre la había obligado a levantarse pronto, ¡a las diez en punto!, para asistir a un desayuno en Crofton Cottage, en el Támesis. Emma no quería ir, pero, algo poco habitual en ella, la condesa le había obligado a asistir. Dos horas después, Emma estaba tan aburrida que comenzaba a rozar la exasperación. Sabía que sus padres querían que su hermano se casara con la hija de los duques de Crofton, pero no entendía por qué tenía que soportar también ella a aquella estúpida. Era Justin el que tenía que responsabilizarse de su cortejo. Estaba harta, y también estaba harta de los hombres. Al fin y al cabo, ¿quién los necesitaba? Primero, Devlin había supuesto una gran decepción para ella y después había descubierto que Tom Bradshaw no era más que un montón de promesas vacías.

Tras el furtivo encuentro a media noche en el jardín, había ardido de deseo de volver a verle otra vez. No entendía por qué. En realidad, Tom Bradshaw era todo lo que había aprendido a despreciar: un hombre pobre, bastardo, que tenía que trabajar para vivir. Pero nada de eso importaba, porque había llevado a su vida un elemento nuevo, distinto, estimulante. Y después de haberlo probado, quería mucho más.

Había buscado la figura alta de Tom por todas partes, en todos los salones de baile, aunque sabía que aquel hombre jamás pondría un pie en ellos. Le había buscado en el parque, en una ocasión, incluso le había parecido verle. Le había buscado en cada esquina, en cada calle. Todo el mundo la notaba distraída. Su madre había comentado que se había vuelto muy reservada y su padre, arrugando el periódico furioso, le había dicho que esperaba que no hiciera algo tan estúpido como deprimirse. Incluso había insinuado que deberían adelantar el matrimonio con Devlin. Cuando Emma había replicado con una estridente negativa, sus padres habían intercambiado una significativa mirada. Más adelante, su madre había ido a verla para decirle, con una delicadeza extrema, que si se había arrepentido de su compromiso con Devlin, era perfectamente aceptable y que Devlin comprendería que hubiera cambiado de opinión. Le liberaría de aquel compromiso como el caballero que, en realidad, no era. Pero Emma era una joven muy tozuda. No quería renunciar a lo que todavía consideraba prioritario. Al menos hasta que no tuviera algo mejor. Y parecía haber hecho lo correcto, porque a pesar de todas sus promesas sobre que volverían a verse, Tom había demostrado ser un mentiroso. Lo único que estaba haciendo era divertirse a su costa. Emma se sentía ridícula y deseaba poder odiarle. Curiosamente, le resultaba imposible, y eso la enfurecía todavía más.

Vio que su madre se acercaba a ella. Había llegado la hora de marcharse. Gracias a Dios. La limonada estaba caliente y los sándwiches secos al estar expuestos al sol. Además, hacía demasiado calor para estar sentada al aire libre. Emma siguió a su madre y a las dos hermanas Bell con paso cansino a lo largo del río. Pasó por delante de los lechos de flores, una explosión de rosas cuya esencia impregnaba aquel aire tan insoportablemente caliente. Podía sentir el sudor resbalando por su cuello y descendiendo por su espalda. Era una sensación de lo más desagradable. Y no alcanzaba a entender por qué tenían que montar en uno de esos ridículos barcos del río en vez de regresar en su carruaje.

Eran dos los barqueros. Uno de ellos se inclinó hacia delante para ayudar a las damas a montar en el esquife. El otro estaba comprobando las cuerdas de amarre. Las hermanas Bell reían estúpidamente mientras subían a la embarcación. Eran ridículas. Emma, todavía en el muelle, frunció el ceño.

—Hermoso día, milady.

Emma se sobresaltó de tal manera que se le cayó la sombrilla. Había reconocido aquella voz. Normalmente, no prestaba atención alguna a los sirvientes, y ésa era la razón por la que no se había dado cuenta de que el hombre que estaba comprobando las cuerdas no era otro que Tom Bradshaw. Éste se enderezó, fuerte y ágil como era, y le tendió la sombrilla con una sonrisa burlona. Cuando la tomó, Tom cubrió su mano con la suya. A Emma se le secó la garganta. El corazón comenzó a latirle con fuerza en el pecho.

—¿Qué estáis haciendo aquí? —preguntó en un susurro.

Miró a su alrededor, para ver si su madre estaba mirándole, pero lady Brooke estaba hablando con lady Bell de espaldas a ella.

Tom se estaba riendo de ella. Emma podía verlo en sus ojos. Y su expresión hizo que el estómago le diera un vuelco.

—Suelo hacer lo que me apetece, y hoy me apetecía veros.

—Os he estado buscando… —comenzó a decir Emma, pero cerró inmediatamente la boca.

—Lo sé.

Estaba muy cerca de ella. Llevaba arremangada la camisa, de modo que Emma podía ver el vello de su brazo y el movimiento de sus músculos. La rozó suavemente y Emma sintió el calor a través del delicado algodón de la manga de su vestido. El calor se tradujo en un ligero mareo. Hacía demasiado calor y la sangre corría a una velocidad vertiginosa por sus venas.

Lady Bell estaba instalándose en aquel momento en el barco, organizando un enorme jaleo y ocupando por lo menos tres asientos mientras intentaba alisar las faldas de su vestido. Emma contuvo la respiración, pero lady Brooke no se volvió.

—Iré a veros mañana por la noche —susurró Tom, rozando con los labios la oreja de Emma—. Esperadme.

Emma sintió un escalofrío que le dejó la piel de gallina. Tom sonreía con aquellos ojos tan oscuros y una expresión tan cargada de intenciones que la joven se sintió como si el suelo se hubiera abierto bajo sus pies y estuviera a punto de caer en el vacío. Con el pretexto de guiarla por el malecón, la agarró del brazo. Emma notó su mano en la cintura y sus dedos rozando la parte inferior de su seno y se vio obligada a ahogar un gemido.

Afortunadamente, su madre no había notado nada. Continuaba esperando a que Emma se reuniera con ella en la embarcación. Tom le tendió la mano para ayudarla a subir. Emma vaciló antes de tomarla. En el instante en el que Tom cerró la mano alrededor de la suya, sintió que todos sus sentidos se activaban. Fue como si alguien hubiera dejado caer cera caliente sobre su piel desnuda. El calor envolvió todo su cuerpo. Estaba ardiendo, pero al mismo tiempo, sentía un frío que le helaba los huesos.

Emma tomó asiento al lado de su madre y observó a Tom como si estuviera en estado de trance mientras éste soltaba las amarras y se sentaba en el barco. Se sentó enfrente de ella y tomó los remos. Emma observaba sus músculos tensarse con el movimiento, observaba la forma en la que el viento pegaba la camisa contra el contorno de su pecho. Se sentía transfigurada. La conversación de su madre resbalaba sobre ella sin que escuchara realmente ninguna de sus palabras, mientras su cerebro se llenaba del sonido del remo contra el agua, del calor del sol que se filtraba por la sombrilla y de un tórrido anhelo en su vientre que jamás había experimentado. No comprendía cómo era posible que nadie pareciera darse cuenta de su incomodidad cuando ésta era tan acusada. Pero todo el mundo mostraba una actitud completamente normal. Ella era la única que estaba atrapada en aquella dolorosa espiral de lujuria y deseo. Y Tom era el único que lo sabía.

Estaban llegando al muelle de Westminster. Tom fue el primero en saltar a la orilla. Con expresión seria, ayudó a las damas a regresar a tierra firme y a los carruajes que las estaban esperando. Era todo educación y deferencia. Emma vio que su madre le tendía con elegancia una propina y se sintió profundamente avergonzada. Volvió a quedarse ligeramente rezagada y sintió la mano de Tom en su muñeca y el roce de sus labios en la comisura de la boca en la más fugaz de las caricias.

—Mañana recibiré vuestro pago, lady Emma.

Una vez en el carruaje, Emma se sentía frágil y desmayada, abrumada por la tensión y el nerviosismo provocado por el deseo.

—Pareces acalorada —observó lady Brooke, contemplando su rubor con cierta preocupación—. Supongo que es por culpa del sol. Hacía un calor desmesurado.

—Sí —se precipitó a confirmar Emma. Sentía la piel pegajosa y febril—. Creo que cuando lleguemos a casa me acostaré un rato.

Se había prometido a sí misma que no miraría atrás para ver si Tom estaba observándolas, pero no fue capaz de evitarlo. En cuanto el carruaje dobló la esquina y comenzó a alejarse del río, alargó el cuello con intención de verle por última vez. Pero Tom ya se había perdido completamente de vista.

Susanna se despertó tarde, tras haber dormido profundamente, víctima del agotamiento. No se despertó, de hecho, hasta que entró Margery sofocada en el dormitorio con una taza de té y un ejemplar de la *Gazette*. El vestíbulo, anunció, estaba lleno de flores. Los duques de Alton habían enviado a un mayordomo con una nota en la que anunciaban que habían organizado una fiesta para celebrar el compromiso de Susanna y Fitz esa misma noche. Margery se había tomado la libertad de hacer llamar a la peluquera. Se habían acercado algunas modistas para ofrecerse a diseñar el traje de novia. Habían enviado regalos, muestras...

Susanna tuvo que dominar las ganas de esconderse bajo las sábanas. En cuanto Margery abandonó el dormitorio para ir a prepararle el baño, se levantó de la cama y se acercó al balcón, recordando, con un vuelco en el corazón, cómo lo había cerrado la noche anterior después de que Devlin se hubiera ido. Hacía una hermosa mañana. El cielo estaba despejado, de un azul intenso, el sol estaba en lo más alto y el aire era fresco. Susanna apoyó la mano en la barandilla y bajó la mirada hacia la calle, donde acababa de llegar otra carreta de flores y John, el mayordomo, batallaba para transportar un enorme arreglo de lirios que parecía más adecuado para un entierro que para una boda. Seguramente eran de Fitz, pensó Susanna. Era muy dado a los grandes gestos cuando sabía que tendrían testigos. Pobre Francesca Devlin. La gente también estaría pendiente de ella. Aquel día en el que se hacía oficial el compromiso de Fitz, su humillación sería completa.

Con un suspiro, Susanna cerró las puertas a aquel resplandeciente día. Se sentía sola, vacía. La perspectiva de la fiesta de los Alton, donde debería aceptar las felicitaciones de la alta sociedad y fingir ser la prometida de Fitz, se le hacía insoportable. Echaba intensamente de menos a Devlin. Era como si hubiera regresado a los diecisiete años y le hubiera perdido otra vez. Quería evitar aquel dolor. Pero, por primera vez desde hacía muchos años, el duro caparazón que había construido para proteger su corazón, parecía a punto de romperse. No entendía por qué le dolía tanto. Sabía que no tenía ningún futuro con Devlin. Y sabía también que, cuando concluyera aquella farsa, se alejaría de allí, pagaría para que anularan su matrimonio y todo habría terminado. Al cabo de un mes, pondría fin a su compromiso. No se engañaba pensando que Fitz sufriría realmente por ello. Los únicos afectados serían su orgullo y su cartera. Susanna cobraría el dinero de los duques y no volvería a verlos nunca más. Pero en aquel momento, un mes se le antojaba una eternidad.

Tomó el baño de agua con esencia de rosas que Margery con tanta consideración le había preparado, se vistió con indiferencia y bajó al piso de abajo. Entre las notas de felicitación que ya se habían acumulado sobre la mesa, estaban las cartas que no se había atrevido a leer la noche anterior. El corazón le dio un vuelco. Las sacó de entre la pila, se las llevó al salón y cerró la puerta tras ella.

La mano le temblaba mientras abría la primera carta. En aquella ocasión, los prestamistas no eran particularmente educados. Y no era de extrañar, puesto que había ignorado la primera carta. Susanna consideró la posibilidad de que fueran a ver a Fitz y le pusieran al tanto de sus deudas, que le descubrieran que no era la viuda rica que él pensaba. La frágil estructura de aquella farsa la hizo estremecerse. Una palabra fuera de lugar, un paso en falso, y aquel edificio de mentiras se derrumbaría, condenándola de nuevo a la pobreza y arrastrando a Rory y a Rose con ella. El alma se le cayó a los pies. Cuánto odiaba aquella telaraña de mentiras. Estaba desesperada por librarse de ella.

Había otra nota anónima. Reconoció al instante aquel trazo arrogante que evidenciaba que su misterioso corresponsal la tenía controlada y estaba dispuesto a utilizar todo lo que sabía sobre ella.

Si queréis que conserve vuestro secreto, debéis reuniros conmigo en la Bell Tavern de Deven Dials el sábado por la noche.

Susanna se levantó, arrugó la carta con fiereza y la tiró a la chimenea. No tenía intención alguna de acudir a una cita tan peligrosa. Pero si no lo hacía, no sabía de qué podía ser capaz aquel chantajista. Pensó en Devlin. Tenía el corazón lleno de dudas e inseguridades. Pero no era posible que Devlin hiciera el amor con ella con tanta ternura y después fuera capaz de escribir una carta tan amenazante. Los dos eran víctimas del mismo conflicto en el que les había encerrado su deseo, y no, no podía creer que Dev fuera tan deshonesto como para amenazarla de aquella manera. Pero si no era Devlin, entonces, ¿quién? ¿Le habría contado Devlin su secreto a Francesca? ¿La estaría chantajeando ella para vengarse porque le había robado a Fitz?

Fuera quien fuera el chantajista, Susanna sabía que no podía ignorarle, porque su futuro estaba en sus manos. Podía destrozarla, arrojarla de nuevo a la pesadilla de la ruina y la pobreza. Sintió el aleteo del pánico. No tenía dónde acudir, no había nadie que pudiera ayudarla.

Intentó tranquilizarse. Sólo había otra persona que supiera realmente quién era ella y quizá, sólo quizá, estuviera dispuesta a ayudarla. Ignorando las protestas de Margery, que le reprochaba que quisiera salir cuando había tantas cosas que hacer, le pidió a John que le consiguiera un carruaje y se dirigió hacia Holborn.

Bajó delante de la discreta puerta de Churchward & Churchward, la firma de abogados de la nobleza. Obviamente, los duques de Alton no tenían intención de tratar los asuntos económicos directamente con ella, de modo que habían dado instrucciones de que remitiera todas sus cuentas al señor Churchward. Además, era a él a quien correspondía ocuparse de cualquier otro asunto que requiriera atención. Susanna vaciló un instante antes de llamar a la puerta. No quería molestar al señor Churchward. Estaba acostumbrada a enfrentarse en solitario a sus problemas, lo había hecho durante toda su vida. Pero necesitaba ayuda de forma urgente. No tenía otra opción. De modo que, cuadró los hombros y llamó con decisión a la puerta. Tuvo la sensación de que pasaba mucho más tiempo de lo que podía considerarse normal antes de que apareciera en el marco de la puerta un hombre que Susanna asumió debía de ser un empleado de la firma.

—Me gustaría ver al señor Churchward, por favor –pidió precipitadamente.

El empleado arrugó la nariz.

—¿Tenéis una cita, señora?

—No, pero es muy importante –ella misma advertía la desesperación en su voz–. Soy lady Carew. Por favor, decidle al señor Churchward que es extremadamente urgente que le vea.

Por un momento, temió que su interlocutor pudiera negarse, pero al final, éste retrocedió para permitirle pasar. Susanna le siguió por una escalera de madera y la condujo a la sala de espera. Pero Susanna no era capaz de sentarse. Estaba demasiado nerviosa. Afortunadamente, el señor Churchward apenas le hizo esperar.

—Buenos días, lady Carew.

El señor Churchward era todo corrección. No hubo la menor vacilación en su tono que pudiera indicar que sabía que ella no era quien pretendía ser. El abogado le ofreció asiento antes de sentarse al otro lado del escritorio. Tenía un ejemplar de la *Gazetta* pulcramente doblado ante él. Susanna comprendió que debía haber leído ya todo sobre su compromiso con Fitz. Todo Londres debía estar enterado a esas alturas. Sintió un ligero vértigo.

El señor Churchward apartó el periódico y se inclinó hacia delante. La miró con ojos penetrantes por detrás de los gruesos cristales de sus lentes y esperó educadamente a que Susanna comenzara a hablar. A pesar del calor que hacía en el despacho y de los modales educados del abogado, Susanna era plenamente consciente de que no era del agrado del señor Churchward. Sin lugar a dudas, él aceptaba todos los servicios que los nobles requirieran de él, pero eso no significaba que estuviera de acuerdo con ellos. Y, ciertamente, no aprobaba que hubieran tendido a Fitzwilliam Alton una trampa para arruinar las esperanzas de Francesca Devlin.

Susanna abrió el bolso y le mostró las cartas que había retirado de la chimenea. Le temblaban ligeramente las manos y sabía que el abogado lo había notado.

—Me encuentro en una situación complicada y no sabía a quién recurrir, señor Churchward. Me preguntaba si vos podríais ayudarme.

—Haré todo lo que pueda, señora —contestó el abogado secamente.

Se hizo el silencio. Susanna volvió a leer las cartas, aunque sabía exactamente lo que decían. Alzó la mirada, esperando que el abogado la invitara a hablar.

—Soy consciente de que desaprobáis mi conducta —dijo precipitadamente—. De hecho, cualquier que supiera la verdad, lo haría. Pero a pesar de todo, debo ponerme a vuestra merced porque no tengo a nadie a quien acudir.

El abogado continuó callado. Susanna sentía su mirada en su rostro, una mirada pensativa y evasiva al mismo tiempo. Sintiéndose derrotada, se levantó.

–Os ruego que me perdonéis –se disculpó–. Comprendo que he cometido un error al venir a vuestro despacho. Siento haberos molestado.

El señor Churchward no intentó detenerla. Se levantó también y se adelantó para abrirle la puerta. Susanna sintió una lágrima cayendo sobre una de las cartas, y guardó las misivas rápidamente en el bolso. Volvió el rostro para que el abogado no fuera testigo de su tristeza. Rodó otra lágrima por su mejilla. Susanna emitió un sonido que era una combinación de tristeza y exasperación mientras buscaba el pañuelo.

El señor Churchward le tendió su propio pañuelo y cerró la puerta antes de que Susanna saliera.

–Querida –confesó–, jamás había visto a una dama hacer tantos esfuerzos para no llorar.

–No soy una dama –Susanna se sorbió la nariz–, así que me temo que no tengo la necesidad de controlarme.

–Mi querida… señorita Burney, si es que ése es vuestro verdadero nombre.

–En realidad, mi verdadero nombre es lady Devlin, señor Churchward, y eso es parte del problema.

Para su más absoluto asombro, vio un brillo de diversión en los ojos del señor Churchward.

–Si sois la esposa de James Devlin y acabáis de comprometeros con Fitzwilliam Alton, es evidente que tenéis un serio problema –se mostró de acuerdo. Se interrumpió–. ¿Sir James lo sabe?

Susanna emitió un sonido burlón que estaba a medio camino entre una risa y un sollozo.

–Sí… No. Bueno, él cree que nuestro matrimonio lo anularon hace años.

En aquella ocasión, el señor Churchward sonrió abiertamente.

–Ya entiendo –hizo un gesto, indicándole que se sentara–. ¿Y es sobre esa cuestión sobre la que queríais consultarme?

–No –contestó Susanna. El pánico volvió a apoderarse de ella al pensar en aquellas cartas–. Es otra cuestión. En realidad, son dos asuntos…

–Bueno, todo a su tiempo. Tengo un sherry excelente para casos urgentes –añadió. Abrió el último cajón de su escritorio y sacó dos vasos polvorientos–. Creo que esto nos vendrá bien. ¿Os importaría acompañarme, lady Devlin, y contármelo todo?

Capítulo 13

Dev permanecía en la fila de recepción del baile que habían organizado los duques de Alton para celebrar el compromiso de Susanna y Fitz. Emma no había acudido y Dev no la había visto desde hacía dos días por culpa de una jaqueca que la joven padecía desde que había ido al desayuno de lady Crofton. Al ver frustrado su plan de confesar a Emma su voluntad de regresar a la Marina, al final había optado por escribirle una carta que había entregado al malhumorado mayordomo de los Brooke. Éste le había asegurado que se la entregaría a la joven en cuanto recuperara la salud. Probablemente, la carta le provocaría un nuevo dolor de cabeza, había pensado Devlin mientras hacía de tripas corazón y añadía una posdata:

También tengo que decirte que he traicionado tu confianza con otra dama. Me arrepiento profundamente de haberme comportado de manera tan deshonrosa y me sé merecedor de tu condena...

Era una mentira flagrante. No se arrepentía ni por un segundo de haber hecho el amor con Susanna, pero sí de no haber estado a la altura de su propio honor al haber traicionado a Emma cuando ésta no se lo merecía. Dev sabía cuál sería la consecuencia. Emma no toleraría su infidelidad, pero aun así, era consciente de que no podía seguir mintiéndole. Tenía que empezar desde cero.

La fila comenzó a avanzar y Devlin ahogó un suspiro. Se había visto obligado a asistir a los más atroces eventos sociales en otro tiempo, desde la inauguración de una isla a cargo de un estúpido gobernador en las Indias Orientales hasta un baile de presentación en sociedad en el que una de las debutantes se había presentado borracha y había confesado amar a su cuñado delante de todo el salón de baile. Aun así, jamás había asistido a un acto que le resultara personalmente tan doloroso como el compromiso de Susanna con Fitzwilliam Alton. No satisfechos con organizar la fiesta oficial, a la que había declinado la invitación, los duques habían decidido invitar a aquel baile a toda la ciudad. Dev estaba allí para acompañar a Chessie, que había decidido asistir y enfrentarse abiertamente a chismes y cotilleos. Dev deseó que no lo hubiera hecho. Su hermana permanecía pálida y ojerosa al lado de Joanna Grant y de Tess Darent, enfrentándose a la humillación y a la destrucción de sus sueños ante lo más granado de la sociedad londinense. Dev estaba tan enfadado que habría estrangulado a Fitz con sus propias manos. Todo el mundo sabía que Fitz había alentado las esperanzas de Chessie, pero había sido lo suficientemente inteligente como para no comprometerse de ningún modo. Había sido frío y calculador y no le habían importado lo más mínimo ni los sentimientos ni la reputación de Chessie. Eso debería haber sido suficiente como para demostrarle a su hermana lo poco que merecía su afecto. Pero el amor no siempre funcionaba de aquella manera.

Dev desvió la mirada de aquel Fitz inflado como un pavo, hacia la mujer que permanecía a su lado: Susanna. Estaba fascinante, con un vestido de seda roja y diamantes en el pelo. Devlin quería odiarla por haber aceptado la proposición de Fitz, por lo avaricioso de su conducta, por haberse vendido por un título. Por haber hecho el amor con tan dulce pasión con él y haber aceptado después aquel vergonzoso matrimonio. Pero no era capaz de odiarla. Se sentía unido a ella por vínculos tan profundos como complejos.

Fitz le rozó a Susanna el dorso de la mano para reclamar su atención y ella se inclinó obediente hacia él, dispuesta a escuchar lo que quería decirle. Dev la vio sonreír y sintió que el enfado y el deseo se cerraban como un tenso puño en su interior. Formaban la pareja perfecta: atractivos, ricos y encantadores, sin que hubiera el menor trazo de amor, o incluso de sincero respeto, por ninguna de ambas partes.

–Lo siento –susurró Chessie de pronto.

Estaba tan pálida que Dev temió que fuera a desmayarse. Se meció ligeramente y Dev le pasó el brazo por los hombros.

–No me encuentro muy bien –susurró–. Hace mucho calor y apenas hay aire...

Dev se encontró por encima de la cabeza de su hermana con la mirada preocupada de Joanna Grant.

–La llevaré a casa –se ofreció Joanna–. Chessie, querida –tomó la mano helada de Chessie–. Vamos. No te encuentras bien.

Joanna y Devlin acompañaron a Chessie hasta las escaleras y bajaron al vestíbulo. Todavía estaban llegando los últimos invitados, que se sumaban a la multitud que abarrotaba la sala de recepción. Dev fue abriéndoles paso con sus anchos hombros, protegiendo a su hermana de miradas curiosas y de susurros y risas mal disimuladas de los invitados. Se sentía furioso y protector, sabiendo que todo el mundo estaba hablando de la humillación de Chessie. Sentía la tristeza y el dolor de su hermana. Joanna y Tess, que pese a su aparente fragilidad eran mujeres de gran fortaleza, la acompañaban con las cabezas bien altas.

–Sólo un poco más –animó Tess a Chessie cuando Joanna fue a buscar a un mayordomo para pedirles los abrigos–. Pronto estaremos en casa.

Dev le pidió a uno de los sirvientes que les consiguiera un carruaje.

–No vengas con nosotras –susurró Joanna mientras Devlin las ayudaba a subir. Le estrechó la mano con suavidad–. Es posible que Chessie quiera hablar con nosotras, y está tan ansiosa por evitar que te disgustes, que a lo mejor no se atreve a desahogarse delante de ti –se inclinó para darle a Dev un beso en la mejilla–. Te haré saber cómo se encuentra.

Dev asintió a regañadientes.

–Nada de lo que Chessie pueda hacer o decir cambiará lo que siento por ella –respondió malhumorado–. Nada de esto es culpa suya.

–Lo sé –contestó Joanna. Le sonrió–. Gracias, Devlin.

El carruaje se puso en marcha y Dev permaneció en los escalones de la entrada, viéndolo alejarse. No tenía ganas de pasar la velada contemplando a Susanna bailando con Fitz, encantada con su triunfo. Estaba cansado, furioso y amargado. No era frecuente en aquella época que decidiera ahogar sus penas en alcohol, pero aquella noche le apetecía de una forma especial.

–¿Preparado para marcharte, Devlin? –un hombre alto y rubio le agarró del brazo y lo arrastró al interior de la casa de los Alton–. Pero antes ven a compartir conmigo una copa de champán.

–¡Purchase! –exclamó Dev–. ¡Has vuelto a Londres!

Owen Purchase le estrechó la mano con entusiasmo.

–Acabo de llegar. He estado visitando mis propiedades –soltó una carcajada–. Jamás pensé que oiría esas palabras saliendo de mis labios.

–Entonces, ¿el título es tuyo?

–De ahí lo del champán –se interrumpió–. Pero te agradecería que lo mantuvieras en secreto. Ya sabes que estos asuntos legales tienen cierta complejidad. Además, todavía no quiero que me identifiquen como el vizconde de Rothbury.

—Te deseo suerte a la hora de mantener a distancia a las madres casamenteras —contestó Dev con ironía—. En cuanto se enteren de que tienes un título, te van a perseguir por toda la ciudad.

—Supongo que sabré cómo enfrentarme a ellas —contestó Purchase, sonriendo de oreja a oreja—. Aunque preferiría hacer mi propia elección.

—Así que has venido a presentar tus respetos a los futuros duques de Alton.

—Mis propiedades en Somerset lindan con las de los Alton —respondió Purchase con una mueca—. Y puesto que vamos a ser vecinos, me ha parecido un gesto diplomático. El hecho de que no soporte a Alton…

Se interrumpió bruscamente, mudo de asombro, al ver a Susanna bajando las escaleras para recibir a unos conocidos que acababan de llegar.

—Veo que estás mirando a la novia de hito en hito. No sé si ésa es la mejor manera de congraciarte con tus futuros vecinos. Y no lo digo —añadió—, porque no sea digna de ser admirada.

—Es una mujer de excepcional belleza —se mostró de acuerdo Purchase—. Es difícil confundirla con ninguna otra.

Dev le miró intrigado por su tono de voz.

—¿Ésa es la futura esposa de Alton? —preguntó Purchase.

—Acabo de decírtelo. Sí, es lady Carew, de Edimburgo.

—¿Así es como se hace llamar ahora? —Purchase sonreía de oreja a oreja sin apartar la mirada de Susanna.

Dev sintió una sensación extraña en el estómago.

—¿Qué quieres decir?

—La última vez que vi a lady Carew —le explicó su amigo–, se hacía llamar señorita Ives y estaba siendo cortejada por Johan Denham, el joven más rico de Bristol. Su padre había amasado una fortuna con el comercio.

Dev se encogió de hombros. Sentía un amargor en la boca que no tenía nada que ver con la calidad del champán que ofrecían los duques. De modo que Susanna era una aventurera que ya había intentado atrapar a otro marido rico. En realidad, no era una novedad. Lo único que podía sorprenderle era el hecho de que hubiera fracasado a la hora de atrapar a su presa. Pero quizá se valorara en exceso. A lo mejor había rechazado a Denham porque quería también un título, no sólo una fortuna amasada con el comercio.

–¿Cuándo fue eso?

Purchase le miró de soslayo.

–Hace un año, aproximadamente. Denham acababa de llegar a la mayoría de edad y tenía acceso a una vasta fortuna. Dicen que estaba tan enamorado de ella que terminó poniéndose en ridículo –esbozó una mueca–. Supongo que no fue el primero –bebió un largo sorbo de champán–. Es una mujer notable. Pero como soldado de fortuna, reconozco a la mujer que era la primera vez que nos vimos. Y no puedo dejar de admirarla por ello. No es fácil salir adelante contando únicamente con el ingenio. Y tú deberías saberlo mejor que nadie, Devlin.

–Y lo sé –contestó con sentimiento.

–Incluso yo probé suerte con ella al comprender que estábamos en el mismo bando.

Dev fue consciente entonces de una repentina necesidad. La necesidad de darle a Owen Purchase, uno de sus mejores amigos, un puñetazo.

–¿Y tuviste éxito? –preguntó muy tenso.

Purchase negó con la cabeza.

–A pesar de su aspecto sensual, es fría como la nieve. Me rechazó de plano.

–Mala suerte.

Dev se frotó la nuca, sintiendo que comenzaba a ceder la tensión de sus músculos. Observó a Susanna bailando con Fitz, posando la mano en su brazo y poniéndose de puntillas para susurrarle algo al oído. Fría como la nieve, había dicho Purchase. En aquel momento, vestida de rojo, era como el fuego, y también lo había sido cuando se había mostrado dulce y dispuesta en sus brazos.

Dev se aclaró la garganta. Aquélla no era la forma más apropiada de pensar en una mujer cuya ambición sobrepasaba con mucho a la suya. Una cazafortunas, una aventurera que había tenido la suerte de atrapar a un marqués y que, algún día, llegaría a convertirse en duquesa.

–Lo lamenté por Denham –continuó contando Purchase–. Se quedó con el corazón destrozado cuando la supuesta señorita Ives puso fin a su compromiso. Ya había roto con su anterior prometida por culpa de esa aventura, y después perdió a la segunda…

Aquellas palabras renovaron la atención de Dev.

–¿Perdón?

Purchase arqueó una ceja con extrañeza al ver la expresión de Dev.

–He dicho que Denham ya había roto con su prometida. Cuando comenzó a coquetear con la señorita Ives, el amor de su infancia le abandonó.

Dev sintió algo parecido a una premonición.

–Y el amor de su infancia –comenzó a decir lentamente–, ¿tenía dinero?

–Ni un penique –contestó Purchase divertido–. Se llamaba Cassie Jennings. Una joven bonita, pero sin dinero y sin relaciones influyentes. Conocía a Denham desde que era una niña. Pero el fideicomisario del muchacho no aprobaba aquel compromiso. Y tampoco su madre.

Dev tomó aire. Pensó en Fitz, cortejando a Chessie, una joven sin dinero y sin título. Era una relación que los duques de Alton desaprobaban. Pensó después en Susanna, que había abandonado en Bristol a un joven adinerado. Un hombre que antes de conocerla, estaba a punto de casarse con el amor de su vida, una joven sin recursos. Apretó los dedos de tal manera sobre el delicado cristal de la copa que estuvo a punto de romperla.

—Sólo una cosa más, Purchase —dijo con fingida naturalidad—. ¿Sabes cómo conoció la señorita Ives al señor Dehnam?

—La verdad es que no soy capaz de recordarlo —respondió Purchase—. No... —se aclaró la garganta—. En realidad, sí que me acuerdo. Los presentó la madre de Denham. Al parecer, era la hija de una amiga suya.

La hija de una amiga. La viuda de un amigo de la familia... La historia cambiaba ligeramente, pensó Dev, pero no en exceso. Devlin siempre se había preguntado por qué los duques de Alton decían haber conocido a sir Edwin Carew, un hombre que en realidad no existía. Tampoco comprendía que estuvieran dispuestos a aceptar a Susanna como esposa de Fitz siendo tan exigentes y careciendo ella de título.

Pues bien, acababa de averiguar la respuesta. Había subestimado a Susanna. Susanna ni siquiera era una honesta aventurera. Ni siquiera quería a Fitz para ella. Había destrozado las ilusiones de Chessie, la esperanza de un futuro con Fitz, por dinero. A cambio de la cantidad que le habían pagado los duques. Se dedicaba a destrozar corazones y a arruinar vidas ajenas. La rabia que sintió fue más violenta que la anterior. Una cólera sobrecogedora que parecía subirle por la garganta y le obligaba a romper algo, cualquier cosa. Preferiblemente, el cuello de Susanna.

—¿Estás seguro de todo lo que me has contado, Purchase? —preguntó, aunque sabía de antemano la respuesta.

—Claro que sí —contestó Purchase mientras vaciaba su copa—. De hecho, creo que ni siquiera me acercaré a presentar mis respetos. No quiero poner a la novia en un compromiso.

—Eres demasiado bueno —dijo Dev sombrío.

Él tenía intención de hacer mucho más que poner a Susanna en una situación comprometida. Se merecía algo peor. Jamás en su vida se había encontrado con una mujer tan fría y despiadada.

—Supongo que es consciente de que algún día podría aparecer alguien que pusiera fin a sus maquinaciones.

Purchase se encogió de hombros.

—Se mueve en un terreno bastante seguro. Las personas como los Denham no suelen acceder a estos círculos. Si yo no la hubiera visto…

—Sí, no habría corrido ningún riesgo.

Pensó en Chessie, en sus esperanzas rotas, en su reputación dañada. Susanna lo había hecho con cruel intencionalidad. Le pagaban para arruinar la vida, las expectativas de los demás. Estaba seguro de que no se equivocaba. Susanna había echado por tierra la posibilidad de que Cassandra Jenning compartiera su futuro con John Denham y había hecho lo mismo con Chessie. Tenía que ser más que una coincidencia.

—Pobre Denham —comentó mientras Susanna desaparecía en el salón de baile, dulce y etérea, suficientemente seductora como para enloquecer a cualquier hombre—. No tenía ninguna posibilidad.

Sintió un frío y violento enfado apoderándose de él. Por fin sabía la verdad. Había llegado el momento de que Susanna y él tuvieran el enfrentamiento final.

Lady Emma Brooke yacía en su enorme cama con dosel, observando cómo se mecían las cortinas al capricho de la brisa. Era tarde, pero no podía dormir. Llevaba más de un día esperando. A medida que había ido acercándose la hora de su cita con Tom, había ido sintiendo una mezcla de terror y excitación, pero las horas habían continuado pasando y Tom no había llegado. El placer había comenzado a marchitarse, dejándola enfada y frustrada. Estaba ocurriendo lo mismo que la vez anterior. Tom aparecía y desaparecía a su antojo. Le gustaba tenerla pendiente de sus caprichos. Emma dio media vuelta en la cama y golpeó el colchón con los puños, pero nada parecía aliviar su frustración. Maldijo a Tom Bradshaw y sus dotes de seducción. Ojalá se fuera al infierno.

Con un gemido, volvió a dar media vuelta en la cama, pero se quedó paralizada al oír que la puerta se cerraba suavemente. Abrió los ojos, pero no era capaz de ver nada en la oscuridad del dormitorio. Después, advirtió que una sombra se movía, oyó una pisada y vio que la sombra la acechaba.

Se sentó rápidamente en la cama.

—No podéis estar aquí —le advirtió.

Se cubrió con las sábanas hasta la barbilla, con un gesto de dama ultrajada. Horas antes, había estado esperándole en el jardín. No imaginaba que pudiera tener la audacia de entrar en su habitación. El corazón comenzó a latirle erráticamente al pensar en lo que había hecho.

—Pues aquí estoy —respondió Bradshaw, extendiendo las manos.

—Gritaré —le amenazó Emma.

Pero no tenía ninguna intención de hacerlo.

Bradshaw soltó una carcajada.

—Adelante.

Por un instante, que a Emma se le antojó una eternidad, el tiempo pareció detenerse. Pero después, Tom la abrazó y la besó. Su sabor era tan dulce y tentador como la primera noche en el jardín, y Emma pensó que iba a explotar de pura excitación. Olvidó la indignación y el enfado y alargó los brazos hacia él en un gesto de pura desesperación.

A medida que profundizaba el beso, Tom comenzó a acariciarla, apartando el camisón y accediendo a las más vergonzosas intimidades de su cuerpo. La sensación era maravillosa y Emma comprendió, con una mezcla de euforia y asombro, que fuera lo que fuera lo que Tom estuviera haciendo, no era suficiente. Ella quería más, y lo quería en ese preciso instante. El tenso anhelo que la embargaba era tan afilado que estuvo a punto de gritar. Casi inmediatamente, Tom no sólo estaba con Emma en la cama, sino que estaba dentro de ella. Y Emma habría gritado de placer si Tom no hubiera cubierto sus labios con un beso en el momento en el que le robaba la virginidad.

Minutos después, Emma permanecía en la cama, presa de aquel oscuro calor, exultante y perpleja por la facilidad con la que había olvidado lo que habría sido la conducta propia de una dama para entregarse a un hombre al que apenas conocía. Le parecía increíble y, al mismo tiempo, tan emocionante, que se sentía iluminada por dentro. Y, lo que era más, aquel deseo febril no había disminuido por lo indigno de su conducta. De hecho, era un deseo más fiero todavía. Quería hacerlo otra vez, inmediatamente. Y probablemente otra después.

Cambió de postura, intentando ver el rostro de Tom en la oscuridad. Podía sentir su cuerpo musculoso al lado del suyo. Aquella sensación desconocida de estar tumbada junto a un hombre era infinitamente estimulante, pero aun así, comenzaba a sentir un escalofrío de miedo en medio de su lujuria.

—¿Qué va a pasar ahora? —pregunto, esforzándose en disimular la ansiedad de su voz.

Tom se echó a reír. Posó la mano en su seno y Emma se estremeció.

—Ésa es una de las muchas cosas que me gustan de ti —contestó, arrastrando la voz. Se inclinó para lamerle un pezón—. Te gusta ir directamente al grano.

–Quiero casarme contigo –dijo Emma, retorciéndose bajo sus caricias–. Soy un buen partido, Tom. Soy guapa, y muy rica…

La interrumpió un jadeo en el instante en el que Tom le mordisqueó ligeramente el pezón, provocando una agradable sensación que descendió como un rayo hasta su vientre.

–Lo sé –contestó Tom. Parecía estar riéndose. Le lamió el pezón–. Además, eres deliciosa.

Alzó la cabeza bruscamente y cambió de tono de voz.

–¿Qué ocurriría si te dijera que no quiero casarme contigo?

El miedo de Emma se intensificó, sofocando el placer del momento.

–Me casaría con Devlin, y te mandaría al infierno.

Tom se echó a reír.

–Otra de las cosas que me gustan de ti es tu sentido práctico –deslizó la mano por su vientre y Emma se arqueó inmediatamente contra él–. Tú no quieres a Devlin –no era un pregunta.

–No –contestó Emma.

Alargó los brazos hacia Tom, pero él se apartó sin dejar de mover las manos sobre su piel en la más insidiosa de las caricias que Emma podía haber imaginado.

–¿A mí me quieres? –preguntó Tom con voz queda.

Continuó deslizando las manos por la delicada piel del interior de sus muslos y Emma abrió las piernas indefensa a su contacto mientras intentaba concentrarse en la pregunta. Tenía la sensación de que era una pregunta importante. Pero le resultaba casi imposible pensar, estando los dedos de Tom tan cerca del centro de su feminidad.

–No te conozco lo suficientemente bien, pero…

–¿Sí? –preguntó Tom muy serio, pero ya había deslizado un dedo en su interior y estaba regalándole las más increíbles y tentadoras caricias.

Emma pensó que iba a morir de placer.

—Pero me encanta todo lo que me haces… —suspiró, reclamando que continuara.

Tom se detuvo. Emma se retorcía, agonizando de impaciencia.

—Ésa —continuó diciendo Tom mientras comenzaba a acariciarla otra vez con suaves y sigilosos círculos—, es una respuesta muy sincera. Pero entonces, ¿por qué quieres casarte conmigo? —interrumpió sus caricias y Emma estuvo a punto de gemir.

—Te quiero porque… —se detuvo al borde del éxtasis, mientras el placer y la culpa se sumaban en el interior de su cuerpo—, porque eres como yo.

Tom soltó una carcajada.

—Soy un hombre egoísta y avaricioso, y no me preocupo de nadie más que de mí mismo.

—La gente dice que soy una joven mimada —replicó Emma—. Y es cierto. Siempre consigo lo que quiero.

Tom se colocó sobre ella y se hundió en su interior, dándole exactamente lo que quería.

—Lo que va a suceder a continuación —le dijo mientras comenzaba a moverse—, es que vas a fugarte conmigo esta noche. Nos iremos a Gretna —retrocedió y le acarició la mejilla—. ¿Es eso lo que quieres?

—Sí, sí —contestó Emma, tan feliz y excitada que quería llorar—. Pero todavía no…

—No, todavía no —se mostró de acuerdo Tom. Volvió a deslizarse en su interior y Emma se arqueó para salir a su encuentro—. Todavía quedan varias horas antes del amanecer.

Capítulo 14

Susanna se había alegrado inmensamente cuando Fitz la había llevado por fin a casa, le había besado la mano con corrección y la había dejado en la puerta sin intentar persuadirla de que compartiera su cama. De hecho, pensó Susanna, era como si, una vez se había asegurado de que podría acceder tanto a ella como a su supuesta fortuna, ya hubiera perdido todo el interés. O bien, había decidido que cortejarla requería demasiado esfuerzo y estaba disfrutando todavía de su relación con la adorable señorita Kingston. La actitud de Fitz hacia ella había cambiado. La trataba con una autocomplacencia y una posesividad que sugería que cuando Susanna fuera su esposa, tendría que aceptar su autoridad y aceptar el turno que le correspondiera en su lecho. Era un reflejo de la supina arrogancia de Fitz, pensó Susanna. De modo que iba a disfrutar inmensamente al rechazarlo.

Por fin estaba segura de que sería capaz de llevar aquella farsa hasta el final. El señor Churchward se había mostrado de lo más servicial cuando le había confiado sus problemas. Había aceptado adelantarle una suma de dinero para aplazar las demandas de los prestamistas y también había prometido ayudarla a descubrir la identidad del chantajista. A cambio, ella había tenido que prometer que le confesaría a Devlin toda la verdad de aquella farsa. En eso había sido muy insistente el abogado. La sinceridad, le había dicho con los ojos resplandecientes tras sus lentes polvorientas, era la única política posible hacia su marido.

Pero, pensó Susanna, no podría hacerlo aquella noche. Aquella noche estaba demasiado cansada para pensar en ello siquiera. Había visto a Chessie en el baile, pálida y triste, y el corazón se le había roto al ver la valentía con la que se había enfrentado a cotilleos y habladurías. Le habían entrado ganas de acercarse a ella y ofrecerle su ayuda, porque su situación le recordaba mucho a la suya, una joven que en otro tiempo había estado muy enamorada y en aquel momento era desgraciada. Sabía que había arruinado el futuro de Chessie y no se lo perdonaba a sí misma. También había sido testigo del desprecio y la furia de Devlin, que le habían hecho temblar de terror.

Margery la ayudó a quitarse aquel vestido rojo fuego y fue a preparar el baño mientras Susanna caminaba por su dormitorio con extraña inquietud. Intentaba no mirar hacia el enorme y ancho lecho, porque cada vez que lo hacía, pensaba en Devlin y en aquellas horas durante las que había hecho el amor con ella de forma tan exquisita que, de alguna manera, había conseguido dejar huella en su alma, además de en su cuerpo. Con un suspiro, cruzó el vestidor y se deslizó en el baño. Permaneció allí durante largo rato, intentando desprenderse de parte de su culpa y su tristeza, además de su cansancio. Cuando por fin salió, Margery protestó diciendo que estaba tan rosa y arrugada como un bebé, pero a Susanna no le importó. Abrió una novela, *Leonora*, de María Edgeworth, e intentó concentrarse en la lectura y por fin consiguió encontrar consuelo entre sus páginas. Una hora después, estaba a punto de apagar la vela cuando oyó una brusca llamada a la puerta. Se oyeron voces en el vestíbulo y, en cuestión de segundos, la puerta de su dormitorio se abrió con un golpe que reverberó en toda la casa.

Allí estaba Dev, mirándola desde el marco de la puerta. Había algo en sus ojos, una combinación de furia controlada y desprecio, que hizo que a Susanna le diera un vuelco el corazón.

–Devlin, esto se está convirtiendo en una mala costumbre.

Pero Dev ignoró sus palabras. Susanna ni siquiera estaba segura de que las hubiera oído. Tras la elaborada inexpresividad de su rostro, avistó una frialdad que la heló hasta los huesos.

–Levántate, por favor –le ordenó–. Vístete. Quiero que vayamos a hablar a algún lugar en el que nadie pueda oírnos. Quiero hablar contigo.

El frío de Susanna se intensificó. Se le quedó mirando fijamente. No podía moverse, era incapaz. Dev cruzó la habitación. Susanna veía la turbulenta cólera de su mirada, y también algo más. Un calor tan fiero y abrasador que la escaldaba.

–¡Levántate!

Devlin olvidó entonces cualquier pretensión de educación. Se cernía sobre ella y Susanna tenía la certeza de que si no hacía lo que le estaba pidiendo o, mejor dicho, lo que le estaba ordenando, la sacaría a rastras de la cama.

–Muy bien –dejó el libro a un lado. Las manos le temblaban–. Pero tendrás que esperar fuera –intentaba parecer confiada, pero apenas era capaz de emitir un hilo de voz–. No voy a vestirme delante de ti.

El fogonazo de desprecio que brilló en la mirada de Devlin pareció abrasarla.

–Oh, por favor. ¿Cómo es posible que pueda tener ninguna vergüenza una aventurera como tú? –la miró con insolencia–. ¿Has olvidado ya que he visto hasta el último milímetro de tu cuerpo?

Susanna pudo ver el estupefacto rostro de Margery asomando por la puerta. Irguió la espalda y se sentó con dignidad en la cama.

–O sales ahora mismo, Devlin, o no me moveré de aquí. Tú eliges.

Dev le dio la espalda con un suspiro de irritación y Susanna se levantó de la cama.

Las manos le temblaban de tal manera que tuvo la sensación de tardar horas en recoger su ropa, y más todavía en vestirse.

Su mente giraba a la misma velocidad que una rata encerrada en una trampa. ¿De qué quería hablar Dev? ¿Qué habría descubierto? Supo entonces que el consejo que le había dado el señor Churchward había llegado demasiado tarde, porque era obvio que Dev sabía algo, aunque no estaba segura de que fuera toda la verdad. No era capaz de imaginar qué habría averiguado. Eran tantos los secretos que guardaba… ¿Habría descubierto que no había anulado su matrimonio? Se estremeció. Esperaba que no fuera al menos lo de su hija… Rezó para que no supiera nada de ella.

–Devlin, ¿a qué viene todo esto? –continuaba pareciendo asustada y nerviosa, cuando lo que ella quería era mostrarse valiente y tranquila.

–Aquí no, todavía no –respondió con voz tensa–. A no ser que no te importe que tus sirvientes sepan a lo que te dedicas.

–No os preocupéis por mí –Margery dio un paso adelante para acudir en ayuda de Susanna–. Ya sabéis que podéis confiar en mí –se volvió hacia Dev–. Mi señora os ha pedido que esperéis fuera.

Susanna desvió la mirada del rostro desafiante de la doncella al semblante sorprendido de Devlin y estuvo a punto de abrazar a Margery. Dev se encogió de hombros, pero hizo lo que la joven le pedía.

–Dos minutos –advirtió desde el marco de la puerta.

–Es un hombre muy guapo –comentó Margery en cuanto Devlin salió–. Pero lo sabe. Y esos caballeros…–sacudió la cabeza, como si hubiera visto a un buen número de nobles obstinados comportarse a su capricho.

—Devlin es tan caballero como yo dama —replicó Susanna.

—En ese caso, hacéis una buena pareja —sugirió la doncella mientras trabajaba con destreza con los lazos y los corchetes—. Algo fácil de imaginar, puesto que pasó una noche en vuestra cama.

—¡Margery! —Susanna estaba escandalizada—. ¡Así que lo sabías!

La doncella le dirigió una de esas miradas que no necesitaban ser acompañadas por palabra alguna. Susanna se sintió justamente reprendida.

—¿Le amáis? —preguntó la doncella al tiempo que le tendía su capa.

Susanna vaciló y se preguntó por qué no había contestado inmediatamente esa pregunta.

—No lo sé —contestó al cabo de unos segundos.

—He visto cómo le mirabais —dijo Margery—. Y cómo os mira él a vos. Como si quisiera...

—¡Margery! —la interrumpió Susanna—. Eso no tiene nada que ver con el amor —añadió.

—No, señora —la doncella cambió de tono de voz—. Parecéis triste —señaló.

—Estoy asustada —reconoció Susanna con franqueza—. No sé lo que sabe.

La puerta se abrió.

—Susanna, ¿voy a tener que sacarte de ahí a la fuerza?

Margery y Susanna intercambiaron una mirada. Margery irguió la cabeza con dignidad.

—Mi señora ya está preparada para acompañaros.

Dev inclinó la cabeza en una irónica reverencia.

—Gracias.

—Aseguraos de tratarla con cortesía —le advirtió Margery.

Un amago de sonrisa aclaró el ceño de Devlin.

—Jovencita, tu lealtad hacia tu señora es admirable, pero está completamente fuera de lugar.

Agarró a Susanna del brazo mientras bajaban las escaleras, no para guiarla, pensó Susanna, sino para evitar que huyera. Una precaución sensata. Si hubiera tenido un lugar al que escapar, no habría vacilado.

Dev abrió la puerta principal y Susanna salió a la calle. A pesar del calor de la noche, se estremeció y se cerró la capa con fuerza.

—¿A qué viene todo esto, Devlin? —volvió a preguntarle.

Dev la miró durante largo rato.

—Estoy seguro de que sabías que antes o después, lo descubriría.

Aunque le hubiera ido en ello la vida, Susanna no habría sido capaz de dominar el escalofrío de aprensión que recorrió su cuerpo. Supo que Devlin lo había notado porque le vio sonreír bajo la luz de la luna. Fue una sonrisa gélida. Susanna dudaba que volviera a mirarla nunca más con calor después de haber desvelado sus secretos.

—Ya es demasiado tarde para fingir, Susanna —había desprecio en su voz.

—¿Quién ha sido? ¿Quién me ha delatado?

—Ah, así que lo admites —preguntó satisfecho.

—Todavía no estoy segura de qué tengo que admitir —replicó Susanna secamente—. ¿Qué te han contado de mí?

—Eso ahora no importa.

Susanna pensó en los anónimos que había recibido. Pero seguramente, el informante de Devlin era otra persona. No era el hombre, o la mujer, quizá, que la había amenazado a ella. Ningún chantajista ofrecía información a cambio de nada. Eso significaba que había más de una persona en Londres que conocía su identidad. Sentía cómo iba cerrándose lentamente la trampa. No podía volverse hacia ninguna parte. No podía confiar en nadie.

–A mí me importa –replicó.

–Ha sido Owen Purchase –contestó Dev–. Te ha visto en el baile de compromiso de esta noche. Creo que te conoció en Bristol.

Susanna sonrió. No pudo evitarlo. Era toda una ironía que aquel capitán americano, un superviviente y un oportunista como ella, la hubiera delatado. Le había gustado Purchase. A todas las mujeres les gustaba. No sólo por su atractivo, sino también por un encanto indefinible con el que parecía capaz de seducir a cualquier mujer. Sin embargo, con ella no lo había conseguido. Susanna se había resistido fácilmente a su atractivo. Ella le habría preferido como amigo. Era una pena que se hubiera mostrado dispuesto a traicionarla.

Dev la estaba mirando fijamente.

–Te gusta Purchase –afirmó con un deje extraño en la voz.

–Es cierto.

–Él también te admira.

–No lo suficiente como para mantener mi secreto.

Llevaban un rato caminando en la dirección que Devlin había elegido. Susanna no reconoció aquel camino. Al cabo de un rato, Dev abrió la puerta de una taberna y la invitó a entrar. Aquél no era un lugar frecuentado por los miembros de la alta sociedad. Las paredes estaban toscamente enyesadas y el suelo desnudo. El ambiente estaba cargado de vapores de cerveza y humo. Había una docena de hombres que parecían capaces de clavar una navaja en las costillas antes de hacer pregunta alguna. Aun así, era un lugar mucho más limpio y salubre que muchas de las tabernas en las que Susanna había trabajado en Edimburgo. Como tabernera, Susanna había tenido que servir en lugares que Devlin ni siquiera pisaría, por lo menos desarmado. La clase de lugares en los que no era difícil terminar apuñalado si uno cruzaba una palabra equivocada con el hombre equivocado.

–¿Es una de tus tabernas favoritas? –preguntó con desdén, mirando alrededor del abarrotado y ruidoso establecimiento.

Dev sonrió.

–¿Estás asustada? –se burló.

Susanna alzó la barbilla.

–Si lo que pretendes es asustarme, tendrás que esforzarte más.

Dev le sostuvo la mirada.

–Lo haré.

Susanna sabía que era cierto y sintió un escalofrío al oírle. Había una mesa en una esquina. Dev se dirigió hacia ella, le sostuvo la silla para que se sentara y le hizo un gesto al tabernero. Pidió un brandy y miró a Susanna arqueando una ceja.

–¿Qué quieres tomar?

En aquel momento, ninguna de las bebidas que se consideraban femeninas le pareció suficientemente fuerte.

–Yo también tomaré un brandy, gracias.

–¿Lo necesitas para darte valor?

–Digamos que en este momento me apetece olvidar.

Dev se echó a reír. Susanna notó su mirada sobre ella y tuvo la sensación de que continuaba existiendo aquella extraña conexión entre ellos, desafiando su enemistad, desafiándolo todo. Habían llegado a estar tan unidos que nada parecía capaz de romper aquella atadura. Pero de pronto, la expresión de Devlin se tornó fría y Susanna supo que la afinidad que había sentido era solamente una ilusión.

–Háblame de John Denham –le ordenó Dev.

Llegó el brandy. Dev sirvió una generosa cantidad a Susanna.

–Denham –repitió–. ¿Tengo que recordarte quién es? –su tono era sarcástico–. Tu último prometido, antes de Fitz, por supuesto –acercó su vaso al suyo, con un gesto burlón–. Tienes toda una colección, Susanna.

—No los colecciono —respondió Susanna.

Bebió un sorbo de brandy. Era sorprendentemente bueno para tratarse de una taberna tan infame.

—No. Y eso es lo más interesante. Al final, resulta que no eres una cazafortunas. Me tenías completamente engañado —apoyó los codos en la mesa y la miró—. La Susanna Burney que yo conocía jamás se habría mostrado dispuesta a destrozar el corazón de un joven a cambio de dinero. Jamás habría arruinado las esperanzas del amor de su infancia simplemente porque le pagaban para que lo hicieran —bajó la mirada hacia el brandy y la miró después a los ojos. A Susanna se le aceleró el corazón—. ¿Qué te pasó Susanna? ¿Qué te hizo convertirte en lo que eres ahora?

Susanna estuvo a punto de confesarlo.

«Perdí a tu hija Devlin. Estaba sola, enferma, vivía en un hospicio. Habría hecho cualquier cosa para sobrevivir». Pensó en el cuerpo diminuto de su hija envuelto en un chal, enterrado en una mísera tumba. Un dolor oscuro y atroz la desgarró por dentro. Agarró el vaso de brandy con mano temblorosa y bebió un sorbo.

—¿Susanna?

Dev la miró con los ojos entrecerrados. Era demasiado rápido, demasiado perspicaz, pensó Susanna. Tendría que tener cuidado. Y tenía que protegerse, porque hablar de la muerte de Maura la destrozaría.

Se encogió de hombros y volvió el rostro para evitar la luz de la vela, que de pronto le parecía demasiado brillante.

—No me pasó nada —respondió con aparente ligereza—. Descubrí que soy buena para un negocio que me resulta rentable, eso es todo.

Vio que Dev torcía el gesto y la miraba con antipatía, con desaprobación, con desdén. Pero ella estaba acostumbrada a aquellos sentimientos. Los había visto en los rostros de los hombres a los que había abandonado. Y en los de las personas que le pagaban por mentir.

–John Denham encontrará otra mujer con la que casarse –se defendió–. A los veinte años, todo el mundo tiende a pensar que le han destrozado la vida, pero eso no es cierto.

Intentó, y casi lo consiguió, evitar cualquier deje de amargura en su voz. La vida continuaba después del fracaso, ella lo sabía por experiencia propia. Y uno debía aprender a renacer de las cenizas.

–Quizá –respondió Dev. Hizo una mueca–. Pero en realidad, ésa no es la cuestión, ¿verdad, Susanna? La cuestión es que hace falta ser muy cruel para jugar con los sentimientos de alguien como Denham.

–No creo que se me pueda culpar a mí de la veleidad de Denham –le espetó Susanna con vehemencia–. Si de verdad hubiera estado enamorado del amor de su infancia, no habría habido nada en el mundo capaz de separarlos. Lo único que hice yo fue demostrarles que Denham era un joven en el que no se podía confiar. No creo que fuera un buen partido.

–¿De la misma forma que le has demostrado a Chessie que Fitz no merece la pena apartándolo de su lado y destruyendo sus esperanzas de futuro? –preguntó Dev, en tono suave, pero letal–. ¿De verdad crees que le has hecho un favor?

La corriente que llegaba desde la ventana hizo temblar la vela. Susanna alzó la mirada y vio su reflejo en los ojos de Dev. Y vio también su odio por lo que le había hecho a su hermana. Su rostro estaba tenso por el desprecio.

–No –admitió Susanna–. No voy a decir que le he hecho un favor a la señorita Devlin. Eso sería concederme demasiados méritos.

Vio que los hombros de Dev perdían parte de la tensión.

–Me alegro de que lo veas de ese modo. A lo mejor todavía te quedan escrúpulos.

–Pero Fitz no es suficientemente bueno para ella –continuó diciendo Susanna–. No es un buen partido para ninguna mujer. Es un hombre mimado y arrogante que sólo piensa en complacerse a sí mismo.

—Estoy de acuerdo contigo, pero eso no justifica lo que has hecho.

—¡Ya lo sé! —estalló Susanna—. ¿De verdad crees que no lo sé? —pensó en Chessie, pálida y con el corazón roto—. Le he hecho mucho daño —continuó con voz más queda—, y me avergüenzo de ello.

Dev sacudió la cabeza como si no la hubiera oído. Era obvio que no la creía.

—Habría sido capaz de soportar ver a mi hermana casarse con un hombre indigno de ella, por mucho que me doliera, porque lo único que quiero es que sea feliz —alzó la mirada y a Susanna se le hundió el corazón al ver su expresión—. No sé si puedo perdonarte lo que le has hecho, Susanna.

—Añádelo a mi lista de agravios —replicó Susanna con amargura—. Ahora, si eso es todo lo que tenías que decirme.

Devlin la agarró por la muñeca y la obligó a sentarse de nuevo en aquella destartalada silla, que chirrió como si estuviera protestando.

—Ni siquiera he empezado todavía —le advirtió con falsa amabilidad—. Quiero saberlo todo. No creo que Denham sea tu primera víctima. ¿En qué otros lugares has estado trabajando, Susanna?

—¿Por qué tengo que decírtelo?

—¿Por qué no vas a decírmelo? Ya sé la mitad de la historia. Considéralo como una especie de confesión.

No, no sabía la mitad de la historia. No sabía nada. Pero Susanna se sintió peligrosamente tentada a confesar la verdad. Nadie conocía la verdadera historia de Susanna Burney y la estela de corazones rotos que había dejado a lo largo y ancho de Gran Bretaña. Casi sería un alivio poder contárselo a alguien.

Se inclinó hacia delante. El bullicio de las conversaciones retumbaba en sus oídos.

—Primero trabajé en Edimburgo. Después en Manchester, en Leeds, en Birmingham...

Dev se echó a reír.

—Tienes suerte de que todavía te queden ciudades sin explotar.

—Ésta será la última vez.

—Por supuesto —respondió Dev con incredulidad—. ¿No es eso lo que dicen todos los delincuentes?

—No he hecho nada ilegal.

—No, sólo algo profundamente inmoral.

—Bonitas palabras, viniendo de un cazafortunas, un pirata y un ladrón.

Hubo una ligera vacilación.

—¿Por qué dices que soy un ladrón? —preguntó Dev con falsa delicadeza.

—Me temo que no has conseguido tu fama y tu fortuna de la manera más honrada.

—Creo que eso ya está cubierto con la acusación de piratería —se defendió Dev. Alargó la mano y acarició la muñeca de Susanna—. Muy bien. Admito que ninguno de nosotros es un santo, Susanna —sonrió y el corazón traicionero de Susanna dio un vuelco—. Háblame de Edimburgo, y de Birmingham, y de Leeds —le pidió.

Susanna vaciló. Era agudamente consciente de la caricia insistente y ligera de su mano en la muñeca.

—No tienes nada que perder —añadió Dev—. Decidas lo que decidas, iré a ver a Fitz para contarle que sus queridos padres te pagaron para engañarle.

—¿Para vengar a Chessie, o para vengarte tú?

Dev sonrió con expresión astuta.

—Para vengarnos a ambos, quizá.

La soltó, tomó la botella y llenó de nuevo los vasos.

—Cuando acepté este encargo —comenzó a decir Susanna lentamente, con la mirada fija en el líquido ambarino–, no sabía que Chessie era tu hermana. Los duques no mencionaron su nombre.

–No me sorprende. La consideraban inferior a ellos, era un problema del que necesitaban deshacerse –la miró–. Siempre pagan a otros para que hagan el trabajo sucio, ya sea limpiar una chimenea o seducir a su hijo. Para ellos, todo es igual –dejó el vaso sobre la mesa–. ¿Cómo empezó todo?

Por un instante, Susanna se quedó mirando fijamente el brandy. Todo había comenzado por desesperación, y por la necesidad de mantener unida a su familia.

–Empecé en esto de forma accidental.

–¿De modo que no fue una elección consciente lo de dedicarte a romper corazones? –preguntó con cinismo–. ¿Y esperas que eso te redima de alguna manera?

–Has sido tú el que ha preguntado, Devlin –le espetó Susanna enfadada–. Pensaba que estábamos de acuerdo en que tú no eres quién para juzgarme moralmente.

Devlin sonrió con pesar.

–*Touché*.

–Estaba trabajando en una tienda de ropa en Edimburgo –le explicó Susanna y le miró con expresión desafiante–. Ya te dije que había tenido que ponerme a trabajar al no conseguir un marido noble y rico.

–Yo pensaba…–comenzó a decir Dev, pero se interrumpió.

–Tú pensabas que trabajaba como prostituta –terminó Susanna por él–. Bueno, supongo que esto no te parecerá muy distinto –se encogió de hombros–. Era cierto que pasaban caballeros por la tienda, muchos, y que algunas de las chicas… –se sonrojó ante la atenta mirada de Dev.

Muchas de las chicas completaban sus ingresos con tareas de otra clase, pero ella jamás lo había hecho. A veces, mientras buscaba hambrienta y agotada comida para sus mellizos, se había preguntado si merecía la pena tanto orgullo. Pero nunca había querido venderse a tan bajo precio.

—Puedo imaginármelo —dijo Dev secamente.

—Hubo un joven que fue más insistente. Quería convertirme en su meretriz, pero yo no estaba de acuerdo.

Alzó la barbilla. Sabía que no podía cambiar la opinión que Dev tenía de ella, pero no iba a dejar de contestar a sus insinuaciones.

—No quería ser una prostituta, y nunca lo he sido.

Dev permaneció en silencio. Susanna esperó. Quería que Dev le dijera que la creía, y sabía que aquello le importaba mucho más de lo que debería. Pero sabía también que no iba a conseguir la aprobación que ansiaba. Al ver que Dev continuaba en silencio, continuó su relato.

—Pocos días después, llegó un caballero a la tienda preguntando por mí. Resultó ser el padre de mi admirador. Iba vestido de forma muy elegante, era obvio que era un hombre rico e influyente en Edimburgo. Estaba de un humor excelente. Dejó una bolsa de guineas en el mostrador y me dijo que eran mías.

Tomó aire mientras recordaba todo aquello. Entonces le había parecido un milagro. Aquellas guineas la habían salvado de otra noche sin comida.

—Su hijo estaba comprometido con una joven a la que había conocido antes de que su padre hiciera fortuna. La familia había ascendido socialmente y quería que su hijo se casara con alguien de su posición, pero el compromiso se mantenía en pie. Cuando su hijo me conoció —se interrumpió un instante—, perdió ligeramente la cabeza. Al parecer, se dedicó a proclamar por toda la ciudad que me convertiría en su meretriz. Por lo que tengo entendido, aquello llegó a oídos de su prometida, que rompió el compromiso, dejando al joven libre para hacer un buen matrimonio, tal y como su padre quería.

—Aceptaste el dinero.

—Por supuesto —contestó Susanna.

Pensó en el festín del que habían disfrutado aquella noche. Pensó en el rostro feliz de Rose a la luz de las velas. En Rory devorando el pan como si fuera un lobo hambriento. Se habían comprado zapatos, abrigos…

—No sabía lo que iba a pasar a continuación, pero al cabo de unas semanas, se puso en contacto conmigo un caballero. Era socio de negocios del primero y estaba al tanto de la historia. Él se encontraba en una situación similar. Había hecho dinero y tenía ambiciones sociales. Su hija estaba comprometida con un pobre pretendiente y estaba decidida a casarse con él. Me pidió que… distrajera a su prometido. Que le apartara de la chica. Y así lo hice.

—Eso fue en Manchester.

—Sí, hay muchos nuevos ricos y muchas familias ambiciosas entre los industriales del norte.

—¿Y Leeds? —quiso saber Dev.

—Otro joven que amaba a la mujer que no le convenía. Sus padres me estaban muy agradecidos.

—Y, sin duda alguna, mostraron su agradecimiento económicamente.

—Por supuesto.

—¿Birmingham?

—Oh…

A Susanna se le quebró ligeramente la voz. En Birmingham no había disfrutado. Normalmente, se consolaba diciéndose que los hombres a los que tentaba eran terriblemente caprichosos e inestables en sus afectos. Sus prometidas estaban mucho mejor sin ellos. No era una excusa, pero le había servido para aliviar el sentimiento de culpa que le provocaba el ganar dinero a cambio de romper corazones. Sin embargo, Birmingham… En Birmingham todo había sido diferente.

—Fue más difícil. La hija de un hombre importante se había comprometido con un joven caballero de buena familia, el señor Jackson. Sus padres deberían haberse dado por satisfechos con aquel compromiso, pero entonces, fue lord Downing a visitarlos y decidieron que un caballero no era suficientemente bueno para su hija. Querían conseguirle un título.

—¿Y no podían haberse limitado a romper el compromiso? Las damas tienen ese privilegio, que a los hombres no les es concedido.

Susanna negó con la cabeza.

—La señorita Price era una joven muy leal. Al igual que la dama de Manchester, una vez entregado su afecto, no vacilaba. Se negaba a romper el compromiso, así que sus padres vinieron a verme para pedir ayuda.

—¿Y qué tipo de ayuda les proporcionaste? —preguntó Dev con dureza.

—Yo… —Susanna vaciló un instante—. Llevé al señor Jackson por mal camino.

Vio que Dev torcía el gesto.

—Dios mío. ¿Le hiciste pasar por tu cama?

A Susanna le latía con fuerza el corazón.

—Por lo menos, eso tenía que parecer.

Se odiaba por haber hecho una cosa así. Para convencer a la señorita Price de que el objeto de sus afectos no merecía la pena, había seducido a Jackson hasta hacerle ocupar su lecho y había organizado todo de manera que les sorprendieran en el acto. Había sido fácil. Aquel hombre era un libertino y estaba deseando acostarse con ella. Lo único que le había resultado difícil había sido retenerle sin hacer nada durante el tiempo suficiente como para que la señorita Price y sus padres los sorprendieran. En aquella ocasión, a duras penas había podido proteger su virtud, en el caso de que se pudiera considerar que conservaba virtud alguna después de tan notable carrera.

—Supongo que rompiste el corazón de aquella joven.

—Así es.

A Susanna se le hizo un nudo en la garganta. Había sido terrible. La señorita Price no había llorado, ni gritado. De sus labios no había salido una sola palabra de reproche. Había palidecido de forma notable y parecía tan afligida que Susanna se había sentido enferma de pena.

—Pero era un libertino. No se merecía una mujer como ella.

—Lo cual hace perfectamente aceptable el que le rompieras a esa pobre el corazón —repuso Dev con sarcasmo—. Supongo que en esa ocasión tus honorarios fueron superiores, por el trabajo extra de haberlo llevado a tu cama.

Susanna tensó los labios.

—Ya te he dicho que nunca he sido una prostituta.

—No, por supuesto que no —respondió Dev con desprecio—. Has estado a punto, Susanna, pero no has llegado a caer. Te felicito por tu fortaleza moral.

Susanna no tenía respuesta para eso.

—Y después llegaste a Bristol y te encargaste de John Denham.

Susanna se encogió de hombros.

—Hubo otros. En una ocasión, fracasé.

Dev se echó a reír.

—¿Hubo alguien que se te resistió? ¡Qué interesante!

—No soy irresistible —dijo Susanna—. No más que tú. Simplemente, preparo bien el terreno. Hablo con padres y tutores, lo aprendo todo de mis objetivos, conozco sus gustos y planeo el acercamiento.

—Estoy seguro de que eres toda una profesional. ¿Por qué fracasaste, entonces?

—Porque se trataba de un caballero inquebrantable y leal en sus afectos. Nada ni nadie podía separarle de la mujer que amaba. Así que —se encogió de hombros—, fracasé.

—Qué gratificante haber sido capaz de demostrar su valor —exclamó Dev con un deje de sarcasmo—. Deberías felicitarle por haber demostrado al mundo que era un joven fiel –cambió de tono de voz–. Y siguió tu ascenso. Después de Dehnam, has conseguido llegar al mundo de la aristocracia. El último desafío ha sido Fitzwilliam Alton, el hijo de un duque.

–Sí –contestó Susanna.

–Sus padres sabían que estaba a punto de proponerle matrimonio a Chessie, así que te pagaron para que le distrajeras.

–Sí –no tenía sentido negarlo–. Sospechaban que Fitz quería comprometerse con tu hermana y estaban ansiosos por evitarlo.

Vio que Dev apretaba de tal manera los puños que sus nudillos palidecieron.

–Porque era pobre y no tenía relaciones influyentes.

–Supongo que sí –confirmó Susanna avergonzada.

–Y ahora has arruinado las esperanzas de futuro de Chessie –explicitó Dev con ardiente enfado–. ¿Qué piensas hacer a continuación? ¿Ascender hasta la familia real? En ese campo hay muchas relaciones poco convenientes en las que podrías interponerte. Incluso podrías conseguir un duque real. Seguro que también ellos se dejan fascinar por una cara bonita.

–Muy gracioso –replicó Susanna. Jugueteó nerviosa con el vaso antes de mirarle a los ojos–. Supongo que tu plan es poner un brusco fin a mi carrera, ¿no es cierto, Devlin?

Dev no contestó inmediatamente y, por un instante, Susanna albergó la estúpida esperanza de que no quisiera traicionarla.

Pero podía ver su expresión. En ella se reflejaban la determinación y una suerte de extraño arrepentimiento, como si, a pesar de todo, le doliera el daño que iba a infligirle. El pánico ascendió por su garganta, atragantándola. Había rozado el éxito, estaba a punto de completar su trabajo, reclamar sus honorarios, pagar con ellos a los prestamistas y emplear el resto en compartir su vida con Rory y con Rose.

Si Dev la denunciaba en aquel momento, estaría perdida. Sintió un intenso dolor en el pecho y la presión de sus temores más oscuros. Recordó el hospicio, el hedor de la muerte, la pérdida de su hija...

–Sí –contestó Dev con voz muy queda–. Desenmascararé a la farsante que eres, Susanna. Es posible que hayas arruinado el futuro de Chessie, pero por lo menos podré evitar que hagas añicos los sueños de nadie más.

Así que aquél era el momento. Susanna sabía que tenía que detenerle, pero tenía muy pocas cartas con las que jugar.

–No puedes desenmascararme –percibía la angustia en su propia voz–. Estuvimos de acuerdo desde el primer momento, ¿recuerdas? Yo conozco tus secretos y tú conoces los míos. Si lo cuentas... –enmudeció y Dev sacudió ligeramente la cabeza.

–Mutuo chantaje –musitó torciendo los labios–. No es muy agradable, ¿verdad? Pues bien, yo ya he tenido más que suficiente, Susanna. Esto tiene que terminar.

A Susanna se le cayó el corazón a los pies. Le miró con expresión incrédula.

–Pero lady Emma... –comenzó a decir.

Vio que Dev sonreía.

–Llevo tres días intentando ver a Emma para comunicarle que regreso a la Marina. Le he escrito una carta –la miró a los ojos–. En ella le hablo de nosotros, Susanna. Le digo que le he sido infiel. Espero que ahora rompa nuestro compromiso. Así que... –profundizó su sonrisa–, me temo que ya no te queda nada con lo que chantajearme.

Susanna sentía que todo se derrumbaba a su alrededor. El miedo le atenazaba la garganta.

–No lo comprendo. Tienes deudas muy cuantiosas... Y tienes que pensar en tu hermana.

Dev la miró con profundo desprecio.

–Mi hermana jamás te ha importado, así que no finjas ahora lo contrario.

Susanna se le quedó mirando fijamente. Había algo en su serenidad, en su queda determinación, que le indicaba que no tenía sentido discutir. Dev había tomado una decisión y no vacilaría. Siempre había tenido un corazón de hierro, pensó. No siempre se adivinaba, tras su aparente despreocupación y su encanto, pero allí estaba. Le había subestimado y en ese momento, ya no tenía nada con lo que defenderse. Dev iría a ver a Fitz, le contaría la verdad, ella se quedaría sin dinero y no podría mantener a Rose y a Rory. Comenzaría entonces un nuevo ciclo de deudas y desesperación. Estaba tan asustada que apenas era capaz de respirar.

—Joanna y Alex se harán cargo de Chessie —le explicó Dev—. Alex no es un hombre rico, pero siempre ha hecho todo lo que ha podido por nosotros. Cuidará a Chessie cuando yo no pueda hacerlo —por un instante, Susanna advirtió el odio hacia sí mismo en su tono y supo que Dev sentía que había fracasado—. Mientras tanto, haré todo lo posible para recuperar mi honor.

Aquellas palabras tenían la cualidad de una declaración definitiva y Susanna supo que estaba hablando muy en serio. Enmudecida por el terror, le miró en silencio. Dev le sostuvo con firmeza la mirada y ella supo entonces que había perdido.

—Devlin —oía la desesperación en su propia voz—, por favor...

Dev alzó su vaso.

—¿Vas a suplicarme que no te descubra? —le preguntó—. Sería muy divertido, pero voy a ahorrarte la humillación diciéndote que no te serviría para nada. Llevo demasiado tiempo actuando por conveniencia. Empezaba a correr el peligro de perder mis principios.

Susanna cerró los ojos, pensando en los mellizos y en su desesperada lucha por la supervivencia. Dev no tenía la menor idea de lo que era estar sola y en la indigencia, pensó. Había tenido una infancia dura, pero la había superado. Era un hombre y los hombres siempre tenían más oportunidades que las mujeres. Se consideraba pobre porque sólo tenía el título de sir y un castillo en ruinas. Pero no tenía la menor idea de lo que era vivir hacinado con más de veinte personas en una casa de vecinos, sin ropa, sin lecho, sin ninguna privacidad y sin tener dinero siquiera para pagar el entierro de un bebé. La condenaba por las decisiones que había tomado a lo largo de su vida y estaba a punto de condenarla de nuevo a la pobreza, todo para salvar su honor y sus principios. Se sentía enferma, asustada y sola.

–Puesto que es obvio que estás desesperadamente necesitada de dinero –dijo Dev de pronto–, podrías intentar comprar mi silencio con tu cuerpo.

Susanna contuvo la respiración cuando Dev comenzó a recorrerla con la mirada, deteniéndose en la línea de su boca y descendiendo con explícita lentitud hasta la curva de los senos que se adivinaban bajo la muselina del vestido. La miró de nuevo a los ojos. Susanna distinguió algo tan carnal en ellos que fue incapaz de contener un gemido. Devlin lo oyó y sonrió.

–Yo pensaba –se obligó a decir Susanna–, que ahora estabas hablando de principios.

¿Sería capaz de hacerlo?, se preguntó. La esperanza y el miedo batallaban en su interior. Temblaba sólo de pensarlo. Era una locura, pero aun así, sentía arder un reconfortante calor bajo su piel, un calor que anidaba también en la boca de su estómago, diciéndole que lo deseaba. Deseaba a Devlin. Le deseaba desvergonzadamente, sin reservas, y si de esa forma podía comprar un futuro que tan desesperadamente necesitaba, no habría nada de inmoral en ello. Sin embargo, estaba temblando ante aquel pensamiento.

Dev la agarró por la barbilla y le hizo volver el rostro hacia la llama. Susanna se sintió entonces desnuda.

–Al parecer, en lo que a ti concierne, mis principios son

muy flexibles –musitó–. Me gustaría que no lo fueran y, sin embargo… –se interrumpió–. Una parte de mí no puede lamentarlo, porque te deseo.

La besó. Sabía a brandy, a calor, a Devlin, un sabor que estaba comenzando a convertirse en algo tan excitante y familiar para Susanna que era como una droga. Su lengua jugueteaba con la suya, hundiéndose en las profundidades de su boca, buscando y exigiendo una respuesta. Las luces se mecieron, la habitación se inclinó y Susanna cerró los ojos para abandonarse a aquella embriagadora sensación.

–¿Y bien?

Dev se separó de ella y la miró con unos ojos brillantes e intensamente azules.

–Sí –susurró–, lo haré.

Dev se quedó paralizado. Por un instante, Susanna se preguntó si le habría sorprendido, si, en realidad, no tendría una mejor opinión de ella de la que imaginaba y pensaba que se negaría a ofrecer su cuerpo a cambio de su silencio. Era amarga la idea de que la supiera sobornable tras aquella aceptación, pero no podía hacer otra cosa. Una noche con Devlin bastaría para que guardara sus secretos y para mantener a salvo su futuro…

–Pensaba que habías dicho que creías en la fidelidad –le recordó Dev con una sonrisa irónica–. ¿Acaso crees más en el dinero?

No era cierto, pero Susanna asintió en silencio. No confiaba en ser capaz de emitir una sola palabra.

–Lo harás porque los Alton van a pagarte mucho dinero –repitió Dev–, y no quieres perderlo –se levantó bruscamente y echó la silla hacia atrás–. En ese caso, ven conmigo.

Al principio, Susanna no le entendió, pero no tardó en comprender la verdad. Quería poseerla en ese instante, en una de las habitaciones del piso superior de la taberna. Sintió una vergüenza inmensa. Devlin continuaba tendiéndole la mano. Había enfado y diversión en su mirada. Al cabo de un instante, preguntó con voz burlona:

—¿Has cambiado de opinión, Susanna? ¿El precio te parece demasiado alto?

Susanna se levantó y posó la mano en la de Devlin. Las piernas le temblaban de tal manera que pensó que iba a caerse. Se odiaba a sí misma. A veces, pensaba que no podía soportar a la persona en la que se había convertido, capaz de comprometer su moralidad y sus principios porque la vida le había enseñado la amarga verdad de que para sobrevivir había que mentir, robar e incluso venderse. Pero le había fallado a su propia hija. Aquella tristeza nunca la abandonaría. Y no podía fallar a Rory y a Rose, a los que había jurado proteger.

De modo que se obligó a decir, a pesar del miedo que le oprimía el pecho:

—No. No he cambiado de opinión.

Capítulo 15

En realidad, Dev no pretendía seguir adelante. Había sido un desafío, un reto, porque le interesaba comprobar hasta dónde estaba dispuesta a llegar Susanna. Estaba furioso con ella por haber destrozado la vida de Chessie y por la indiferente crueldad con la que había separado a otras parejas, cuyas vidas había destrozado. Pero también sentía curiosidad. Había visto en ella el miedo y la desesperación, algo extraño cuando decía actuar únicamente por dinero. Susanna había intentado ocultar sus miedos, pero él la conocía demasiado bien. De modo que había decidido presionarla para forzarla a confesar toda la verdad. Sin embargo, Susanna había aceptado acostarse con él a cambio de su silencio, de modo que quizá estaba confundido y Susanna era una mujer corrupta, con un alma vacía dentro de un cuerpo irresistible. Una mujer capaz de venderse a cambio de una fortuna. En realidad, Dev tampoco estaba muy seguro de que eso le importara, siempre y cuando tuviera oportunidad de volver a hacer el amor con ella con la misma deslumbrante intensidad que había experimentado la vez anterior y que todavía anhelaba.

–Primera habitación a la izquierda, señor –contestó el tabernero en respuesta a la pregunta de Dev.

Éste sostenía a Susanna de la mano con firmeza. No iba

a dejarla escapar en aquel momento. Estaba tan excitado, era víctima de un deseo tan atroz, que apenas podía pensar.

–Pero si no queréis público o ser más de dos en la cama, aseguraos de la que la habitación está vacía –añadió el tabernero con mirada lasciva.

Dev vio desaparecer el color del rostro de Susanna. Podía notar su vacilación, y sentirla incluso en el temblor de su mano mientras la arrastraba tras él. Susanna resbaló en uno de los escalones. Devlin la levantó en brazos para evitar que cayera. Era más ligera que una pluma y su pelo, perfumado con aquella fragancia de miel y verbena que le perseguía en sueños, le rozó la mejilla con la más delicada de las caricias. El deseo de Devlin se intensificó.

Al llegar al diminuto rellano de la escalera, la dejó en el suelo, la apoyó contra la pared y volvió a besarla. Sintió los labios de Susanna ceder bajo los suyos. Abrió también la boca, permitiéndole el acceso a su interior y así pudo saborear aquella esencia que embriagaba sus sentidos. Quería hacer el amor allí mismo, contra la pared. Quería levantarle la falda de muselina y hundirse en ella. La naturaleza fiera y voraz de su deseo le impactó profundamente y le advirtió que debía dominarse. Estaba a punto de perder el control, y no era eso lo que quería. Si iba a disponer de Susanna una noche más, quería disfrutar de cada segundo de placer.

Alguien pasó por delante de ellos, escaleras abajo. Dev abrió entonces la primera puerta que encontró a la izquierda y empujó a Susanna al interior. Una vez allí, cesó el bramido atronador de las conversaciones. La única luz que iluminaba la habitación era la de los patéticamente románticos rayos de luna que se filtraban por la ventana y teñían de plata los tablones del suelo. La habitación, afortunadamente, era menos sórdida de lo que cabría haber esperado. La fragancia de la lavanda se mezclaba con el olor de la madera.

Bajo aquella débil luz, vio brillar los ojos de Susanna. Unos ojos enormes y oscuros que estaban clavados en aquel momento en aquella cama con el colchón hundido.

–No confío en ti –parecía ligeramente aturdida, como si le hubieran afectado los besos que habían compartido–. ¿Cómo sé que vas a cumplir tu palabra?

–No puedes saberlo –respondió Dev.

Comenzó a desnudarla. Parecía haber perdido todo interés, se limitaba a quitarle la ropa con indiferencia y a tirarla al suelo, hasta dejarla completamente desnuda bajo la luz de la luna. Susanna no hizo ningún movimiento. Permanecía ante él, rígida como una estatua, con las manos a ambos lados de su cuerpo, desafiándole a tocarla. Devlin oía el sonido agitado de su respiración y veía la rápida elevación de sus senos, lo que hacía evidente que estaba mucho menos segura de lo que fingía. Debía de tener mucho interés en cobrar el dinero de los Alton.

Comenzó a besarla, pero Susanna se apartó de él.

–Prométemelo –le pidió, con un traicionero temblor en la voz–. Prométeme que mantendrás tu palabra.

–Te lo prometo.

En aquel momento, sintiendo el calor que irradiaba su cuerpo, le habría prometido cualquier cosa. El deseo rugía en su interior mientras la besaba. Sintió su vacilante respuesta y volvió a besarla suavemente, con ternura, deslizando la lengua por su labio inferior y buscando su respuesta. Por un instante, temió que Susanna fuera a apartarle, temió que hubiera perdido el valor. Pero Susanna emitió un suave jadeo y su deseo pareció crecer hasta igualar al suyo mientras le rodeaba el cuello con los brazos para devolverle el beso con una pasión febril.

El triunfo estalló en el interior de Dev. Ya fuera por deseo o por dinero, aquella noche era suya. ¿Qué importancia tenía que fuera una mujer corrupta y deshonesta? Tenía un cuerpo hecho para el pecado. Lo disfrutaría y al día siguiente, la devolvería de nuevo con Fitz, sabiendo que llevaría inscrita en la piel la marca de su posesión, sabiendo que en realidad era suya, porque los dos pertenecían a la misma especie, porque no les quedaba otra opción que estar juntos. La idea de que Susanna era suya, de que siempre lo había sido, penetró en lo más profundo de su alma y, por un momento, se sintió como si algo hubiera cambiado en su corazón. Pero aquel pensamiento no tardó en perderse en el lacio calor y en la suavidad del cuerpo de Susanna y Devlin se entregó por completo a aquel mundo de sensaciones.

Susanna había aprendido que ceder al chantaje no era tan difícil con un hombre como James Devlin, capaz de hacer el amor con ella de la forma más deliciosa. Su cuerpo parecía cantar de placer y, por un momento, pensó que podría llegar a disolverse en tan grata sensación. Al mismo tiempo, le resultaba desconcertante y doloroso saberse capaz de hacer una cosa así cuando, durante todo el tiempo que llevaba dedicada a romper corazones, se había enorgullecido de algunos de sus principios morales. Particularmente, de no haberse acostado nunca con los hombres a los que llevaba a la perdición. Pero en aquel momento, sintiendo los besos de Dev en el cuello, disfrutando de la caricia de su boca sobre su seno, se veía a sí misma como una criatura completamente diferente. Sus sentidos habían despertado una vez más bajo las caricias de Dev. Volvía a estar completamente a su merced.

Dev la levantó en brazos y la dejó en la cama. El colchón estaba muy hundido y, por un instante, Susanna temió que pudiera haber pulgas. Pero Devlin volvió a acariciarla hasta hacerle olvidarse de todo lo que la rodeaba. El insistente zumbido de la sangre que corría por sus venas amortiguaba los ruidos que llegaban desde la taberna. Susanna iba olvidando lo sórdido de su situación a medida que las caricias de Devlin se hacían más intencionadas, más insistentes, demandando su absoluta rendición. A esas alturas, también él se había desprendido de la ropa y su piel rozaba la suya en un delicioso tormento. Jugueteaba con la boca con sus senos, arrastrándola hasta las más altas cumbres de la pasión. Susanna sentía el cuerpo ardiendo, exigiendo la plena satisfacción que Devlin le negaba.

—¿Qué quieres, Susanna? —susurró Devlin—. Dímelo.

Susanna vaciló. ¿Dev pretendía que volviera a suplicarle? Pensó que probablemente así fuera, y le odió por ello, a pesar de que quería gritar, de que quería pedirle que la tomara. Sí, eso era lo que él quería, pensó con un conato de rebelión. Devlin quería dominarla, quería que se enfrentara al hecho de que tenía poder sobre su cuerpo. Pero sus manos eran tiernas y sus besos eran capaces de llevar el placer hasta las más infinitas profundidades.

—¿Qué quieres?

Sintió la respiración de Devlin contra sus labios, volvió a saborear el gusto del brandy en su lengua mientras jugueteaba con la suya.

—Quiero llegar al final.

Fueron palabras dichas a su pesar, palabras que habría preferido negarle. Se odiaba a sí misma tanto como a él por no haber admitido que le deseaba con locura. Sabía, además, que Devlin no iba a concederle lo que tanto anhelaba.

—Todo a su debido tiempo.

La caricia de Devlin se convirtió en el más ligero de los roces mientras recorría con la mano su seno. Susanna intentaba pensar, intentaba respirar, pero toda su atención estaba presa del glorioso deseo que se arremolinaba dentro de ella.

—No quiero esperar —sabía que estaba suplicando, pero ya no le importaba—. Por favor, Devlin, quiero llegar hasta el final.

—Y lo harás.

Trazó un camino de besos entre sus senos y la piel de su vientre. Hundió la lengua en el ombligo y descendió de nuevo por la curva de su vientre.

–Podrás alcanzar el clímax tantas veces como quieras.

Aquellas palabras susurradas eran una cálida incitación a liberarse. Deslizó el dedo en su interior y continuó acariciándola.

–Dos veces, tres… Las que quieras, hasta que estés completamente saciada.

Se colocó sobre ella, de manera que la punta de su miembro reemplazara su dedo. Susanna alargó los brazos hacia él, pero Dev se apartó.

Susanna se estremeció mientras su cuerpo se cerraba en torno a él. Aquellas palabras quedas y desbordantes de pasión habían espoleado su mente llenándola de imágenes eróticas.

–¿Te ha gustado, Susanna? –preguntó Dev en un ronco susurro.

Se movió ligeramente dentro de ella y Susanna sintió un fogoso torrente de sensaciones. Estaba muy cerca, pero, al mismo tiempo, el clímax se alejaba una y otra vez de su alcance. Se arqueó, invitando a Dev a hundirse más profundamente en ella. En respuesta, Devlin volvió a retroceder. El enfado y la frustración de Susanna eran tales que se sentía a punto de enloquecer. Jamás había imaginado que el sexo pudiera ser así. Que pudiera llegar a abandonarse de tal forma, que la lascivia pudiera alcanzar un grado tan extremo que hasta a ella misma la asombraba.

Se miraron a los ojos durante unos segundos y Devlin se hundió en lo más profundo de ella y la besó. El fuego se avivó, acabando con los últimos vestigios de inhibición. Pero sintió que Devlin volvía a retirarse.

Bajo la luz de la luna, vio que Devlin alargaba la mano hacia el abrigo y sacaba algo del bolsillo. Lo abrió y reveló una perla enorme con una cadena de oro.

–¿Sabías que el contacto de una perla puede ser al mismo tiempo sedoso y tan áspero como la arena? –susurró con voz sensualmente ronca.

Deslizó la perla por los pezones, que se irguieron al instante. Aquella placentera fricción hizo que Susanna estuviera a punto de gritar.

–Esto formaba parte del tesoro de un príncipe oriental –continuó explicándole Devlin, en el mismo tono de voz.

Volvió a deslizar la perla por los montes de sus senos, desencadenando otra oleada de placer. El áspero contacto de la perla sobre su piel era como el fuego. Dev inclinó la cabeza mientras la perla descendía sobre las costillas de Susanna y se hundía en eróticos círculos en su ombligo.

–Me dijeron que proporcionaba el mayor de los placeres –se interrumpió y dejó que la perla descendiera hasta su vientre–. ¿Qué te parece, Susanna? Dímelo.

Pero Susanna era incapaz de pensar coherentemente. La perla continuaba abriéndose caminos sobre su piel. Sabía que en cualquier momento, Dev alcanzaría con ella los rincones más sensibles de su cuerpo.

–¿Te gusta? –preguntó Dev cuando la perla rozó los pliegues de su sexo.

Susanna estaba ya al borde del desmayo.

–Yo… ¡Ah!

Un jadeo de placer escapó de sus labios. Sintió la perla contra el sensible botón de su sexo y no pudo evitar arquear las caderas en una muda e involuntaria súplica. Oyó que Dev emitía un sonido de satisfacción y deslizaba la perla dentro de ella, para sacarla después tirando de la larga cadena.

La sensación fue indescriptible. Susanna temblaba ante la voluptuosidad de aquel dulce tormento, sentía la perla hundirse dentro de ella para salir nuevamente, una vez tras otra, transformando su placer en algo nuevo, dulce y oscuro. Se arqueó extasiada y Dev la contempló mientras alcanzaba el éxtasis. La devoró con sus labios mientras el orgasmo fluía dentro de ella con una intensidad abrasadora. Se hundió entonces en su interior y la tomó con cortas y rápidas embestidas. El cabecero de la cama golpeaba al mismo ritmo la pared. Susanna le oyó gritar, le sintió tensarse y disfrutó del instante en el que Dev por fin alcanzó la liberación final, derramando su semilla candente dentro de ella.

Durante unos segundos, Susanna continuó regodeándose en aquel inmenso gozo, hasta que, en cuestión de segundos, penetraron en su mente los estridentes ruidos de la taberna y la arrancaron de aquel refugio de sensualidad. Se sintió entonces cubierta de humillación y vergüenza. Seguramente, todo el mundo había oído en el piso de abajo los gemidos del colchón y los golpes del cabecero contra la pared. Su cuerpo entero se cubrió de rubor. ¿Cómo podía haberse olvidado hasta tal punto de todo? ¿Cómo era posible que hubiera respondido con tan sensual abandono? Se sintió repentinamente sucia y vacía. La perla... Al recordarlo, tembló con renovada pasión, una pasión amortiguada por la vergüenza y la mortificación.

Tenía que salir de allí. Tenía que alejarse de aquel lugar. Tenía que escapar de la vergüenza y del poder que Devlin ejercía sobre sus sentimientos. Se sentó en la cama, alargó la mano hacia su ropa y se vistió de cualquier manera. El pánico iba creciendo dentro de ella mientras intentaba localizar sus zapatos.

–¿Susanna? –la llamó Dev con voz lánguida, adormecido todavía por el placer–. Vuelve a la cama.

–Adiós, Devlin –respondió Susanna.

Intentó girar el picaporte, desesperada por huir cuanto antes de allí.

–¡Susanna!

Dev salió disparado de la cama. Susanna jamás había visto a un hombre moverse a tanta velocidad. Y tampoco sabía que un hombre fuera capaz de vestirse tan rápido.

Suponía que se debía al entrenamiento en la Marina. En cualquier caso, debía de ser muy útil para un libertino ser capaz de desnudarse y vestirse tan rápidamente. Maldito fuera. Cerró la puerta del dormitorio tras ella y comenzó a bajar las escaleras, tambaleándose en su precipitación. Un segundo después, la puerta volvía a abrirse y Dev corría tras ella, abrochándose los pantalones.

—¡Espera! Quería pasar contigo toda la noche.

—No lo has dicho —le espetó Susanna—. La próxima vez que quieras chantajear a alguien, deberías ser más específico —llegó al final de las escaleras—. Ya has conseguido lo que querías.

Era consciente de que estaba rodeada de un público tan numeroso como curioso, pero estaba tan enfadada que no era capaz de controlar las palabras que salían de sus labios.

—Ya me has tenido. Ahora me voy.

Algunos parroquianos comenzaron a gritar y a abuchearla.

—¡Parece que vas a necesitar más práctica, amigo! —gritó alguien desde el fondo de la taberna.

Dev le fulminó con la mirada y agarró a Susanna del brazo.

—Susanna, espera...

—No.

Susanna ya había llegado al límite. Se odiaba a sí misma, odiaba todas las mentiras y los engaños que la habían llevado hasta allí. Y tenía tanto miedo que habría gritado de terror. Sintió en los ojos el escozor de las lágrimas.

—Será mejor que cumplas tu promesa, Devlin.

Devlin la soltó y se cruzó de brazos.

—¿Y si no lo hago?

Aquélla fue la gota que colmó el vaso. Susanna, presa de cólera, agarró una jarra de cerveza y se la lanzó. Dev se agachó y esquivó el golpe. Tenía unos reflejos excelentes.

—¡Lo has prometido! —jamás en su vida había estado tan

enfadada y tan fuera de control. Era espantoso, pero, al mismo tiempo, extrañamente liberador–. ¡Eres un sinvergüenza!

–No confíes nunca en un hombre que no está pensando precisamente con la cabeza, cariño –le aconsejó compasiva una de las taberneras. Le tendió otra jarra de cerveza–. ¿Necesitas otra?

–Buen consejo –dijo Dev, sonriendo a la joven.

Susanna tomó la cerveza y bebió un largo sorbo. El alcohol le subió rápidamente a la cabeza, infundiéndole una agradable sensación de euforia. La taberna parecía mecerse a su alrededor. Tomó aire. Tenía la sensación de que estaba a punto de cometer un error monumental, pero ya era demasiado tarde. La habían presionado en exceso y durante demasiado tiempo. Ya no podía detenerse. No quería detenerse.

–Tendrás que cumplir tu palabra, Devlin –le advirtió–. Porque si no, le contaré a todo el mundo que estamos casados, que llevamos nueve años casados, y entonces, el escándalo será tal que no sólo te arrastrará a ti, sino también a Chessie y a Emma. Ninguno de los tres os recuperaréis nunca. Ésa sería vuestra ruina.

Dev miró a Susanna. Clavó la mirada en sus ojos, que eran una mezcla de desafío y terror, y supo, sin ninguna sombra de duda, que estaba diciendo la verdad.

La taberna estalló en un tumultuoso debate.

–Ahora sí que tienes un problema, amigo –opinó un hombre, sacudiendo la cabeza.

–Sí, eso parece –respondió Dev sombrío.

–Jamás habría pensado que fuera tu esposa –añadió el hombre.

–Tampoco yo –le dijo Dev, más sombrío todavía.

Tomó la mano de Susanna y advirtió que estaba temblando. De hecho, estaba también pálida, horrorizada. Comprendió entonces que no pretendía decirlo. Que había sido una desesperación extrema la que la había obligado a pronunciar aquellas palabras.

–En ese caso, tendrás que venir conmigo –le ordenó, y vio el miedo reflejado en su mirada–. Creo que me debes una explicación, y esta vez no lo harás delante de ningún público.

La arrastró hasta la puerta de la taberna. Estuvo a punto de olvidarse de pagar, pero, en el último momento, buscó unas monedas en el bolsillo y las dejó en la barra. Afuera, en la calle, tomó aire varias veces. Era una noche fría, con un viento cortante. Dev lo agradeció. Los pensamientos se agolpaban en su cabeza. Primero había sido el enfado por la humillación a la que se había sometido Susanna para comprar su silencio. Él pensaba, no, él esperaba que tuviera una respuesta más digna. Después, aquel encuentro maravilloso había borrado el enfado y la frustración y los había sustituido por la más dulce sensación de rectitud que había sentido en su vida. Pero después… Apenas podía creerlo. Aunque sabía, en lo más profundo de sus entrañas y con una profunda sensación de estupor, que aquella vez Susanna no mentía.

–Pretendía conseguir la anulación… –comenzó a decir Susanna.

Dev se volvió hacia ella. Estaba furioso, más allá de la razón, y tenía que ejercer un control absoluto para controlarse.

–Vete al infierno, Susanna. ¡Uno no se olvida de una cosa así! Podría olvidarme de asistir al baile, ¡pero jamás me olvidaría de solicitar la anulación de mi matrimonio!

Susanna se detuvo, liberó su mano, alzó la barbilla con gesto desafiante y se enfrentó a él.

–¿Nunca te has preguntado por qué no tuviste que firmar ningún documento? ¿Pensabas que el proceso de anulación había seguido su proceso y tú no habías tenido que hacer nada?

Dev se sintió inmediatamente culpable, porque era precisamente eso lo que había pensado. Al igual que en muchos otros aspectos de su vida, se había comportado de forma precipitada e irresponsable. Había intentado alejar los recuerdos de aquella única noche de matrimonio, la había arrancado de su mente y de su vida, ignorando el tremendo error que había sido. Y en aquel momento estaba enfrentándose a las consecuencias de su despreocupación.

—¡No intentes culparme! —estaba tan furioso, tan frustrado, que le entraban ganas de sacudirla. Una vez más, tuvo que dominar su enfado—. ¡Me escribiste diciendo que habías solicitado la anulación!

Susanna respondió con un gesto de desesperación.

—¡Pretendía hacerlo…! —se le quebró la voz.

Dev vio el pánico en su mirada y sintió una repentina e inesperada punzada de remordimiento. Susanna parecía necesitar protección, más que reproches. Susanna que siempre había sido tan fuerte y se había mostrado tan orgullosa de sus hazañas.

—Conseguir la anulación matrimonial era más difícil de lo que en un principio pensaba —hizo un patético intento de mantener la dignidad cerrándose la capa y sosteniéndola con fuerza alrededor de su cuello. Pero tenía los hombros hundidos—. Era un proceso complicado, no podía asumir los gastos y… —se encogió de hombros con un gesto de impotencia.

—¿Que no podías asumir los gastos? —Dev alargó la mano y acarició el rico terciopelo de su capa—. ¿Y qué me dices de todo el dinero que has ganado traicionando la confianza de los demás y rompiendo corazones? ¿No podrías haber reservado una parte para deshacerte definitivamente de mí?

No esperó la respuesta. Avanzó un par de pasos, se mesó los cabellos y se volvió furioso.

–¡Que el diablo lo entienda! A estas alturas podría estar casado. ¡Podría ser bígamo! Eso es lo que me enfada.

–Sí –contestó Susanna, todavía vacilante–. Pero no lo estás.

–No, y gracias a ti.

Dev volvió a pasarse la mano por el pelo. Estaba frustrado, furioso, pero también desconcertado. Había algo allí que no terminaba de encajar. Era el miedo y el dolor que veía en los ojos de Susanna. Y algunas lagunas en su relato. Tenía pocos motivos para ganarse su compasión después de haberle tratado como lo había hecho, pero, aun así, había datos suficientes como para sembrar dudas. Como el hecho de que estuviera tan desesperada por comprar su silencio, tan necesitada de dinero y, al mismo tiempo, tan avergonzada y ansiosa. Todo ello indicaba que allí había muchas más cosas que quizá no quisiera saber.

–Antes me has contado que estuviste trabajando en una tienda de ropa en Edimburgo. Que intentaste conseguir un marido rico, pero no tuviste éxito.

–Así es.

Dev notó que la tensión de Susanna disminuía. Parecía aliviada. Se preguntó por qué. ¿No estaría formulando la pregunta adecuada? Algo le escondía, de eso estaba seguro.

–Así que eras pobre.

–Muy pobre.

–Y no podías asumir los gastos de una anulación matrimonial.

–Exacto.

Parecía de pronto cansada, derrotada. El enfado y el resentimiento de Dev volvieron a enfrentarse contra su rostro pálido y tenso. No sabía por qué la compadecía. No entendía por qué quería protegerla. Pero sus sentimientos eran innegables aunque no tuvieran ningún sentido. Susanna había demostrado ser una mujer materialista y sin principios.

Se había rebajado hasta el chantaje y sólo pensaba en sí misma. ¿A qué se debía entonces aquel impulso de estrecharla contra él y protegerla? Le desconcertaba ser capaz de sentir algo así.

—Maldita sea, Susanna... —se volvió—. De todas las mujeres que he conocido...

Tenía una sensación extraña cuando pensaba en anular su matrimonio. No podía explicar por qué, pero se sentía desilusionado, decepcionado, a pesar de que hasta entonces ni siquiera sabía que estaba casado. No le debía nada a Susanna, ni lealtad ni fidelidad, pues había sido ella la que le había abandonado. Pero, aun así, no podía evitar su desencanto.

Sintió la mano de Susanna en su brazo.

—No lo sabías. No ha sido culpa tuya, Devlin.

—Lo sé —se apartó bruscamente de ella, rechazando su consuelo y su disculpa muda—. Gracias a Dios, no me he casado, y no le hecho ningún daño a Emma —la agarró por los hombros—. Si me hubiera casado...

—Lo sé.

Susanna cerró los ojos. Devlin vio una lágrima solitaria resbalando por su mejilla.

—Lo siento —susurró Susanna.

Era la primera vez que le pedía disculpas en toda la velada. Devlin la soltó, inquieto por la repentina necesidad de estrecharla entre sus brazos y ofrecerle consuelo cuando estaba tan furioso con ella.

—Necesito pensar —la miró—. No creo que pueda mantener esto en secreto para salvar la reputación de Emma o para proteger a Chessie. Tiene que haber alguna manera de solucionar esto sin hacerles daño. Esto tiene que terminar.

Susanna permaneció en silencio. No intentó persuadirle de lo contrario.

Dev volvió a tomar su mano.

—Vamos.

Susanna no se movió.

–¿Adónde vamos?

–A Curzon Street. Vuelvo contigo.

La vio apretar los labios.

–No me fío de ti –le aclaró sin piedad–. No quiero perderte de vista ni un solo segundo hasta que decida qué voy a hacer con todo esto.

La doncella estaba esperándoles cuando llegaron, sentada en el vestíbulo e intentando disimular sus bostezos. Cuando la puerta se cerró tras ellos, se levantó de un salto.

–¿Puedo retirarme, milady?

–Sí –contestó Dev–, gracias.

Pero la doncella continuó esperando.

–Gracias, Margery –dijo Susanna con una sonrisa–. Ya puedes subir a dormir.

La doncella hizo una reverencia y se marchó. Dev miró a Susanna. Quedaban en su rostro las huellas de las lágrimas. Se las secó con el pulgar, sintiendo la suavidad imposible de su piel. La furia y la ternura, la frustración y la delicadeza batallaban en su interior. No lo entendía, no le encontraba explicación alguna. Susanna le había contado una historia que tenía sentido: el fracaso de su proyecto de casarse con un hombre rico, la consiguiente pobreza, la necesidad de dinero… Pero había algo que continuaba aguijoneándole. Había algo que no terminaba de encajar. Sacudió la cabeza con impaciencia. Lo único que realmente importaba era que Susanna no había iniciado siquiera los trámites para anular su matrimonio. Algo de lo que tendría que encargarse él en cuanto tuviera la menor oportunidad. Alex podría prestarle el dinero. Contraería una nueva deuda, pero por fin sería libre para empezar desde cero. Y también Susanna. Él volvería al mar y Susanna empezaría una nueva vida, la vida que siempre había querido, quizá, con un hombre rico. Aunque la idea no le gustaba.

Susanna. Su esposa. Desde que lo sabía, todo le parecía

diferente. Él se sentía diferente. El sentimiento de posesión que se apoderaba de él cuando la imaginaba con otro hombre había derivado en algo más profundo, más inquietante, desde que sabía que realmente era suya. Pero en su futuro no habría lugar para una esposa. En cuanto se hiciera a la mar, volvería a buscar una meretriz. Pero de momento, era a Susanna a quien tenía allí, y hasta que no solicitaran la anulación de su matrimonio, continuaban casados.

–Lady Devlin… Eso era lo que querías ser hace nueve años. Pero ya no quieres, ¿verdad, Susanna? Nunca has querido ser mi esposa.

Por un instante, brilló una emoción en los ojos de Susanna que Devlin no fue capaz de comprender. Tiró del lazo que ataba la capa. Lo desató y la capa, roja y suntuosa a la luz de las velas, se deslizó por sus hombros y cayó a sus pies. Devlin contuvo la respiración. Los ojos de Susanna, enormes y oscuros, estaban llenos de sombras.

Dev se inclinó y volvió a rozar sus labios con la más ligera de las caricias. La respiración de Susanna se aceleró. Sus labios eran suaves y flexibles bajo su boca. La deseó entonces con tal intensidad que le resultaba casi doloroso. Sabía que debería despreciarla por su falsedad, pero parecía incapaz de resistirse, a pesar de que había hecho el amor con ella menos de dos horas atrás. Y en ese momento, por supuesto, podría volver a hacerlo, puesto que estaba con su esposa.

–Vamos a la cama –propuso.

Susanna abrió los ojos bruscamente. Había en ellos confusión y deseo. Devlin recordó entonces la noche en el jardín, cuando Susanna le había confesado que no era capaz de resistirse, aunque no entendiera por qué. A él le ocurría lo mismo. Lo único que sabía era que había un vínculo poderoso que parecía obligarlos a estar juntos y que hasta que no vieran satisfecho su deseo, ninguno de los dos se libraría de él.

Vio que Susanna se mordía el labio inferior y su cuerpo se tensó en respuesta.

—Acordamos que sólo sería una vez —le advirtió Susanna.

Pero Devlin reconocía el conflicto en su voz. El anhelo batallaba con la negativa, y supo, con un nuevo golpe de excitación, que le deseaba. Se atraían irremediablemente, estaban atrapados en su mutuo deseo.

—Eso fue antes de que supiera que continúas siendo mi esposa —le besó el hueco del cuello—. Ahora, lo que antes era un placer, se ha convertido en un derecho.

—¿Estás apelando a tus deseos como esposo? —parecía sorprendida—. Yo pensaba que querías conseguir la anulación.

—Y lo haremos. Pero hasta entonces, estamos casados.

Trazó un camino de besos por su cuello, acariciando con la lengua sus vulnerables curvas y deteniéndose allí donde sentía latir su pulso.

Susanna le apartó.

—Eres condenadamente arrogante, ¿verdad Devlin? ¿Es que nadie te ha rechazado nunca?

—Sólo la duquesa de Farne. Ah, y tú la noche que me dejaste —retrocedió y alzó las manos con un gesto de rendición—. ¿Pretendes hacerlo otra vez? Porque si eres capaz de decirme que no me deseas, estoy dispuesto a dormir solo.

Parecía que la sensualidad iba creciendo a su alrededor como una tela de araña. Vio que Susanna tragaba con fuerza.

—Maldito seas, Devlin. No entiendo qué quieres de mí…

—La sensación es mutua, cariño —Dev la estrechó en sus brazos—. Siento lo que ha pasado antes en la taberna —susurró, rozándole los labios—. Sé que no era un lugar digno de ti, pero estaba furioso contigo por haberme vendido tu cuerpo.

La sintió temblar entre sus brazos.

–Jamás había hecho algo así –escondió el rostro en su hombro–. Sé que no me crees, pero es cierto.

–Te creo –contestó Dev.

Pensó en la tensa respuesta a su beso en el carruaje, y en la inocencia que le había transmitido la primera vez que habían hecho el amor. Le acarició el pelo, intentando apaciguar sus temblores. La sentía extremadamente vulnerable entre sus brazos. La recordó contándole lo pobre que había sido. Tanto que no había podido pagar los trámites de la anulación. La recordó guardándose pasteles de nata en el bolso, porque todavía la perseguía la necesidad de robar comida cuando tenía oportunidad de hacerlo. Él también recordaba aquel tipo de pobreza, aquellos momentos en los que la falta de comida convierten el mundo en un lugar frío y oscuro, por culpa del hambre, del frío y del agotamiento. Había conocido la pobreza en la infancia y nunca la había olvidado. Aquella había sido la fuerza que le había impulsado en busca de fortuna. De modo que difícilmente podría culpar a Susanna por querer escapar al infortunio. No podía condenar sus elecciones y, aunque parte de él continuaba furioso con ella, no podía condenarla por haber luchado para sobrevivir.

–Gracias –parecía asombrada.

Le besó con los labios entreabiertos. La mente de Devlin se quebró en mil pedazos y Dev se olvidó de todo. Olvidó casi hasta su nombre en el placer carnal que lo invadió. Susanna se apartó de él, le tomó la mano y se volvió hacia las escaleras. Pero Dev tiró de ella y la condujo hacia el salón. Era de noche, pero la luz de la luna se filtraba por las cortinas y bañaba el suelo de la estancia.

–Esta vez, déjame desnudarte como es debido. Acércate a la luz de la luna.

Susanna volvió a experimentar un fuerte impacto que no fue capaz de ocultar. Sabía que jamás había jugado a algo tan peligroso. Vaciló un instante. Devlin pensó que iba a negarse, pero, al cabo de unos segundos, Susanna dio un paso hacia el círculo de luz que proyectaba la luna y permaneció temblorosa y completamente inmóvil bajo sus manos mientras él la desnudaba lentamente. Alzó los brazos con la elegancia de una bailarina para permitirle un mejor acceso a botones y corchetes; el movimiento fue tan erótico que Devlin estuvo a punto de gemir en voz alta.

Alzó la mano para arrancarle el lazo que sujetaba su melena y la dejó caer en toda su azul negrura bajo la luz de la luna. Hundió los dedos en aquella masa sedosa y la besó como un hombre hambriento, hasta sentirla temblar entre sus brazos.

La levantó entonces en brazos y la acercó a la ventana. Susanna soltó una exclamación ahogada al sentir el frío de los cristales contra su espalda desnuda. Devlin la instó a abrir las piernas, hundió la mano entre sus muslos y buscó su sexo. El calor contrarrestó inmediatamente el frío del vidrio. Susanna se retorcía bajo sus caricias.

–La ventana… –musitó Susanna aturdida.

–Tu jardín no da a la calle –le recordó Devlin.

Volvió a besarla, posó los labios en el hueco de su cuello y descendió hasta su pecho. La besó hasta que la sintió tensarse y la oyó gemir contra sus labios. Susanna echaba la cabeza hacia atrás y su melena era como una cascada negra contra la oscuridad del cristal. Arqueaba la parte superior de su cuerpo hacia él en una súplica muda, tensando las piernas a su alrededor. La pasión le empujaba a tomarla, pero la dominó, y esperó hasta sentirla tan tensa que parecía a punto de quebrarse entre sus brazos. Sólo entonces se desató los pantalones y se hundió dentro de ella. El alivio y el placer fueron intensos. Susanna gritó, candente y sedosa a su alrededor. Era como un animal salvaje entre sus brazos, una criatura hecha de fuego y pasión, tan dulce que deseó devorarla.

Devlin la hizo descender entonces hasta el diván, para poder deslizarse dentro de ella una vez más y sentir las contracciones de su orgasmo reverberando en todo su cuerpo. Intentando alargar aquel placer, comenzó a deslizarse con movimientos lentos en su interior, hasta sentirla acelerarse de nuevo. Susanna enmarcó su rostro con las manos para besarle. La espiral de placer fue ascendiendo hasta que Devlin se vació dentro de ella y Susanna se arqueó contra él, gritando de placer.

Tras aquel apasionado encuentro, Devlin la subió al dormitorio y no dejó de abrazarla hasta verla dormida. Él, por su parte, descubrió que no quería dormir. Lo único que deseaba era contemplar a Susanna. Recordaba el día de su matrimonio. La velocidad con la que había llevado a Susanna a la posada, ansioso, en su juvenil pasión, por hacer el amor con ella. Esperaba haber tenido la suficiente delicadeza como para hacer las cosas bien, pero sospechaba que no. Durante un breve instante, se preguntó si la habría asustado, si sería ésa la razón por la que no había vuelto a hacer nunca el amor con otro hombre. Se sintió culpable. A los dieciocho años, se consideraba a sí mismo todo un hombre, pero la verdad era que todavía tenía muchas cosas que aprender.

Susanna se movió ligeramente y posó la mano sobre su pecho. Devlin sintió entonces una oleada de ternura que le pilló completamente desprevenido. En aquel instante, era un hombre vulnerable. Y no le gustaba aquella sensación. Aun así, alargó la mano y enredó uno de los rizos de Susanna en su dedo.

Susanna abrió los ojos y sonrió. La ternura volvió a golpearle entonces con la fuerza de un puñetazo. Devlin se inclinó y la besó, deseando alejar aquella debilidad, esperando que fuera sustituida por la pasión y todo volviera a ser como antes. Pero aquella vez, aunque volvió a hacer el amor con ella con un deseo casi violento, el sentimiento que le acechaba a cada momento en lo que él pretendía que fuera un acto puramente físico, se había convertido en mucho más. Cada caricia, cada palabra susurrada, parecía encerrarlo en aquella dulce intimidad a la que no podía escapar. Y al final, con una fiereza y una sutileza combinadas en el más asombroso placer del que nunca había gozado, supo que había perdido la batalla.

Capítulo 16

Susanna se despertó en brazos de Devlin. Tenía la cabeza apoyada en su hombro y Dev le pasaba el brazo por el vientre en un gesto de natural posesión. Susanna se sentía complacida, satisfecha y, por un breve instante, su mente también pareció poblada de dulzura al recordar las palabras cariñosas que Devlin le había susurrado la noche anterior.

Devlin no se movió cuando ella se apartó para ir a buscar la bata. Había sido una imprudencia tomar lo que Devlin le había ofrecido en vez de pedirle que se marchara. Pero consciente de que no tenía futuro alguno con él, sabiendo que en aquella ocasión sería efectiva la anulación de su matrimonio, necesitaba construir recuerdos para guardarlos en su corazón. Sabía que perdería a Devlin otra vez y le bastaba pensar en ello para que escapara toda su felicidad, como el agua filtrándose a través de los dedos. Se había permitido sentir en exceso. Se había vuelto a enamorar. Era lo último que quería. Se consideraba más madura, más sabia, suficientemente prudente y cínica como para no volver a caer. Pero se había equivocado. La combinación de aquel espíritu salvaje y los fuertes principios que la habían hecho enamorarse de él años atrás continuaban allí y había vuelto a ser víctima del amor con la misma insensatez de los diecisiete años.

Llamaron a la puerta. Margery asomó la cabeza, y no pareció sorprenderse al ver a Dev en la cama.

–Siento molestaros –susurró–, pero acaba de llegar una visita urgente –señaló hacia Dev–. Dice que es la hermana de sir James, y parece estar destrozada.

–¿Chessie? –preguntó Susanna sobresaltada.

–Sí, la señorita Francesca Devlin –confirmó Margery.

–Despertaré a sir James.

Susanna alargó la mano con intención de despertarle mientras se preguntaba cómo demonios habría sabio Chessie que Dev estaba con ella.

Margery la interrumpió.

–Perdón, milady, pero es a vos a quien la señorita Devlin desea ver. Lo especificó muy claramente.

Susanna frunció el ceño. No podía comprender por qué querría verla Chessie con tanta urgencia y estando tan destrozada, a menos que pretendiera pedirle que renunciara a Fitz. El corazón se le encogió de tristeza al pensar que Chessie podía querer tanto a Fitz como para renunciar a su orgullo e ir a suplicar a su rival.

Susanna abandonó la cama.

–No despiertes a sir James. Me vestiré en la habitación azul. Gracias, Margery.

Cuando bajó minutos después, vio a Chessie sentada en una de las sillas de caoba del vestíbulo, con la espalda erguida por la tensión. En cuanto oyó los pasos de Susanna, se volvió hacia ella. Susanna contuvo la respiración al ver su rostro. Estaba demacrada, con los ojos enrojecidos por el llanto. Tenía el aspecto de una mujer desesperada, había perdido de golpe toda su juventud y su vivacidad.

Susanna corrió hacia ella y le tomó las manos. Las encontró frías como el hielo.

–Señorita Devlin… –comenzó a decir–. Chessie…

Chessie estalló en llanto. Susanna le pasó el brazo por los hombros y la condujo hacia el salón.

—Por favor, Margery, prepara un té —le pidió a la doncella por encima del hombro—. Fuerte. Y tan rápido como puedas.

Guió a Chessie hasta el sofá y se sentó a su lado. Chessie se movía con rigidez, como si todo el cuerpo le doliera.

—¿Qué ocurre? —preguntó Susanna, sin soltarle las manos—. ¿En qué puedo ayudarte?

Chessie alzó la mirada. Tenía los ojos, azules como los de Devlin, anegados en lágrimas.

—No sé con quién podría hablar. No sé qué hacer. Estoy embarazada de Fitz y él... —un sollozo le quebró la voz—. Se lo he dicho y él ha dicho que no piensa hacer nada, que no le importa. Que circulan rumores sobre mi falta de castidad, de modo que no tiene la seguridad de que ese hijo sea suyo. Estoy destrozada... —sus palabras terminaron con una explosión de lágrimas.

Susanna la atrajo hacia ella y la abrazó hasta que cesaron las lágrimas. Chessie retrocedió, se sorbió la nariz y alargó la mano hacia su pañuelo. Estaba ya empapado y desgarrado por los inquietos dedos de Chessie. Susanna le ofreció un pañuelo limpio.

—Gracias —Chessie se sonó con fuerza la nariz, alzó la mirada y frunció ligeramente el ceño, como si estuviera empezando a recuperarse—. En realidad no sé por qué he venido aquí. Lo siento mucho...

Susanna posó la mano sobre la suya para evitar que se levantara.

—Has venido porque no podías hablar con nadie más y has pensado que yo podría entenderte. Y así es. Ahora... —esperó a que Margery, que acababa de llegar en ese momento, sirviera el té—, tómate esto. Olvídate del brandy... Cuando uno sufre una impresión como la tuya, el té es lo mejor.

Chessie obedeció. Sostuvo la taza con las dos manos, como si ansiara sentir el calor de aquel brebaje.

–No podía decírselo a lady Grant –le explicó al cabo de un momento–. Ni a Devlin –le tembló la voz–. Sufrirían un fuerte desengaño. Dev siempre se ha preocupado mucho por mí. Quería lo mejor para mí.

–Lo sé.

–Hizo todo lo que estuvo en su mano para protegerme. Pidió en las calles, robó para que yo pudiera ir al colegio. Hizo que Alex se responsabilizara de nosotros. Me enviaba dinero cuando estaba en la Marina. Y lord Grant y su esposa... –hipó con tristeza–. En realidad tienen muy poco dinero. Alex... lord Grant, lo invirtió todo en la propiedad que tiene en Escocia para intentar sacarla adelante. Pero aun así, se mostraron dispuestos a ofrecerme un hogar y una dote cuando... –arrugó el rostro en un puchero–. Bueno, eso ya no ocurrirá –cerró los ojos un instante–. Por eso no puedo decírselo. No me atrevo. Les he fallado.

–No ha sido culpa tuya –la defendió Susanna con fiereza. El dolor y la pena le atenazaban la garganta–. Fitz ha tenido un comportamiento inexcusable.

Se interrumpió al ver que Chessie negaba con la cabeza.

–No, la culpa ha sido mía. Es cierto que Fitz me sedujo, pero yo podría haberle rechazado. Él no me obligó. En absoluto –un ligero ceño oscureció su frente–. Empezó todo con una partida de cartas, hace dos meses, justo antes de vuestra llegada a Londres –sonrió débilmente–. Fitz me enseñó a jugar al faro, y me pareció apasionante. Me temo que llevo el juego en la sangre –sostenía la taza con fuerza, extendiendo los dedos para disfrutar de su calor–. De modo que empecé a perder. Le debía a Fitz un montón de dinero, así que él sugirió... –volvió a interrumpirse–. Pero la culpa no fue suya. Me gustaba lo que hacíamos.

Susanna tuvo que apretar los labios para no contradecir a Chessie. Si Fitz había obtenido favores sexuales de Chessie para saldar deudas de juego, era el ser más inmundo y despreciable de la tierra. La culpa sólo podía recaer en él.

—Yo pensaba que me amaba —continuó Chessie con voz queda. Parecía derrotada—. Yo le quise desde el primer momento y quería complacerle —esbozó una sonrisa de pesar—. Incluso ahora le amo. Comprendo que todo esto es culpa suya, pero aun así... me casaría con él si me quisiera.

Susanna vio la determinación en su rostro, a pesar de la tristeza. No había muchas mujeres, pensó, que tuvieran la lucidez de reconocer los defectos del hombre al que amaban, que no se engañaran sobre sus virtudes, pero, aun así, tuvieran el valor, o la imprudencia, de amarlos.

—¿Estás segura de que de verdad quieres a Fitz? Te mereces algo mucho mejor.

Chessie soltó una risa a la que siguió otro sollozo.

—No esperaba oír eso de vuestros labios, lady Carew.

Susanna vaciló un instante. Quizá aquél no fuera el mejor momento para confesarle a Chessie la verdad sobre su identidad y de sus propios planes con Fitz. Pero lo único importante era ayudarla.

—No puedo evitarlo. Le quiero. Ésa es la razón por la que me entregué a él. Le amaba y pensaba que él también me amaba. Además... —hizo un gesto de desesperación—. Ahora ya es demasiado tarde. Nadie será capaz de quererme, sabiendo que estoy embarazada de otro hombre.

—Si un hombre realmente quiere a una mujer... —comenzó a decir Susanna.

Pero se interrumpió. Ni siquiera estaba segura de creerse sus propias palabras. Había muchos hombres buenos en el mundo. A pesar de todo lo que había sufrido, todavía no era tan cínica como para creer lo contrario. Pero también había un buen número de canallas como Fitz, y otro buen número de pedantes y estúpidos que exigían la virginidad a sus esposas mientras iban presumiendo de sus salvajes hazañas

Chessie sollozó.

—Sé que pretendéis ser amable conmigo, pero ambas sabemos que he arruinado mi vida.

—Tienes que decírselo a tu hermano. Él te ayudará.

—No —Chessie le agarró las manos con un gesto convulso—. Devlin —se le quebró la voz—. ¡No quiero decepcionarle! No me atrevo a decírselo. Me advirtió que no me convirtiera en la meretriz de Fitz, sabiendo cómo era —se frotó los ojos—. Si se enterara de lo que ha pasado, me odiaría.

Susanna oyó voces en el vestíbulo y sintió una punzada de ansiedad.

—Tu hermano está aquí —le explicó rápidamente, antes de darse cuenta de que Chessie ya había reconocido su voz.

—¿Habéis enviado a buscarle? —exclamó Chessie con una mirada acusadora.

—En realidad, ya estaba aquí —le aclaró Susanna—. Ha estado aquí toda la noche. Debería habértelo dicho, pero pensaba que era más importante averiguar lo que te pasaba e intentar ayudarte.

Chessie abrió los ojos como platos.

—Devlin y vos… —dijo lentamente—. Pero hace varias semanas le pedí que os sedujera para alejaros de Fitz y se negó… —se interrumpió.

—Bueno, a lo mejor ha cambiado de opinión.

Se sentía ligeramente mareada y profundamente dolida. Las palabras de Chessie la habían herido, pero no podía decir que la hubieran sorprendido. Sabía que Dev se sentía fieramente atraído hacia ella, pero no esperaba de él sentimientos más profundos. Sencillamente, le dolía verlo confirmado de una forma tan inesperada y brutal.

—Lo siento —se disculpó Chessie de pronto—. Me temo que he sido terriblemente descortés.

—Por favor, no te preocupes —respondió Susanna, dejando de lado su propio sufrimiento y esbozando una sonrisa—. Devlin y yo sabemos exactamente el tipo de relación que tenemos.

—¿Qué tipo de relación tenemos, Susanna?

Dev había oído sus palabras mientras entraba en el salón sonriendo con amabilidad. Pero se detuvo en seco al ver a su hermana.

–¿Chessie?

Chessie rompió a llorar en cuanto le vio. Dev miró a Susanna horrorizado y se arrodilló a su lado. Chessie comenzó a hablar, enlazaba frases y palabras inconexas, pero el significado era suficientemente claro. Y devastador. Susanna observaba el rostro de Dev mientras escuchaba las palabras de su hermana. Estaba muy pálido, con la expresión endurecida y los ojos llameantes.

–Chessie –repitió cuando su hermana por fin enmudeció en un agotado silencio. La abrazó–. Escúchame, soy tu hermano y siempre te querré.

Susanna se mordió el labio ante la cruda emoción que reflejaba su voz. Oyó que Chessie sollozaba.

–Voy a ir a buscar a Fitz. Tendrá que responder por esto.

El miedo se cerró como un puño alrededor del corazón de Susanna.

–Devlin…

Pero Dev le dirigió una mirada fiera.

–No intentes detenerme, Susanna. En cualquier caso, sabías que la verdad llegaría a saberse en algún momento.

–No me refería a eso… –comenzó a decir Susanna.

Chessie se aferró a los brazos de su hermano.

–¡Dev, no! –estaba asustada–. ¡No puedes retar a Fitz!

Dev se liberó de las manos de su hermana con una fría calma que aterrorizó a Susanna por la delicadeza y la determinación que reflejaba.

–Chessie, no puedo pasar esto por alto.

–Tienes que hacerlo –lloró Chessie–. Si retas a Fitz, nunca se casará conmigo.

Susanna miró a Dev por encima de la cabeza de su hermana. Vio en sus ojos compasión y tristeza al comprender que su hermana continuaba esperando, contra toda esperanza, que Fitz cambiara de opinión, se casara con ella y aquella historia tuviera un final feliz. Pero ambos sabían que no era posible. No podía serlo. Fitz ya había rechazado a Chessie. No tenía nada que ofrecerle.

—Susanna, ¿te importaría quedarte a cargo de Chessie? Volveré en cuanto pueda.

—Sí, por supuesto. Pero Devlin… —se interrumpió cuando Dev la miró a los ojos.

Era tal la furia protectora y el amor que brillaban en sus ojos que se acobardó. Así respondía Devlin cuando herían a alguien a quien amaba. Jamás vería un sentimiento parecido dirigido hacia ella, pero ser testigo de lo que sentía por su hermana, le hizo sentirse vacía, desolada.

La puerta se cerró de golpe tras él.

—Le matará, ¿verdad? —preguntó Chessie con voz queda.

—O le mata él, o Fitz matará a Devlin.

Susanna confirmó sus temores. No tenía sentido fingir que la situación no era peligrosa.

—No hay forma de detenerle —susurró Chessie.

Se reclinó de nuevo en el sofá, convertida en un despojo de tristeza.

Susanna la miró. Pensó en Chessie, enfrentándose al escándalo y a la ruina. Pensó en la ignonimia que la acechaba, en la pérdida de su reputación, de su futuro, de la tranquilidad y de la intimidad, de su propia vida. Pensó en una joven embarazada y sola, dando a luz al hijo de un matrimonio fallido. La situación de Chessie era distinta. A ella no la repudiaría su familia, pero aun así, se enfrentaba a un futuro devastador.

Sabía lo que tenía que hacer.

Se arrodilló junto a la butaca en la que Chessie estaba sentada.

—¿Estás segura de que quieres casarte con Fitz? Piensa

en ello, porque... –se interrumpió al ver la luz de la esperanza en los ojos de Chessie.

–¿Podríais convencerle? –susurró. Pero la luz de sus ojos murió–. No, es imposible. Nadie puede convencerle de que se case conmigo.

–Yo puedo –Susanna se levantó–. Y si eso es lo que quieres, estoy dispuesta a hacerlo.

Susanna oyó sus voces en cuanto entró en la casa de los duques de Alton. El mayordomo contemplaba la escena nervioso y asustado y cuando vio a Susanna, pareció más temeroso incluso. A Susanna no le extrañó. Si los sirvientes habían oído la conversación entre Fitz y Dev, seguramente, pensaban que la prometida de Fitz no podía llegar en peor momento.

–Los duques están todavía durmiendo, señora –comenzó a decir el mayordomo.

–Afortunadamente. Aunque dudo que sean capaces de continuar durmiendo con tanto alboroto. No te molestes en anunciarme, Hopperton. Entraré directamente.

Abrió la puerta del desayunador y se detuvo. Podía ver a Fitz, con los restos del desayuno ante él y un periódico abandonado al lado del plato. Se había levantado y parecía desdeñoso y aburrido.

–Por supuesto que no tengo nada que ver con eso, Devlin –pronunciaba con énfasis cada una de aquellas palabras que acompañaba de una cadencia aristócrata–. Estás completamente frustrado, ¿verdad? –Susanna podía oír el desprecio que rezumaban sus palabras–. Tu hermana y tú os pegasteis a mis faldones y a la prometedora fortuna de Emma y si ahora los dos os abandonamos, no sois nada. Así que márchate y deja de molestarme con conversaciones absurdas sobre el honor, los duelos y todas esas tonterías. La prostituta de tu hermana tendrá que cuidarse sola.

Era muy dulce…–comentó con aire pensativo, mientras seleccionaba un melocotón del frutero y le daba un mordisco–, pero no lo suficientemente buena como para inducirme a un matrimonio.

En aquel momento, Dev se levantó de su asiento y le golpeó, limpiamente, con un rigor casi científico. El golpe hizo volar a Fitz, que no se detuvo hasta chocar con uno de los pilares de mármol de la habitación.

–Levántate –le ordenó Dev entre dientes, amenazándole con los puños–. Tendrás que responder ante mí por la deshonra que le has infligido a mi hermana. Exijo la satisfacción…

–¡No! –Susanna corrió hasta él y le sujetó del brazo–. Así no, Devlin.

Dev se volvió. Su mirada estaba tan ciega de furia, había tanta violencia en sus ojos, que Susanna ni siquiera estaba segura de que le hubiera oído. Le agarró con fuerza.

–Ésta no es la forma de ayudar a Chessie –le aclaró precipitadamente–. Se organizará un escándalo si alguno de vosotros muere.

Miró a Fitz, que se estaba limpiando el zumo de la cara y, tambaleándose, fue a apoyarse en el respaldo de una de aquellas butacas de madera de palo de rosa.

–La muerte de Fitz no representaría una gran pérdida, pero a Chessie no le serviría de nada.

–Es un sinvergüenza –replicó Dev con fiereza–. Chessie se merece algo mucho mejor, pero lo más trágico de todo esto es que sólo puedo salvarla mediante un matrimonio, y si no puedo obligar a Fitz a casarse con ella, entonces tendré que matarle.

Susanna advirtió que se le quebraba la voz y, junto a la furia, vio una devastación inmensa en sus ojos. Recordó entonces las palabras de Chessie.

«Haría cualquier cosa por mí», había dicho Chessie. Y en aquel momento, cuando su hermana estaba a punto de perderlo todo, no tenía manera de ayudarla. Susanna comprendía hasta qué punto se odiaba por ello. Para un hombre de honor, un hombre que había antepuesto su familia a todo lo demás, era algo intolerable. Sintió entonces que el suelo se movía bajo sus pies, al comprender, en ese preciso instante, hasta qué punto le amaba.

–No, no puedes obligar a Fitz a casarse con Chessie, Devlin. Pero yo sí.

Se volvió hacia Fitz.

–Fitzwilliam Alton, eres un canalla y un sinvergüenza.

–No, ahora no, cariño –le pidió Fitz, frotándose la mandíbula–. Todo esto ha sido un malentendido. Ocurrió antes de que nos conociéramos. Esa joven se arrojó a mis brazos. Bueno, ya la conoces. Es una mujerzuela…

Susanna advirtió que Dev hacía un movimiento reflejo y le agarró antes de que pudiera darle otro puñetazo a Fitz.

–Fitz –le dijo con dureza–, no me estás escuchando. Ahora tendrás que casarte con la señorita Devlin. Y vas a hacerlo de buenas maneras. De modo que no quiero que vuelvas a decir una sola palabra en contra de ella.

Fue consciente de que sus palabras atravesaban a Dev con la fuerza de un rayo, pero tuvo la fuerza suficiente de voluntad como para continuar concentrada en Fitz y no decir una sola palabra.

–Así que vas a conseguir un permiso especial y la semana que viene te casarás con la señorita Devlin.

–No sabes lo que estás diciendo, cariño –farfulló Fitz–. ¿Casarme con la señorita Devlin? Pero si voy a casarme contigo…

–Ya no –respondió Susanna–. Y, la verdad sea dicha, no íbamos a casarnos. Pensaba abandonarte dentro de unas semanas –Fitz la miró boquiabierto–. Tus padres me pagaron para que intentara distraerte. Tenían miedo de que tomaras demasiado cariño a la señorita Devlin y terminaras proponiéndole matrimonio. Poco sabían ellos –endureció la voz–, que ya la habías seducido y eras suficientemente canalla como para arruinar su reputación y abandonarla.

La barbilla de Fitz prácticamente rozaba el suelo.

–¿Pensabas abandonarme? –los ojos querían salírsele de las órbitas–. ¿Te pagaban mis padres?

–Exacto. Así que ésa es la cuestión. Si no te casas con la señorita Devlin en menos de una semana y mostrándote sumamente complacido, daré a conocer a la prensa todo lo que me contaron tus padres sobre ti para ayudarme a despertar tu interés. Todo, Fitz –repitió–. Desde la cantidad de dinero que le debes a tu sastre hasta que tus padres tuvieron que sobornar al marqués de Portside cuando le robaste a su hijo la cartera durante tu estancia en Eton. O el hecho de que necesites cierta protección en tus calzas por el efecto que los higos tienen en tus digestiones. Es posible que no pueda arruinar tu reputación hasta el límite en el que tú podrías destrozar la de la señorita Devlin, pero te aseguro que puedo convertirte en el hazmerreír de la ciudad.

Fitz caminó vacilante hacia ella, con el rostro repentinamente sofocado.

–Hija de perra –la insultó–. Me aseguraré de que seas castigada por todo esto.

Dev se enderezó y se interpuso entre ellos.

–No le hables así a mi esposa –le advirtió con voz glacial.

Y, por un momento, aparecieron en sus ojos y en su voz la misma furia y la misma voluntad de protección que cuando hablaba de su hermana.

–¿Tu esposa? ¿Esto lo habéis organizado juntos?

–En absoluto. Y deploro la conducta de mi esposa –le dirigió a Susanna una mirada en la que, sorprendentemente, se adivinaba una sonrisa–, aunque no puedo menos que admirar la crueldad de sus métodos.

–Piensa en ello, Fitz –le aconsejó Susanna. Miró el reloj–. Tienes hasta la una del medio día para presentarte en casa de lord y lady Grant con un permiso especial y pedirle matrimonio a la señorita Devlin. Si decides no hacerlo...

—Conseguiré que te echen de Londres por esto —la amenazó Fitz.

—Demasiado tarde. Pensaba irme yo. Pero no antes de dejar una carta en manos de mi abogado. Como traspases la línea una sola vez, Fitz...—le sonrió—, la publicarán en los periódicos. Te lo prometo.

Dev alcanzó a Susanna cuando ésta estaba subiendo al carruaje de alquiler en el que había llegado. Antes de que hubiera podido dar instrucciones al conductor, subió tras ella y cerró la puerta. Sabía que Susanna estaba intentando huir. La precipitación con la que había salido de casa de los Alton y la rigidez de sus hombros en aquel momento en el que se veía obligado a compartir tan diminuto espacio, le indicaban que no recibía de buen grado su compañía. Sabía que no quería hablar con él porque sólo había una pregunta posible a todo lo ocurrido, y la pregunta era: ¿por qué? ¿Por qué había obligado a Fitz a casarse con Chessie cuando eso iba directamente en contra de todo aquello por lo que había estado trabajando? Dev no alcanzaba a comprenderlo. No tenía ningún sentido en absoluto que Susanna no aprovechara la ventaja de la ruina de Chessie para proclamar su victoria, y para reclamar su dinero, claro estaba.

—¿Me he perdido algo? —preguntó educadamente—. ¿Acabas de obligar a Fitz a casarse con Chessie cuando desde el principio lo único que pretendías era separarlos? —arqueó las cejas—. ¿Has decidido dejar de ser una rompecorazones para convertirte en casamentera?

Susanna se encogió de hombros. Era imposible descifrar sus sentimientos a través de su expresión. Lo único que veía Devlin en sus ojos era que deseaba que se fuera al infierno. Susanna se volvió hacia la ventana y se concentró en el paisaje de las calles londinenses. Aquélla era una de sus tácticas cuando quería evitar su mirada y rehuir preguntas incómodas. Pues bien, iba a necesitar mejorar su estrategia, porque todavía tenía algunas preguntas difíciles que hacerle.

—Ya era demasiado tarde para intentar aprovecharme de la situación —respondió Susanna sin mirarle—. Tú mismo has dicho que terminaría averiguándose la verdad.

—Tonterías —respondió Dev. Su primer sentimiento era de profunda estupefacción. Pero también de frustración—. Podrías haber capitalizado el rechazo de Fitz a Chessie y haberte atribuido los méritos. Podrías haber ido directamente a los duques, haber tomado tu dinero y haber salido huyendo. Pero, en cambio, has obligado a Fitz a ofrecer matrimonio a mi hermana. Y en el proceso, has perdido todo aquello por lo que habías luchado —sacudió la cabeza—. ¿Es que no te das cuenta?

Susanna le dirigió una mirada fugaz. Tenía las mejillas sonrojadas y su expresión era tormentosa.

—Claro que me doy cuenta. No soy estúpida.

Se frotó la frente. Parecía de pronto tan cansada que Dev deseó agarrarla de la mano y arrastrarla hacia él. Por asombroso que pudiera parecer, el caso era que Chessie había recurrido a Susanna cuando más lo necesitaba y Susanna había respondido. Le sorprendía y, al mismo tiempo, le complacía la compasión que había demostrado Susanna. Pero no estaba seguro de comprender a las mujeres.

—¿Por qué? —repitió. Se inclinó hacia delante—. ¿Por qué lo has hecho, Susanna?

Vio que Susanna se estremecía. Estaba pálida y tenía el rostro muy tenso, como si no anduvieran muy lejos las lágrimas provocadas por tanta tensión y agotamiento. Cuando el coche llegó a Curzon Street, se hizo evidente que no pensaba ofrecer una respuesta.

–No vengas conmigo, Devlin –le pidió mientras apoyaba la mano en la puerta del carruaje–. Ahora tengo que hacer el equipaje y marcharme. Esta casa pertenece a los duques y dudo que siga siendo bienvenida en ella.

–Por supuesto que voy a ir contigo. Tenemos que terminar esta conversación.

Susanna le dirigió una mirada profundamente irritada desde sus gloriosos ojos verdes.

–La conversación ya ha terminado, Devlin. Todo ha terminado.

Buscó nerviosa dinero en el bolso para pagar al conductor. Dev se adelantó y le tendió al hombre una moneda suficientemente valiosa como para hacerle inclinar su sombrero con respeto, y agarró a Susanna del brazo.

Susanna le rechazó. Devlin podía notar su tensión, pero también algo más. Una tristeza inmensa que estaba intentando ocultar de forma desesperada. Quería deshacerse de él. Lo deseaba con todas sus fuerzas. Devlin lo notó y no quiso forzarla. Comprendió en aquel momento que tenía que haber alguna relación entre lo que le había ocurrido a Chessie y algo que le había ocurrido a la propia Susanna. Ésa era la única explicación con sentido. Y sabía también que lo que Susanna le estaba ocultando era la última pieza de un rompecabezas. Una pieza de la que todavía no le había hablado.

La urgencia lo acosaba. Tenía que averiguar la verdad.

–Antes de irme, le he pedido a John que acompañara a Chessie a casa. Deberías ir a hacerle compañía, Devlin. Te necesita.

–Gracias por cuidarla –le agradeció Dev–. Pero no iré a Bedford Street hasta que no hayamos terminado esta conversación –le sonrió–. Me temo que tus tácticas disuasorias no te han funcionado en esta ocasión, Susanna. Continúo queriendo saber por qué has obligado a Fitz a casarse con mi hermana.

Advirtió que Susanna apretaba con fuerza los labios al comprender que no iba a renunciar. La vio desviar la mirada y juguetear nerviosa con el bolso.

–Si de lo que tienes miedo es de que vuelva a escapar, te prometo que no te negaré la anulación. No tienes por qué mantenerme bajo vigilancia.

–En este preciso momento –respondió Dev, al límite de su paciencia–, lo último que me importa es la anulación de nuestro matrimonio.

Estaba exasperado. Señaló la puerta.

–¿Entramos o seguimos hablando en la calle, Susanna?

Susanna respiró con fuerza.

–Eres insoportablemente insistente.

–Y tú sorprendentemente evasiva –replicó Dev.

La agarró del brazo, entró en la casa con ella y la condujo al salón. La puerta se cerró tras ellos.

–Dime, Susanna, ¿por qué lo has hecho? ¿Por qué has salvado a Chessie?

Susanna se acercó al diván y dejó en él el sombrero y los guantes. Se volvió inmediatamente y su mirada fue suficiente para hacer que a Dev le diera un vuelco el corazón. Él creía que continuaría dándole largas, que intentaría pasar por alto aquel asunto como si no tuviera ninguna importancia, cuando él sabía que la tenía toda. Pero en aquel momento, comprendió lo equivocado que estaba. El dolor que la situación de Chessie había hecho aflorar era demasiado intenso como para ser negado. La vio entrelazar los dedos con tanta fuerza que sus manos palidecieron. Parecía a punto de quebrarse, como si no fuera capaz de soportar tanta tensión.

Dev se movió instintivamente hacia ella.

–Susanna…

–Sé lo que es estar sola y embarazada –dijo Susanna de pronto.

Hablaba con voz tan queda que Dev apenas la oía. Tenía la cabeza inclinada y aunque Dev buscaba sus ojos, no le miraba.

–Sé lo que se siente al estar tan sola y asustada como lo estaba Chessie –le tembló ligeramente la voz–. Es terrible sentirse tan perdido, no tener a quién recurrir. No quería que tu hermana tuviera que pasar por algo así.

Le miró por fin a los ojos y Dev se encogió por dentro ante el vívido dolor que descubrió en ellos.

–Yo perdí a nuestro hijo, Devlin –confesó con los ojos llenos de unas lágrimas que no llegó a derramar–. Así que ahora ya lo sabes todo.

Capítulo 17

Susanna esperaba el enfado de Devlin. Esperaba que le exigiera una explicación. O que diera media vuelta y se marchara. Pero Devlin no hizo ninguna de esas cosas. En cambio, se acercó hasta ella, tomó sus manos heladas entre las suyas y la urgió a sentarse en el diván.

—Deberías sentarte —le dijo con voz queda.

Susanna sentía el calor reconfortante de sus manos. Un calor que parecía abrirse paso a través de la gélida tristeza que la envolvía y conseguía proporcionarle consuelo. Dev le estrechó brevemente las manos y se alejó de ella. Susanna le oyó pedirle a Margery, con exquisita educación, una taza de té. Casi inmediatamente, estaba a su lado. Y en todo momento, Susanna, asustada, iba achicándose ante la verdad, ante el miedo al dolor que estaba a punto de desenterrar. Sabía que Devlin la odiaría por haberle abandonado y por haber perdido a su hijo. Cerró los ojos y tomó aire. Y sintió un alivio inmenso cuando Devlin volvió a tomar su mano y entrelazó los dedos con los suyos.

—¿Puedes contarme lo que ocurrió?

Susanna asintió. No tenía sentido seguir guardando secretos. Había perdido todo aquello por lo que había luchado. Sus sueños de construir una nueva vida para Rose y para Rory estaban rotos. Era preferible contarle a Devlin toda la verdad, sin ocultarle nada.

—Yo...

Tenía la voz enronquecida por las lágrimas. Ni siquiera sabía por dónde comenzar.

—Toma.

Llegó el té en aquel momento. Devlin le puso la taza entre las manos.

—El té es lo mejor en estas situaciones.

—Eso es lo mismo que le he dicho yo antes a Chessie —recordó Susanna.

Dev sonrió.

—Es posible que hasta yo quiera una taza. Es un brebaje repugnante, pero sus propiedades reconstituyentes son de sobra conocidas.

Susanna tomó un sorbo de aquel líquido ardiente y sintió que su mundo comenzaba a enderezarse. Alzó la mirada. Dev la observaba con aquellos ojos intensamente azules. Podía ver las líneas de tensión y tristeza de su rostro, pero no había en él ni enfado ni acusación alguna.

—¿Desde el principio?

Susanna asintió. El principio... Dejó la taza con mucho cuidado. Le temblaban tanto las manos que temía derramar el té.

—El principio fue la mañana que siguió a nuestra boda. Decidí entonces que lo mejor era confesarle toda la verdad a tu primo y pedirle ayuda, así que fui a Balvenie con intención de hablar con él —Devlin pareció a punto de decir algo, pero continuó en silencio—. Desgraciadamente, lord Grant no estaba allí, aunque sí su esposa. Ella ya había mostrado cierto interés anteriormente en mis asuntos, así que la consideraba una amiga.

Se mordió el labio. Era ridículo arrepentirse de los errores de la juventud, pero los recuerdos continuaban acosándola.

–Le conté todo a lady Grant, pensando que nos ayudaría.

Dev cambió de postura. La expresión de sus ojos sugería que probablemente conocía a Amelia Grant mucho mejor que ella.

–Supongo que no te sorprenderá saber que, lejos de ofrecerme su apoyo, lady Grant me dijo que había hecho algo terrible al escaparme contigo –jugueteó con los flecos de uno de los cojines, enredándolos en sus dedos–. Más que enfadada, parecía muy triste, y me hizo sentirme terriblemente avergonzada. Me dijo que lord Grant te había conseguido una comisión en la Marina, que saldrías a la mar y que tu hermana dependía de la paga que te proporcionaran. Insistió en que para lord Grant sería una gran decepción que rechazaras una oportunidad como aquélla.

Alzó la mirada y vio que Dev continuaba observándola con tanta pena y arrepentimiento que le desgarró el corazón.

–Dijo que no podías permitirte el lujo de mantener a una esposa y que si de verdad te amaba, debería marcharme, fingir que todo había sido un error y liberarte para que pudieras forjarte una carrera y convertirte en el hombre que tu familia quería que fueras –tragó con fuerza–. Me sentía ridícula, culpable. De modo que hice exactamente lo que me pidió. Hui.

Dev sacudió la cabeza bruscamente.

–Quería llevarte conmigo –tenía la voz ligeramente ronca–. Sé que debería habértelo dicho, pero apenas hablábamos de nuestros planes.

–Éramos jóvenes –Susanna esbozó una débil sonrisa–. No creo que las conversaciones o los planes de futuro fueran nuestra mayor preocupación –dijo con pesar. Tomó aire–. En aquel momento, no me pregunté por qué pretendía interferir lady Grant en nuestra relación, pero con los años, comencé a comprender cómo funcionaban ese tipo de asuntos y me pregunté si en realidad no te querría para ella —se interrumpió y miró a Dev.

Dev esbozó una mueca.

—Amelia nunca intentó seducirme. Pero a veces, yo me preguntaba si tenía celos de mí —se pasó la mano por el pelo—. Alex era muy generoso conmigo, y creo que a Amelia le molestaba. Le molestaba que me dedicara tanto tiempo y dinero. Fue Amelia la que le pidió que me comprara mi comisión en la Marina. Y también fue ella la que encontró a una anciana tía para que se hiciera cargo de Chessie —sonrió con cinismo—. En aquella época, yo pensaba que era porque quería ayudarnos. Con el tiempo, me di cuenta de que lo único que quería era la atención exclusiva de Alex. Nos quería lejos de sus vidas. De modo que lo organizó todo con la misma frialdad con la que se deshizo tan cruelmente de ti.

Susanna volvió a tomar la taza. La porcelana había perdido el calor, pero aun así, presionó con fuerza, como si quisiera absorber hasta la última gota.

—Sé que no debería haberle hecho caso, pero entonces era muy joven y temía las consecuencias de lo que había hecho —tragó lo que sentía como un nudo enorme en la garganta—. Lo siento mucho, Devlin.

Dev tomó la taza y la dejó en la mesa con firmeza para poder entrelazar los dedos de Susanna con los suyos.

—Amelia es la única culpable. No tienes por qué culparte a ti.

Susanna negó con la cabeza.

—¿Te acuerdas de lo que te conté de John Denham? En ese momento, te dije que si realmente hubiera querido a su prometida, no habría habido nada sobre la tierra tan fuerte y poderoso como para separarlo de su amada. Sin embargo, yo me alejé de tu lado.

Se interrumpió, pero Dev continuaba en silencio, y Susanna pensó que era una manera de darle la razón.

—Regresé a casa de mis tíos y te escribí para decirte que

todo había sido un terrible error. Te supliqué que no vinieras tras de mí y te dije que conseguiría la anulación de nuestro matrimonio. Después, intenté comportarme como si nada hubiera pasado. Pero…

Volvió a interrumpirse y en aquella ocasión, Dev terminó la frase por ella.

—Pero estabas embarazada —dijo con voz dura.

Susanna se estremeció. El frío volvió a envolver su corazón.

—Sí —susurró—. Fui una ingenua por no haber pensado siquiera en ello.

—Tenías diecisiete años —contestó Dev con la misma dureza—. Eras inocente. ¿Cómo no ibas a ser ingenua? —le apretaba las manos con tanta fuerza que le dolía—. Debería haber pensado… pero yo era tan ingenuo como tú. Y no estuve a tu lado para protegerte.

Con una punzada de dolor, Susanna comprendió que, lejos de culparla, se estaba culpando a sí mismo. Aquella reacción encendió una cálida emoción en su pecho y volvió a llenarle los ojos de lágrimas.

—No creo que tengas nada que reprocharte, Devlin. Fui yo la que te abandoné.

—No vamos a discutir ahora por eso —replicó Dev y, por primera vez, apareció un indicio de sonrisa en su mirada que iluminó la débil llama que había prendido en el interior de Susanna—. ¿Qué ocurrió cuando tus tíos se enteraron de la verdad?

Huyó de nuevo el calor y Susanna volvió a sentirse enferma y aterida.

—No me di cuenta de lo que ocurría hasta cuatro meses después —contestó—. En aquella época era una jovencita ciega y asustada. Tenía tanto miedo que me negaba a admitir lo que me ocurría. Después… Bueno, supongo que puedes imaginártelo. Mis tíos se quedaron estupefactos. Ni siquiera sabían que me había casado. De hecho, estaban planeando casarme con el reverendo del pueblo. Mi embarazo acabó con sus planes.

—Supongo que eso supuso un gran inconveniente para ellos —respondió Dev con voz dura—. ¿No pensaron en ningún momento en ti? ¿En cómo te sentías?

—La verdad es que no —admitió Susanna.

Sus tíos eran personas muy severas, cumplidores de su deber y preocupados siempre por las apariencias. Su conducta les había horrorizado.

—¿Te echaron de casa? —preguntó Dev. Parecía no dar crédito—. Yo creía que eran buenas personas. Un poco estrechos de mente, quizá, pero no crueles.

Susanna negó con la cabeza.

—Eran dos personas muy convencionales. No olvides que se habían quedado conmigo porque mi madre no podía mantenerme. Me habían dado una vida mejor que la que esperaba, por eso consideraron mi fuga como un acto de rebeldía y desagradecimiento después de todo lo que habían hecho por mí. Pero nunca supe que te habían dicho que había muerto. Me parece algo terriblemente cruel —volvieron a llenársele los ojos de lágrimas—. Querían que me marchara después de dar a luz a mi hija. Después, tendría que renunciar a ella. No volvería a verla nunca más.

Su voz sonaba rota, sin que pudiera hacer nada para evitarlo. Las lágrimas le constreñían la garganta.

—¿Era una niña?

Dev se movió incómodo, le soltó las manos, se levantó y se alejó ligeramente de ella.

Susanna se sintió perdida sin el consuelo de aquel contacto. Sabía que aquél era el momento que tanto había temido. Devlin no sería capaz de volver a sentir compasión por ella cuando supiera que había sido su imprudencia la que había provocado la muerte de su hija. Su desolación sería tan profunda como la suya. Y ella era la única culpable.

—Se llamaba Maura.

Podía sentir el frío filtrándose por su piel, haciéndole estremecerse. La oscuridad acechaba en los rincones de su mente, amenazando con apagar toda luz.

–Un nombre muy bonito –Dev no sonrió.

–Murió –dijo Susanna precipitadamente. Las palabras salían de sus labios desgarradas y confusas–. No quería renunciar a ella. Dijeran lo que dijeran… No podía. Entonces me echaron de casa. Yo no sabía qué hacer. Estaba embarazada y sola.

Dev no pronunciaba palabra. Estaba muy pálido y con la boca convertida en una dura línea, como si sufriera un profundo dolor.

–Intenté localizarte. Fui a Leith, al fuerte, pero me dijeron que te habías embarcado hacia Portsmouth –se interrumpió para tomar aire.

¿Qué podía importarle a Dev que hubiera ido a buscarle tanto tiempo después y sólo porque no tenía ningún otro lugar a donde ir? Pero la realidad había sido muy distinta. Ella continuaba queriéndole desesperadamente. Le necesitaba. Llevando al hijo de Dev en su interior había sentido el amor y la admiración florecer dentro de ella, más fuertes que el miedo y que cualquier otro sentimiento. Había encontrado la fe que le había faltado cuando había huido de su lado al día siguiente de su matrimonio. Pero aquellos sentimientos habían despertado demasiado tarde.

–Fui a Porstmouth, pero ya era tarde. Demasiado tarde.

–Me asignaron un barco en cuanto llegué. Salí a navegar esa misma semana.

Susanna asintió.

–Sí, eso fue lo que me dijeron.

–¿Les dijiste que eras mi esposa? –preguntó Dev.

–Devlin, estaba embarazada de seis meses, sucia y en la miseria –esbozó una mueca–. Tuve la impresión de que habrían oído muchas historias como la mía.

Dev sonrió con pesar.

–Sí, supongo que sí –desapareció su sonrisa–. ¿Qué hiciste después?

–Regresé a Edimburgo. Sabía que tenía que encontrar trabajo para comer, pero estaba demasiado débil. Terminé enferma, viviendo en una habitación de una casa de vecinos –se estremeció y se frotó los brazos, como si quisiera aliviar el frío de su interior–. Era un lugar frío y húmedo y las enfermedades estaban a la orden del día. Contraje unas fiebres y perdí al bebé –terminó con una voz carente de toda emoción–. Nació a los siete meses, pero estaba muerta. Creo que, en el fondo, yo ya lo sabía, pero esperaba, con todas mis fuerzas, que pudiera sobrevivir. Desgraciadamente, no fue así. Era demasiado pequeña, estaba demasiado débil y no pude salvarla.

Se interrumpió. Sabía que Dev no deseaba oír lo ocurrido y a ella ya no le quedaban fuerzas para continuar. Estaba helada y estremecida de dolor. Un dolor que invadía todo su ser y condenaba a su corazón a la oscuridad.

Miró entonces a Dev. Tenía el rostro tenso de dolor. Los ojos parecían no estar viendo nada. Susanna sentía la intensidad de su tristeza. La tristeza de un hombre que acababa de enterarse de la muerte de una hija cuya existencia desconocía hasta entonces.

–Lo siento –susurró con impotencia, consciente de lo inadecuado de sus palabras y odiándose por ello–. Lo siento mucho.

Dev volvió a mirarla con tanta dureza que Susanna estuvo a punto de gritar.

–¿Por qué? –parecía enfadado–. Tú no tuviste la culpa de enfermar, ni de que Maura muriera. Habías vuelto a tu casa. Habías intentado encontrarme. Habías hecho todo lo posible por…

Se interrumpió como si no fuera capaz de continuar. Susanna quería acariciarle, ofrecerle consuelo. Pero la contenida calma de su tristeza se lo impedía.

—Siento todo lo que ocurrió. Y siento todavía más que hayas tenido que enterarte de la muerte de Maura, y de no haber sido capaz de hacer nada para evitarla.

Vio que Dev alargaba la mano hacia ella con un gesto con el que parecía querer dar y recibir consuelo. El corazón le dio un vuelco. Pero antes de que hubiera podido estrechar aquella mano, Dev la dejó caer. Su expresión se tornó inescrutable y Susanna supo que se había alejado definitivamente de ella. No, no se había equivocado. Jamás podría perdonarle la pérdida de su hija y ella no podía reprochárselo.

—Ahora todo cobra sentido. Tu trabajo en la tienda, tu pobreza... —sacudió la cabeza—. ¿Por qué no me dijiste la verdad, Susanna? ¿Por qué preferiste fingir que me habías dejado para buscar un marido rico?

—Tenía un encargo de los duques de Alton. No podía decirte la verdad y arriesgarme a echarlo todo a perder. Necesitaba el dinero. No era sólo para mí... —se interrumpió.

Dev pareció tan impactado por la noticia que resultaba hasta cómico. En otras circunstancias, Susanna habría reído al verle con aquella expresión.

—¿Tienes hijos? Pero yo pensaba... —entonces fue él el que se interrumpió bruscamente.

Susanna sabía lo que estaba pensando. En contra de toda evidencia, la había creído cuando le había dicho que no había vendido nunca su cuerpo. Y al parecer, también había dado por sentado que había sido fiel a los votos matrimoniales. No pudo menos que sentir un ligero consuelo ante aquella demostración de confianza en ella.

—No son hijos míos. Eran los hijos de una amiga. Están internados, pero soy yo la que paga las facturas —se aclaró la garganta—. Le prometí a su madre que los cuidaría, y eso es lo que estoy haciendo.

Dev parecía tan asombrado como si acabaran de tirar de la alfombra que tenía bajo sus pies.

–¿Quién era su madre?

Se mesaba los cabellos mientras hablaba, despeinándolos inconscientemente y acentuando así su expresión de estupefacción.

–Se llamaba Flora. Era mi amiga, y murió en un hospicio.

Dev la miró a los ojos.

–Y asumiste la responsabilidad de cuidar a los hijos de otra mujer –repitió suavemente.

–Había perdido a Maura.

Intentaba encontrar las palabras que pudieran justificar su decisión. Durante muchos años, había mantenido todo aquello en secreto. Había enterrado el dolor en lo más profundo de ella y no había permitido que saliera nunca a la luz.

–No había conseguido salvar a Maura, pero juré que no les fallaría a Rory y a Rose. Prometí que siempre los cuidaría.

–Y lo hiciste –había un deje extraño en la voz de Dev–. Entonces, el dinero… –parecía estar comprendiendo todo de pronto–. Ésa era la razón por la que querías el dinero, y por la que estabas tan desesperada por mantener la farsa de tu compromiso con Fitz. Por eso intentaste comprar mi silencio –la agarró por los hombros–. ¡Maldita sea, Susanna! –parecía furioso de pronto–. ¿Hay algo más que no me hayas contado?

Le clavaba los dedos en los hombros y sus ojos resplandecían.

–¿Has encontrado algún perverso placer en hacerme pensar lo peor de ti?

–No. Yo no pretendía…

No pudo continuar porque Devlin ya estaba besándola apasionadamente, con una desesperación hambrienta. Por un instante, el corazón de Susanna pareció expandirse. Susanna dejó que el deseo la invadiera, que el calor recorriera sus venas como un fuego de tormenta.

–Tengo deudas –añadió cuando Devlin abandonó sus labios–. Eso es algo que no te había dicho. Y hay alguien en Londres que sabe quién soy y está intentando chantajearme. Pero le pedí al señor Churchward que me ayudara con ese asunto. Además, ahora que se ha descubierto la verdad, ya no me importa.

Dev emitió algo parecido a un gemido, volvió a estrecharla en sus brazos y la besó con fiereza.

–Yo pensaba que eras una aventurera –musitó contra sus labios–, y de pronto descubro que necesitas más protección que un niño.

–Puedo cuidar de mí misma –se defendió Susanna–. Y en cuanto anulen nuestro matrimonio, todo esto dejará de ser una carga para ti.

Los ojos de Dev se tornaron de un azul sombrío.

–En eso he cambiado de opinión. No habrá anulación.

A Susanna se le cayó el alma a los pies.

–¡Pero estábamos de acuerdo! ¡No puedes cambiar ahora de opinión!

–Acabo de hacerlo –sonrió–. Y me temo que, legalmente, no puedes hacer nada al respecto. Eres mi esposa y lo seguirás siendo.

Susanna le miraba de hito en hito. La furia y la confusión se debatían en su interior. Todo aquello era tan repentino, tan inesperado… Dev le estaba diciendo todo lo contrario que la noche anterior.

–Pero no puedes cambiar de opinión –farfulló–. Además, ¿por qué quieres estar casado conmigo?

–Porque te deseo –respondió Dev.

Deslizó el dedo pulgar por su labio inferior con la más erótica de las caricias, una caricia que Susanna sintió hasta en el último rincón de su cuerpo.

–Eres mi esposa y te quiero en mi cama. De esa forma –añadió–, me aseguraré de mantenerte tanto a ti como a los mellizos. Pienso cumplir con mi deber. Ahora eres responsabilidad mía. Necesitas protección y yo voy a dártela.

El frío volvió a instalarse en el corazón de Susanna. Deber. Responsabilidad. Protección. Era consciente de que Dev quería protegerla para expiar las culpas del pasado. Era admirable, y más incluso de lo que Susanna se habría atrevido a pedirle nunca. Sobre todo, teniendo en cuenta que nada de lo sucedido había sido culpa suya. Pero cuanto más tiempo pasaba junto a Dev, más peligroso se le antojaba todo. Había vuelto a enamorarse de él siendo plenamente consciente de que Dev jamás la amaría a ella. Ocuparía el lecho de Dev, satisfaría su lujuria y después él la abandonaría para volver al mar. Se marcharía y no volvería a verle nunca jamás. Y le quería tanto que aquello la destrozaría. Susanna volvió a sentir aquella sensación en el estómago que había experimentado cuando, a los cinco años, su madre le había dicho que tenía que separarse de ella, que tenía demasiadas bocas que alimentar y no le quedaba otro remedio que enviarla a casa de sus tíos. Entonces, Susanna había perdido a su familia. Y aquélla había sido la primera de otras muchas pérdidas. Se estremeció al recordar el cuerpo sin vida de Maura. Antes o después, volvería a perder a alguna de las personas a las que amaba. Así eran las cosas. Ya había perdido a Devlin en una ocasión y no podía permitir que volviera a ocupar un lugar en su vida porque estaba comprometido con la Marina. Se marcharía y quizá nunca volviera. Otra separación definitiva acabaría con ella. De modo que era mejor marcharse antes de que fuera demasiado tarde.

El frío y el miedo a la pérdida parecieron congelar hasta el último rincón de su corazón.

—No voy a ir contigo —respondió, obstinada—. No quiero estar casada contigo. Estuvimos casados y no funcionó, y prefiero aprender de mis errores.

Dev la miró. En sus ojos azules brillaba una sonrisa que

tuvo un efecto extraño en el precario equilibrio de Susanna.

–Sigues siendo mi esposa –le recordó con delicadeza–, y me obedecerás aunque tenga que llevarte a rastras.

–¡Por encima de mi cadáver! –exclamó Susanna, furiosa por su arrogancia–. ¿Cómo te atreves a reclamar tus derechos maritales, Devlin?

Devlin le dirigió una de esas miradas que encendían su pasión.

–Cuando los he reclamado en otras ocasiones, no has puesto muchos inconvenientes.

–¡Eso era diferente! –protestó Susanna furiosa.

Dev se encogió de hombros.

–La fuerza bruta no es mi estilo –musitó–. Prefiero el encanto y la persuasión. Pero cuando fallan –la levantó en brazos con una facilidad insultante–, no me queda otra opción. Margery enviará tus maletas –le susurró al oído–. Pero ahora, vas a venir conmigo.

Dev abrazaba a Susanna mientras el carruaje recorría la corta distancia que los separaba de Bedford Street. Una vez que había aceptado acompañarlo, Susanna se había mostrado muy altiva y digna y, en aquel momento, permanecía rígida entre sus brazos. Aun así, Dev continuaba disfrutando de su abrazo. Y mucho, de hecho. Estaba deseando besarla y sentir cómo aquella tensión se derretía y Susanna se estrechaba contra él. Pero, sobre todo, quería ofrecerle consuelo. Quería ser capaz de hacer desaparecer la tristeza que percibía en su interior. Era una sensación nueva, algo impropio de él. Siempre había tenido muy claro lo que quería recibir y dar cuando estaba con una mujer y el consuelo y la tranquilidad no formaban parte de ello. Sin embargo, en aquel momento, sabiendo lo mucho que le había costado a Susanna hablarle de la terrible pérdida de su hija, tras comprender lo mucho que había sufrido, quería abrazarla y no dejarla marchar.

Maura. La amargura de aquella pérdida le atenazaba la garganta. Era consciente de hasta qué punto se había desplegado la tragedia desde el instante en el que, haciendo gala de una gran irresponsabilidad, se había fugado con ella. Amelia, resentida contra él y deseando venganza, Susanna, joven, temerosa de lo que había hecho, e intentando cumplir con su deber. Sus tíos repudiándola y ella luchando para sobrevivir. Sentía enfado y resentimiento contra todo aquello que les había separado, pero sabía que ambas reacciones, aunque naturales, no tenían ningún sentido. Lo harían mejor en aquella ocasión, se prometió. Y nada se interpondría entre ellos.

Miró el semblante pálido de Susanna. Apenas estaba comenzando a comprender a aquella mujer tan complicada e independiente con la que se había casado nueve años atrás. Sabía por fin lo duramente que había tenido que luchar contra todo, cómo había sobrevivido a una tragedia que había estado a punto de acabar con ella, cómo había encontrado el amor y la responsabilidad para hacerse cargo de dos niños huérfanos, porque ella era todo lo que tenían. Se sentía orgulloso de ella. Era valiente, fuerte y la admiraba en lo más profundo. Por un breve instante, presionó los labios contra su pelo y la sintió moverse entre sus brazos. Susanna le miró a los ojos. Dev vio en ellos algo que hizo que el estómago le diera un vuelco. Un sentimiento completamente desconocido aguijoneó sus sentidos.

—Ya estamos en casa.

Acababan de llegar a la casa que Alex Grant poseía en Londres. Se aclaró la garganta, sintiéndose de pronto confundido, inseguro. Como si estuviera al borde del abismo.

Susanna le dirigió una mirada insondable.

—En ese caso, me gustaría bajar y entrar en la casa sin tu ayuda, Devlin. No tienes por qué llevarme en brazos. No voy a salir huyendo y prefería que lord Grant y lady Grant me vieran entrando por mi propio pie.

Dev disimuló una sonrisa.

—Por supuesto —contestó muy serio.

Le tendió la mano para ayudarla a bajar del coche y la condujo al interior de la casa, preguntándose cómo iba a abordar con Alex y Joanna el hecho de que Susanna y él necesitaban un techo sobre sus cabezas durante una temporada.

Afortunadamente, Joanna les puso las cosas muy fáciles, porque en cuanto salió a recibirles al vestíbulo, le tendió ambas manos a Susanna.

—¡Lady Carew! —exclamó—. Chessie nos ha contado todo lo que habéis hecho para ayudarla —miró a Dev y después a Susanna con una expresión sospechosamente luminosa—. Pobrecilla. Me hubiera gustado que confiara en mí, pero me alegro de que haya recurrido a vos.

Un pequeño ceño oscurecía su frente. Dev sabía que se estaba preguntando por qué demonios había ido Chessie a pedir ayuda a Susanna, pero era demasiado educada como para preguntarlo.

Susanna también había recuperado su aplomo.

—Espero que el marqués de Alton haya presentado sus respetos.

—Hace una hora estuvo por aquí —contestó Joanna, perpleja—. Debo admitir que ha sido muy elegante. Chessie está muy contenta. Se casarán la semana que viene —volvió a interrumpirse y añadió con dureza—: Es una pena que sea un sinvergüenza. En realidad, me habría gustado que Alex le sacara de esta casa a latigazos, pero supongo que no habría sido lo más conveniente.

—No, por tentador que suene, no habría sido la mejor forma de comenzar un matrimonio —le aseguró Devlin.

—Supongo que a ti te entraron ganas de hacerle algo mucho peor.

—Sí, quería retarle a duelo, pero Susanna me lo impidió.

Miró sonriente a Susanna y vio que ésta se sonrojaba ligeramente.

Joanna arqueó las cejas.

—¿De verdad? Lady Carew…

—En realidad, es lady Devlin. Susanna es mi esposa. Te pido disculpas por presentarnos aquí de esta manera, pero no teníamos ningún otro lugar a donde ir. ¿Alex está libre? Necesito hablar con él.

—Devlin… —dijo Susanna, y Dev sintió una extraña emoción al oírla pronunciar aquellas palabras en el tono en el que cualquier esposa le habría reprobado su conducta—. Lady Grant, os ruego que me disculpéis. Los hombres pueden ser muy bruscos. Van directos hacia su objetivo sin que medie ninguna explicación alguna.

—Bueno —contestó Joanna alegremente, y agarró a Susanna del brazo—, estoy segura de que podremos arreglárnoslas sin él —se volvió hacia Dev—. Alex está en la biblioteca, Devlin, pero me temo que lady Brooke está con él. De hecho, ha venido a buscarte. Al parecer, han perdido a lady Emma que, supuestamente —añadió con cierta aspereza—, era tu prometida.

Se volvió hacia Susanna.

—Perdonadme, lady… Devlin, ¿pero vuestro matrimonio ha sido algo reciente?

—Llevamos nueve años casados —contestó Devlin.

Vio que Susanna se ruborizaba con más fuerza. Comprendió entonces que estaba nerviosa y sintió la inmediata necesidad de protegerla. ¿Quién habría pensado que su aguerrida aventurera pudiera sentir la menor timidez? Aquella idea le hizo sonreír. Fue entonces consciente de que la estaba mirando como un joven ingenuo deslumbrado por la belleza de una mujer y rápidamente cambió de expresión.

—¿Has dicho que han perdido a Emma?

—Por lo visto se ha fugado a Gretna Green —contestó Joanna, haciendo esfuerzos para no sonreír—, y con un hombre muy peligroso: Tom Bradshaw –sacudió la cabeza–. Lady Brooke no estaba muy contenta.

–¿Emma se ha fugado? –preguntó Dev con incredulidad.

–Hace tres días –confirmó Susanna–. Pero lord y lady Brooke acaban de enterarse –sacudió de nuevo la cabeza–. Pensaban que estaba encerrada en su habitación porque le dolía la cabeza.

–Dios santo –musitó Dev.

En ese momento, se abrió la puerta de la biblioteca y apareció lady Brooke seguida de Alex Grant, patentemente agobiado.

–¡Devlin!

La condesa de Brooke se dirigió a Devlin por su nombre por primera vez desde que éste podía recordar.

–Había enviado a buscarte –apretó los labios–. ¡Es increíble, Devlin, Emma se ha fugado con un hombre que trabaja para ganarse la vida!

–¿Podría sugeriros que volvamos a la biblioteca? –intervino Alex–. Allí estaremos más cómodos que en el vestíbulo.

Joanna se volvió hacia Susanna.

–Lady… Ah –advirtió el riesgo antes de caer en él–. Susanna, ¿te gustaría tomar un té conmigo mientras los demás tratan este asunto?

Dev tomó la mano de Susanna.

–Joanna se ocupará de ti –dijo, y bajó la voz–. Pronto estaré de nuevo contigo.

Susanna asintió. Por un instante, cerró los dedos alrededor de los de Devlin y éste deseó abrazarla para aliviar sus miedos.

–Todo saldrá bien –le aseguró.

Susanna sonrió tímidamente y asintió.

Lady Brooke contempló aquel intercambio con el ceño fruncido.

–Emma me dijo que conocías a esta mujer –comentó en un tono muy desagradable. Se volvió hacia lord Grant–. No confiéis en ella. Es una aventurera.

–Vamos a la biblioteca –respondió Alex precipitadamente, al reparar en la expresión tormentosa de Devlin–. Lamento la ruptura de tu compromiso, Devlin –añadió con el semblante impasible–. ¿Joanna te ha puesto al tanto de la noticia? –miró a la condesa–. Al parecer, lady Emma y el señor Bradshaw se fugaron a Gretna hace varios días, pero lord Brooke y lady Brooke no han reparado en su ausencia hasta hoy.

–¡Creía que Emma estaba enferma! –le espetó la condesa–. Obviamente, no quería molestarla. Pensaba que su doncella atendía sus necesidades.

–Al parecer, era Bradshaw el que estaba atendiendo sus necesidades –musitó Alex en voz baja, para que sólo Dev pudiera oírle.

Lady Brooke se frotó la frente, ladeando involuntariamente su turbante.

–¿Dónde ha podido conocer a una persona como Bradshaw? –preguntó en tono autoritario–. ¿Y por qué va a querer casarse con él? Es hijo ilegítimo y no tiene dinero. Es peor candidato que tú –le dirigió a Dev una mirada acusadora–. No puedo imaginarme cómo ha podido desarrollar el gusto por tan bajas compañías –abrió su bolso–. En cualquier caso, no tengo nada que añadir. No puedo decir que lamente haberte perdido como yerno, Devlin, aunque la alternativa es infinitamente peor.

Sacó una carta del bolso y se la tendió a Dev.

–El mayordomo me ha informado de que dejaste esta carta para Emma hace varios días. Me temo que no va a poder leerla, de modo que es preferible que te la devuelva. Adiós, Devlin –miró a Alex–. Lord Grant.

Dev tomó la carta sonriendo ligeramente.

–Espero que Emma tenga suerte –dijo cuando lady Brooke cerró la puerta tras ella–. Porque va a necesitarla.

–¡Bradshaw es un hombre peligroso! –comentó Alex–. Farne ha estado persiguiéndole desde que intentó matar a Merryn y ahora se fuga con una rica heredera –sacudió la cabeza–. Creo que no volveremos a tener noticias suyas –fijó la mirada en la carta–. A veces tienes una suerte endiablada...

–Lo sé –contestó Dev–, Sobre todo desde que he recuperado a mi esposa. ¿Quieres un brandy? –sugirió al ver la expresión de su primo–. Ya sé que es pronto, pero a veces no basta con algo menos fuerte.

Capítulo 18

–Lo siento mucho –dijo Joanna Grant, abriendo los ojos con expresión de disculpa–. Pero me temo que no me queda otra habitación en la que instalaros. Lady Darent, una de mis hermanas, ocupa la habitación azul, Chessie está en la que era la antigua habitación de Merryn y estamos volviendo a decorar la habitación rosa… –hizo un vago gesto con la mano–. La casa es pequeña. Entiendo que quieras convencer a Devlin de que anule vuestro matrimonio, pero de momento estáis casados, así que… –le dirigió una sonrisa encantadora y se encogió ligeramente de hombros.

–Es perfecta –respondió Susanna.

Sabía que estaba mintiendo y se preguntaba por qué no estaba protestando por el hecho de que le hubieran asignado una habitación que estaba al lado de la de Devlin. La respuesta no estaba lejos de allí. Joanna Grant era adorable y parecía alterada por todo lo ocurrido. La había acogido brindándole su incondicional amistad, lo que le hacía sentirse agradecida y humilde ante ella.

–Has sido muy generosa al ofrecerme un techo. Además, no importa, porque pronto me iré de aquí –respondió Susanna, aunque le bastaba pensar en ello para que se le hundiera el ánimo.

Joanna pareció aliviada y triste al mismo tiempo.

–Bueno, me alegro de que lo veas así, ¿pero Devlin sabe que piensas irte pronto? Perdona, lo siento –añadió, al ver la expresión de Susanna–. Ya sé que eso no es asunto mío.

–Yo también lo siento –contestó Susanna. Había sido un día difícil y acechaban las lágrimas de emoción y cansancio–. Perdóname –añadió–. Pero sé que es lo mejor.

Joanna la abrazó con un gesto espontáneo.

–Sé que Devlin puede llegar a ser de difíciles entendederas. ¿Qué hombre no lo es? Al parecer, no pueden evitarlo. Pero creo, y lo creo de verdad, que te quiere.

A Susanna se le encogió ligeramente el corazón. Sabía que Devlin la deseaba, y también que quería protegerla y ofrecerles un futuro mejor tanto a los mellizos como a ella, y Susanna le quería mucho más por todo ello. Pero no era suficiente. Antes o después, Devlin le haría daño. Ella continuaría amándole, bajaría las defensas y permitiría que ese amor alcanzara todos los rincones de su alma. Después le perdería y sería insoportable. Todo lo perdía. Así funcionaba la vida. Primero había perdido a su padre siendo niña. Había ido a la guerra y no había vuelto jamás. Después, había perdido a su familia, porque su madre no podía alimentar tantas bocas. Después a Devlin, a Maura…

Tenía que desaparecer, ser fuerte y forjarse una nueva vida. Ya lo tenía todo planeado. Durante la cena, había oído que Alex le decía a Devlin que los Lores del Almirantazgo querían verle al día siguiente. Tenían que tomar una decisión sobre su reincorporación, había dicho Alex, y querían hablar de ello con él. Susanna había sentido frío, se había sentido huérfana al oír aquellas palabras, y se había sentido más sola incluso al ver que Devlin recibía con alegría la noticia. La emoción había vuelto a sus ojos. Aquél era el desafío que necesitaba. Ella le había animado a recuperar la vida de aventuras que tanto anhelaba y estaba a punto de verle marchar. Sabía que Devlin era un aventurero, un explorador que sólo revivía cuando tenía el mundo entero a su alcance. Lo comprendía, pero no podría vivir con ello, no podría vivir con la anticipación perenne de la pérdida.

De modo que al día siguiente, cuando Devlin estuviera reunido con sus superiores, se marcharía. Le pediría a Alex Grant que cuando Devlin tuviera los documentos de la anulación, se los enviara a través del señor Churchward, su abogado. Y le dejaría a este último su dirección. Él sería la única persona que conocería su paradero. También le dejaría su alianza de matrimonio a Alex, para que pagara con ella el proceso de anulación. De esa forma, Devlin sería por fin libre.

Por lo menos dormían en habitaciones separadas, pensó mientras miraba alrededor de la habitación y contemplaba la penuria de sus pertenencias. No había llave en la cerradura de la puerta que conectaba las dos habitaciones, por lo menos en su parte. Era un inconveniente, pero podría superarlo. Saber que Devlin estaba al otro lado de la puerta la atormentaría durante toda la noche, pero si iba a perderle, no quería volver a hacer el amor con él. No podría soportar sentirlo tan cerca sabiendo que sería la última vez.

Margery entró en el dormitorio para ayudarla a prepararse para la noche. Oyó después llegar a Dev, y le oyó hablar con el mayordomo, Frazer. Era un anciano y adusto escocés que resultaba bastante intimidante. A Frazer no parecía haberle sorprendido descubrir que Dev estaba casado. Lo único que había comentado cuando la habían presentado era que era exactamente lo que esperaba. Susanna no estaba segura de si aquello era bueno o malo, y tampoco podría imaginar lo que diría cuando se enterara al día siguiente de que la esposa de Dev había huido. A lo mejor también se lo esperaba.

Susanna suspiró y se metió entre las frías sábanas. Era preferible no tomar cariño a todas aquellas personas, se dijo. A Chessie, que estaba tan contenta desde que sabía que su futuro junto a Fitz estaba garantizado. A Joanna Grant, con su adorable generosidad o a Alex, incisivo pero amable, o a Shuna, una adorable criatura de tres años de la que Susanna se había enamorado nada más verla. Había visto a Dev observándola y había tenido que darle la espalda porque sabía que sus sentimientos eran demasiado evidentes. Aquellas personas no formarían parte de su futura vida. Tenía que dejarlas marchar.

Después de varias horas dando vueltas en la cama, golpeando la almohada y girándola para posar su rostro contra el frío lino, supo que no iba a poder dormir y alargó la mano para encender una vela. Un pálido resplandor iluminó la habitación.

A los pocos segundos, se abrió una rendija de la puerta que conectaba las dos habitaciones y oyó la voz de Dev.

—¿No puedes dormir?

—No —Susanna se volvió hacia él—. ¿Y tú?

—No.

Devlin avanzó hacia el interior de la habitación. La luz de la vela hacía resplandecer su pelo rojizo. Llevaba un camisón en tonos zafiro y dorados de llamativo diseño. Iba descalzo, con las piernas desnudas. Susanna parpadeó, imaginó que no llevaba nada bajo el camisón y deseó no recordar tan vívidamente lo que era sentir aquel cuerpo contra el suyo, deseó no recordar su esencia, su contacto.

Devlin se sentó al lado de Susanna, al borde de la cama.

—¿Qué te preocupa? —le preguntó.

—Todo —contestó Susanna con sinceridad—. Maura... —se interrumpió un instante y le miró a la cara—. Lo siento, Devlin, también era hija tuya.

Vio la sombra que oscureció sus ojos azules y en aquella ocasión, fue capaz de alargar la mano para acariciarle la mejilla intentando consolarle. Al cabo de unos segundos, Devlin posó la mano sobre la suya. Susanna pensó que iba a apartársela y se preparó para el rechazo, pero en cambio, Devlin se la sostuvo con delicadeza y posó los labios sobre sus dedos. Susanna sintió su respiración sobre la piel como la más liviana de las caricias.

—¿Se llega a superar alguna vez la tristeza? —preguntó Devlin.

A Susanna se le desgarró ligeramente el corazón.

—Yo aprendí a vivir con ello. Poco a poco. Lentamente.

Devlin asintió. Pasó un segundo. Otro. Susanna se sentía como si estuviera al borde de un precipicio. El calor de la mano de Dev contra la suya era muy dulce, dolorosamente reconfortante. Con el tiempo, aquel calor podría incluso aliviar el frío que le quebraba el corazón. Pero aquella vez era tiempo lo que les faltaba.

Dev le pasó el brazo por los hombros, se deslizó a su lado en la cama y le hizo acurrucarse contra él. Susanna se relajó completamente mientras se estrechaba contra él, sintiendo la caricia de la seda de su camisón y el calor que de él emanaba.

—Háblame de Rose y de Rory —le pidió Dev. El hecho de que recordara sus nombres despertó en Susanna un placer inmenso y una gran gratitud—. Estoy deseando conocerlos.

—Ahora tienen catorce años —comenzó a contarle Susanna—. Tienen el pelo castaño, pecas, y unos ojos oscuros preciosos —sonrió, conjurando el rostro de sus pequeños en la oscuridad—. Rose tiene los gustos de un muchacho. Le encanta montar a caballo, jugar y también leer y estudiar. Es una combinación interesante. Rory… —suspiró—. Durante este último año se ha convertido en un joven alto y desgarbado. Tiene mucho genio. Todo parece irritarle. Le gustará que no seas inglés —dijo, volviendo la cabeza hacia él—. No eres escocés, pero el hecho de que seas irlandés le parecerá casi igual de bueno.

La luz de la llama tembló y Susanna recordó entonces

cuál era su realidad. El corazón se le cayó a los pies. Devlin no iba a conocer a Rory y a Rose. Al día siguiente, cuando abandonara aquella casa, Susanna iría a buscar a los mellizos e intentaría explicarles por qué no había podido cumplir su promesa. Durante algún tiempo, tendrían que continuar internados en aquellos colegios que tanto odiaban mientras continuaba luchando para darles la vida que siempre había soñado para ellos. Rory, pensó, montaría en cólera. Se sintió impotente y triste al pensar en ello. La tristeza de Rose sería más contenida, pero no por ello menos dolorosa.

Pero Devlin estaba hablando otra vez.

—Estarán mejor cuando tengan un hogar estable, estoy seguro. Eso era lo que Chessie y yo ansiábamos cuando nuestro padre murió.

Continuó hablando de su infancia, contándole cosas de las que nunca habían hablado, ni siquiera cuando se habían conocido e intentaban pasar juntos cada minuto. Susanna se resistía a la sutil seducción de sus palabras. Era una tentación diferente, el deseo de pertenecer a alguien, la necesidad de formar parte de una familia. Jamás había conocido aquella sensación. Siempre había querido crear una familia para Rose y para Rory y sabía que al final lo conseguiría, pero no tomando la ruta que Devlin le ofrecía.

Las palabras de Dev conjuraban imágenes de su infancia en Irlanda y de sus primeros años en la Marina. Susanna le abrazaba con fuerza, sintiendo que el sueño la vencía. Cuando se despertó horas después, ambos estaban desnudos, abrazados en un erótico enredo. Devlin posaba la mano sobre su seno y enredaba las piernas en las suyas de tal manera que Susanna sentía su erección sobre su muslo. Y la propia Susanna despertó a las exigencias de su cuerpo en cuanto abrió los ojos y descubrió a Dev observándola con un pícaro brillo en las profundidades de su mirada. Veía también la sombra de barba que oscurecía sus mejillas. Y bastó aquella imagen para que una conciencia de sensualidad la envolviera y le acelerara el corazón.

Devlin vio el reflejo del deseo en sus ojos. Ejerció una ligera presión entre sus muslos en el mismo instante en el que acarició uno de sus pezones con el pulgar. Susanna gimió en el instante en el que atrapó sus labios con un profundo y dulce beso. Devlin inclinó después la cabeza sobre su seno y acarició deliciosamente con la mejilla la suavidad de su piel. Muy lentamente, le hizo abrir las piernas y entró en ella. Posaba los labios sobre sus senos al tiempo que la penetraba, arrastrándola en una marea de placer. Susanna deslizó las manos por su espalda y las posó en su trasero para presionarlo contra ella, deleitándose en el tacto húmedo y ardiente de su piel mientras le oía gemir y vaciarse dentro de ella.

No volvió a levantarse hasta que ya era completamente de día. Frazer estaba llamando a la puerta y advirtiéndole a Devlin que iba a llegar tarde a su cita en el Almirantazgo. Dev la besó y, por un instante, Susanna se aferró a él, sabiendo que aquélla sería la última vez. Permaneció en el cálido lecho mientras oía a Dev levantarse. Tiempo después, cuando escuchó sus pasos en la calle, se levantó y, con movimientos lentos, comenzó a hacer las maletas.

A última hora de la tarde, Dev subía corriendo las escaleras de Bedford Street y abría la puerta de par en par. Había pasado el día entero en el Almirantazgo, discutiendo los detalles de su comisión. Estaba anhelando compartir las buenas noticias. No podía tener más prisa por llegar a casa.

—¿Dónde está lady Devlin? —le preguntó a un sobresaltado mayordomo antes de que hubiera cerrado la puerta tras él.

—Ha salido, sir James —tartamudeó el hombre—. Lord Grant está en la biblioteca y quiere hablar con vos.

Frunciendo ligeramente el ceño, Dev cruzó el embaldosado del vestíbulo y llamó a la puerta de la biblioteca. Era posible que Joanna hubiera convencido a Susanna para que las acompañara a Tess y a ella a algún acto social, pero le parecía poco probable, teniendo en cuenta la problemática situación que estaba atravesando su familia. Todo el mundo estaba al tanto de la fuga de Emma, y también del precipitado compromiso de Chessie con Fitz. Fitz también había contado que Dev y Susanna estaban casados. Las habladurías por tan sabroso escándalo darían que hablar en los círculos de la alta sociedad durante meses.

Alex estaba sentado en la butaca de la ventana, leyendo la *Gazette*. Dev dejó la comisión sobre la mesa, delante de su primo.

–Quieren que me dedique a la enseñanza –le dijo–. ¡Deberías habérmelo advertido!

–Que Dios nos ampare si el Almirantazgo cree que eres la persona idónea para preparar a las futuras generaciones de la Marina. Se convertirán todos en piratas –pero sonreía y se levantó para estrecharle la mano–. Han hecho una gran elección. Tienes la habilidad, el criterio y el olfato que necesitan.

–Tendré que trasladarme a Escocia y trabajar con los escuadrones de Escocia e Irlanda. He pensado que Susanna se alegrará de poder volver a casa…

Se interrumpió de pronto al percibir el extraño ambiente que reinaba en la habitación. Algo frío se posó en su corazón.

–¿Dónde está Susanna? –preguntó–. Imagino que está fuera con Joanna y con Tess… –pero mientras pronunciaba aquellas palabras, sentía el vacío de la pérdida–. Susanna se ha ido, ¿verdad? –preguntó lentamente.

Alex asintió.

–Se ha ido esta mañana, Devlin. He intentado convencerla de que se quedara para hablar contigo, pero se ha negado –tensó los labios–. Lo siento mucho.

Dev sintió que el suelo se abría bajo sus pies. La noche anterior, pensó aturdido, había dormido abrazado a Susanna, se habían ofrecido consuelo y la había sentido muy cerca de él, unido a ella en una intimidad dulce y profunda como jamás había experimentado. Había sido una noche llena de promesas de futuro y estaba deseando darle la noticia de su traslado a Escocia, donde podrían instalarse definitivamente y crear un hogar para Rory y para Rosy. Pero Susanna no le había esperado. Había huido, como la vez anterior.

—¿Por qué? —preguntó—. ¿Por qué ha hecho una cosa así?

—Supongo que porque no le has dado una buena razón para quedarse, Devlin.

—Pero yo… —Dev bajó la mirada hacia la documentación que había dejado sobre la mesa—. Susanna sabía que quería seguir casado con ella. ¡Sabía que quería proporcionarles un hogar tanto a ella como a los mellizos!

—Pero no sabía que la amabas —contestó Alex.

Se levantó, se acercó a su escritorio y abrió el primer cajón. Dev le vio sacar un paquete.

—Me ha entregado esto esta mañana —le explicó—. Me ha dado la dirección de sus abogados para que puedas enviarle a través de ellos los documentos de la anulación cuando los tengas. Estaba convencida de que anularías el matrimonio —se interrumpió—. También me ha dejado esto.

Le entregó una cajita diminuta de terciopelo.

En el momento en el que la abrió, Dev tuvo un fuerte presentimiento. Podía verse a sí mismo ante el altar, deslizando en el dedo de Susanna la alianza que había pertenecido a su madre, y a la madre de su madre antes que a ella, una banda de oro con perlas diminutas incrustadas. Le temblaron ligeramente las manos cuando el anillo rodó hasta la palma de su mano.

—No sabía que lo conservaba. Imaginaba que la había vendido.

Alex le miraba con expresión firme y sombría.

–No creo que Susanna supiera que era de nuestra abuela. Me pidió que te lo devolviera –se interrumpió–. No tengo la menor duda de que cuando lo hizo, tenía el corazón destrozado. No quería irse, Devlin, pero pensaba que estaba haciendo lo mejor, que de esa forma serías libre para volver a la mar. Sabía que era eso lo que querías.

Dev le miró fijamente.

–Y es eso lo que quiero, pero el futuro no significa nada para mí si no puedo compartirlo con Susanna.

–Creo que no es a mí a quien tienes que decírselo –repuso Alex. Sonrió–. Es posible que recuerdes el día en el que dejé marchar a Joanna y tú me dijiste que era un maldito estúpido. Tenías razón. Pues bien, ahora me toca a mí decírtelo, Devlin. Si no vas a buscar a Susanna, le dices que la amas y la convences de que merece la pena estar casada contigo, no tendré la menor duda de que serás un maldito estúpido.

–Me temo que ya lo soy. Pero todavía no es demasiado tarde.

Buscaría a Susanna, se dijo, le diría que la amaba y no volvería a dejarla marchar. Amor. Después del desastre de su matrimonio, creía que no volvería a sentirlo nunca más. Pero en ese momento, se sentía ridículamente emocionado ante la perspectiva de encontrar a Susanna y declararle su amor de una vez por todas. Sabía que su rostro reflejaba lo que sentía, porque advertía los esfuerzos que estaba haciendo Alex para no reírse de él. Pero no le importaba.

Alex le llamó cuando estaba a punto de salir de la biblioteca.

–Antes de que vayas a buscar a tu esposa –le dijo con delicada ironía–, es posible que te interese ocuparte de esto –le pasó una nota–. Es de Churchward. Tengo entendido que Susana le pidió que la defendiera en un asunto de deudas, y también en algo relacionado con un desagradable chantaje. Y sucede —esbozó una mueca—, que ambos asuntos están relacionados.

Dev leyó a toda velocidad la nota del abogado.

—Bradshaw —dijo entre dientes—. Debería habérmelo imaginado.

—Ese hombre tiene la desagradable costumbre de reaparecer cuando menos se le espera —se mostró de acuerdo Alex—. ¿Intentarás localizarle?

—Por supuesto.

—¿Y le pagarás las deudas?

Dev tardó en contestar.

—Le daré lo que se merece.

Se produjo un silencio.

—No me digas nada más —le dijo Alex con una sonrisa—. Así, cuando vengan por aquí las autoridades haciendo preguntas, podré decir que no sé nada —ensanchó su sonrisa—. ¿Cómo vas a encontrar a Susanna? Sabes que Churchward jamás te dará esa información.

—No tengo ni idea —contestó Dev con sinceridad—, pero no pararé hasta encontrarla.

Alex señaló con la cabeza hacia la puerta.

—¿Y se puede saber a qué estás esperando?

Dev había estado en muchas tabernas de baja estofa en la época en la que frecuentaba los puertos, desde Southampton a St.Lucia, y la clientela de la Bell Tavern en Seven Dials era mucho peor de lo que imaginaba. Había tres hombres que suponía eran salteadores de caminos, cerca de media docena de carteristas y al menos otros dos bandoleros. Todos volvieron la cabeza hacia él en cuanto apareció por la puerta. Le recorrieron con la mirada de los pies a la cabeza, sin pasar por alto el bulto del revólver que llevaba en el bolsillo. Casi inmediatamente, se volvieron para reanudar sus conversaciones.

Bradshaw no estaba allí. Dev se sentó en una esquina apartada y observó salir y entrar a la clientela. La habitación estaba abarrotada. Tomó una pinta de cerveza y cuando terminó, pidió una segunda. Estaba a punto de marcharse cuando entró un hombre alto, de anchos hombros, al que inmediatamente identificó como un caballero. Notó que el ambiente de la taberna cambiaba, como si se cargara de pronto con la electricidad de un rayo de tormenta. El hombre sonrió, inclinó la cabeza para pedirle una cerveza al propietario y se dirigió a la mesa de Dev.

–Sir James –dijo, mientras se sentaba frente a él–, esperaba a vuestra esposa.

–Y me habéis encontrado a mí –respondió Dev fríamente–. Supongo que no es ningún chollo. Pero en cualquier caso, tampoco yo esperaba veros a vos, Bradshaw. Tenía entendido que estabais en Gretna Green con lady Emma Brooke.

Bradshaw soltó una carcajada.

–Gretna está demasiado lejos. Encontré un pastor que nos casó en Londres sin hacer preguntas.

–No estoy seguro de que sea legal –respondió Dev educadamente–, pero eso, por supuesto, es asunto vuestro.

Bradshaw dejó asomar su blanca dentadura en una sonrisa.

–Y también de mis estimados suegros, que se han mostrado encantados de aceptar el matrimonio por el bien de la reputación de Emma.

–Estoy convencido de que lord y lady Brooke están encantados con este enlace.

Bradshaw bebió un largo sorbo de cerveza.

–Deberíais felicitarme. Lo único que hice fue lo que vos pretendíais hacer. Casarme a cambio de fortuna –le miró con expresión burlona–. Excepto que yo lo conseguí haciendo gala de una frialdad que vos nunca alcanzaréis. Al vencedor pertenecen los despojos, ¿eh?

Dev sintió la hostilidad de una forma casi física. Sabía que estaba intentando provocarle, pero sentía que su cólera iba creciendo.

—Absolutamente —notaba la tensión en los hombros, pero no quería dar ninguna muestra de debilidad ante Bradshaw—. Lo cual nos lleva directamente al asunto que me ha traído hasta aquí. Tengo entendido que habéis comprado las deudas de mi esposa, después de que fracasara vuestro intento de chantajearla.

—Cuando una estrategia falla, siempre se presenta una segunda oportunidad —confirmó Bradshaw—. Había hecho algunos trabajos para Hammond, así que lo sabía todo sobre el pasado de lady Devlin —sonrió, pero no había calor en su sonrisa—. Pensaba chantajearla amenazándola con desvelar a los Alton su identidad.

—¿Qué queríais de ella? Sabéis que no tiene dinero.

Bradshaw le dirigió una mirada que le hizo desear agarrarle del cuello y arrancarle la vida.

—¿Qué pensáis? Quería disfrutar de ella. Es tan hermosa que cualquier hombre desearía hacerlo. Quería…

Dev posó la mano en la pistola que llevaba en el bolsillo.

—Tened mucho cuidado, Bradshaw —le advirtió con dureza.

Bradshaw se encogió de hombros.

—En cualquier caso, frustró mis intenciones confesándole a Alton la verdad —sacudió la cabeza, como si estuviera enfrentándose a un misterio insondable—. ¿Por qué iba a hacer una cosa así?

Dev sonrió ligeramente, su genio se aplacó al pensar en la generosidad de Susanna.

—Para enmendar un error y ayudar a una persona a la que apreciaba. Supongo que no sois capaces de comprenderlo.

—Maldita sea, claro que no —se mostró de acuerdo Bradshaw–. Es una completa estupidez cuando alguien podría haber ganado la partida –se encogió de hombros y metió la mano en el bolsillo–. Aquí están los documentos. Compré las deudas de lady Devlin con parte de la asignación conseguida gracias al matrimonio con Emma –se echó a reír–. Qué ironía, cuando habéis estado persiguiendo exactamente eso durante años.

Devlin apretó los dientes.

–Muy gracioso, Bradshaw –le echó un rápido vistazo a aquellos documentos. Las deudas de Susanna eran sustanciales, pero en absoluto tan altas como las suyas. Alzó la mirada–. ¿Pretendéis ejecutarlas?

–Sí, a no ser que me paguéis.

Dev se reclinó en su asiento.

–Sabéis que yo tengo mis propias deudas y carezco del dinero que necesito para pagarlas.

Bradshaw asintió. Sus ojos brillaban de diversión. Estaba disfrutando del juego, pensó Dev. Le gustaba hacer sufrir a su presa. Le proporcionaba un inmenso placer. Pero había llegado el momento de chafarle tanta satisfacción.

–No vais a conseguir ese dinero conmigo –le advirtió con vehemencia–, y si insistís en reclamarlo, lo único que conseguiréis será que me encarcelen y continúe sin poder pagaros.

Desapareció al instante el brillo de diversión de su mirada.

–Aunque me encantaría veros encerrado –contestó–, preferiría contar con el dinero.

–Por supuesto –dijo Dev. Metió la mano en el bolsillo y sacó una cajita que dejó sobre la mesa–. Esto es lo que puedo ofreceros a cambio de esas deudas.

Bradshaw le miró con recelo antes de abrir una rendija de la cajita.

–No lo enseñéis mucho por aquí –le aconsejó Dev–. Esto está lleno de ladrones y delincuentes.

Bradshaw había abierto los ojos como platos al ver el contenido.

—¡Que el diablo me lleve! —exclamó.

—Ojalá.

—Había oído hablar de esto —comentó Bradshaw, arriesgándose a mirar una vez más—, pero creía que no era cierto.

—Podéis creerlo o no —respondió Dev—. Es vuestro, si estáis dispuesto a aceptarla a cambio de las deudas de lady Devlin.

Bradshaw alzó la cabeza.

—¿Cómo puedo saber que no es falsa? Si estáis tan necesitado de dinero, ¿por qué no la habéis vendido antes?

Devlin soltó una carcajada.

—No podía. La conseguí empleando métodos que no son... —se interrumpió un instante—, completamente legales. Si hubiera intentado venderla, habría tenido que enfrentarme a ciertas preguntas... Preguntas que no podía permitirme el lujo de contestar estando casado con Emma. Quería hacerme un sitio en la alta sociedad.

Bradshaw sonrió, casi a regañadientes.

—Así que es verdad que erais un maldito pirata. Casi me gustáis, Devlin.

—Me temo que el sentimiento no es mutuo —respondió Devlin con frialdad—. ¿La queréis o no?

—No podré venderla por la misma razón —respondió Bradshaw, mirando arrebatado la caja—. Pero no está nada mal poseer...

—Os gustan las cosas caras, ¿eh, Bradshaw? —comentó Dev con delicadeza—. Mujeres hermosas, joyas de un valor incalculable...

Podía ver la codicia y el frío cálculo batallando en el semblante de Bradshaw e intentó no contener la respiración. Casi inmediatamente, Bradshaw cerró la mano sobre la caja y se la guardó en el bolsillo. Dev sonrió, tomó los pagarés de Susanna, los rompió en dos, los arrojó a la chimenea y esperó a que se arrugaran y se transformaran en cenizas para levantarse.

—Voy a daros un consejo, Bradshaw —dijo suavemente—. Manteneos cerca de Emma, tratadla bien. En este momento sois intocable porque contáis con la protección de una esposa rica, con un título y relaciones influyentes. Pero la suerte puede cambiar. Y cuando la vuestra cambie, seremos muchos los que estaremos esperando vuestra caída.

Vio que el semblante de Bradshaw se oscurecía y le vio bajar la mano instintivamente hacia la pistola, pero antes de que pudiera sacarla, tenía la espada de Dev en la garganta. Se produjo una exclamación de sorpresa entre los parroquianos. Echaron las sillas hacia atrás y los hombres se levantaron.

Dev les dirigió una sonrisa.

—Que nadie se acerque. El señor Bradshaw quiere volver intacto con su bellísima esposa.

La violencia se respiraba en el ambiente, pero entonces, Bradshaw alzó una mano, los hombres parecieron calmarse y se reanudaron las conversaciones como si no hubiera pasado nada.

—¿Suficientemente convincente? —preguntó Dev educadamente sin apartar la espada de la garganta de Bradshaw—. Levantaos. Y si queréis salir vivo de aquí, tendréis que acompañarme hasta la puerta. Y, Bradshaw —sonrió—, procurad no perder lo que acabo de entregaros. Quién sabe. Es posible que sea un auténtico tesoro.

La mirada de Bradshaw rezumaba odio. Era evidente que estaba comenzando a arrepentirse, pero ya era demasiado tarde.

—Si me entero de que me habéis engañado... —comenzó a decir.

—Me temo que nunca lo sabréis, ¿verdad? —dijo Dev mientras salían a un oscuro callejón—. Como bien habéis dicho, no podréis venderla. Lo único que podréis hacer será preguntaros si es auténtica –hizo una reverencia y subió al carruaje que le estaba esperando en la puerta–. Y ahora que he sembrado la duda, pasaréis toda la vida preguntándoos si es auténtica o falsa. Buenas noches, Bradshaw.

Capítulo 19

Era el día de su aniversario de boda y hacía un día precioso.

Susanna permanecía tras el mostrador en la tienda de la señora Green, con la mirada fija en los enormes ventanales de la galería, contemplando el puerto y el mar que se extendían ante sus ojos. Al regresar a Escocia, no había querido volver a las bulliciosas calles de Edimburgo. Encerraban demasiados recuerdos. En cambio, había decidido instalarse en una tranquila población de la costa oeste, con vistas a la isla de Sky y las afiladas cumbres de las Cuillins. Había numerosas tabernas en Oban en las que podría haber encontrado trabajo, y posadas que tenían como clientes a conductores y pescadores. Afortunadamente, en vez de volver a servir pintas de cervezas o a cantar baladas de taberna en taberna, Susanna había conseguido trabajo en la única tienda de ropa de Oban. La señora Green se enorgullecía de la categoría de su clientela y esperaba un nivel similar en sus empleadas. La elegancia de Susanna y sus buenos modales la habían convencido.

Durante las tres semanas que habían pasado desde que Susanna había salido de Londres, había ido a ver a Rose y a Rory y había tenido una difícil conversación con cada uno de ellos. Rory había estallado en cólera cuando Susanna le había explicado que al final, no iba a poder abandonar el hogar del doctor Murchison y que todavía tardarían algún tiempo en formar una familia. Rose había sido más moderada, su reproche había sido silencioso, pero, en ambos casos, Susanna había sido testigo de su tristeza y había tenido la sensación de que había vuelto a fallarles. No había vuelto a tener noticias del señor Churchward. A lo mejor era demasiado pronto, pero estaba segura de que Devlin había empezado el proceso de anulación matrimonial para pasar definitivamente aquella página de su vida. Se preguntaba si sabría de sus proezas a través de los periódicos sensacionalistas, si hablarían de que había conseguido el rescate de un rey o si había seducido a la meretriz de un monarca. Al pensar en ello, se le rompió otro pedazo de su maltrecho corazón.

Había llorado al descubrir que no llevaba en su vientre un hijo de Devlin, y había llorado después porque no entendía por qué lloraba. Ella pensaba que llegaría a alegrarse de poder romper con todos los vínculos del pasado. Había elegido estar sola y empezar desde cero porque tenía miedo de perder a Dev y prefería poner fin a esa relación antes de que fuera demasiado tarde. Pero en realidad, ya lo era. Lo había sido desde el momento en el que había vuelto a enamorarse de él. En dos ocasiones no había sido capaz de arriesgarse lo suficiente como para amarle sin miedos. No habría una tercera oportunidad.

Sonó con fuerza la campana de la puerta. Susanna alzó la mirada de los fardos de batista y muselina que caían en cascada sobre el mostrador y sintió que la tierra se abría bajo sus pies. Porque Devlin estaba en la puerta del establecimiento. Estaba increíblemente atractivo con el uniforme de la Marina. Susanna tuvo la sensación de que la tienda comenzaba a girar lentamente. Por un momento, pensó que iba a desmayarse. Vio a Devlin acceder al interior de la tienda y cerrar la puerta tras él. Para entonces, toda la clientela femenina estaba mirándole ya sin disimular su fascinación. La compañera más joven de Susanna se abstrajo de tal manera de su trabajo que toda una bobina de tela terminó en el suelo. Dev la recogió y se la devolvió con una sonrisa y una palabra amable, y Susanna pensó que su compañera iba a desmayarse de emoción.

Dev avanzó hasta colocarse delante de Susanna. Había una leve sonrisa en sus ojos azules mientras la miraba. Susanna sentía la garganta seca, como de serrín. El corazón comenzó a latirle con fuerza.

–Susanna.

Una sola palabra y Susanna se dijo que también ella iba a desvanecerse. Tomó aire y se aferró al borde del mostrador para no perder el equilibrio.

–¿Puedo ayudaros en algo, señor? –preguntó muy educadamente–. ¿Estáis interesado en nuestra mercancía?

La sonrisa de Dev se tornó en una sonrisa abiertamente pícara.

–No, estoy más interesado en vos. Me gustaría hacer una oferta.

La señorita Alisson, otra de las empleadas de la tienda, que estaba en aquel momento a la izquierda de Susanna, soltó una exclamación ahogada.

–Lo siento, señor –contestó Susanna muy fría–. Éste no es esa clase de establecimiento y yo no soy de esa clase de mujeres.

Dev profundizó su sonrisa.

–Oh, claro que lo eres –musitó. La tomó por la barbilla y se la alzó para poder mirarla a los ojos–. Y ahora mismo, vas a salir conmigo de la tienda y no vas a mirar atrás.

Susanna le sostuvo la mirada.

–Eso depende de los términos de vuestro ofrecimiento, señor –contestó, provocando otra exclamación de la estupefacta dependienta–. No me vendo barato.

Dev la miró a los ojos durante largo rato. Había en ellos

desafío y diversión, pero también otro sentimiento que hizo que a Susanna le diera un vuelco el corazón.

—Te amo, Susanna Burney —se declaró entonces Devlin—. Te amaba cuando nos conocimos hace nueve años, te amaba en Londres y te amaré hasta que muera. ¿Esos términos son suficientes para ti?

Susanna oyó que la señorita Alison emitía un gemido a medias entre la pasión y la envidia. Sacudió la cabeza, intentando ignorar el errático latir de su corazón.

—Ese tipo de palabras son las que conducen a una chica inocente a la perdición, sobre todo cuando provienen de un caballero tan atractivo como vos.

—Pero como tú ya me conoces íntimamente —susurró Dev, con los labios a sólo unos centímetros de los suyos—, sabes que soy un hombre sincero. Jamás en mi vida he querido casarme con nadie que no fueras tú.

Susanna retrocedió al instante.

—Eso no es cierto —le reprochó—. Querías casarte con Emma.

—Quería casarme con el dinero y el título de Emma —la corrigió—. Si hubiera querido casarme con ella, lo habría hecho hace tiempo.

—No tienes corazón —dijo Susanna, incapaz de disimular la sonrisa que comenzaba a asomar a sus labios.

—Mi corazón es tuyo, y lo sabes, Susanna —le tomó las manos.

Susanna le sintió temblar ligeramente y aquello le contagió la fuerza de su emoción.

—Nadie puede predecir el futuro —continuó diciendo Dev—, pero si confías en mí, me aseguraré de que no te arrepientas de volver a mi lado, Susanna. Mientras quede el mínimo aliento en mi cuerpo, seré tuyo y tú serás la estrella que guíe el camino a mi hogar.

Susanna parpadeó para contener las lágrimas de emoción.

–Lo comprendes… –susurró.

–Comprendo que has tenido mucho miedo, y me aseguraré de que no vuelvas a sentirte sola nunca más.

Se inclinó sobre el mostrador y la besó. Susanna sintió entonces que su corazón se expandía con una felicidad deslumbrante.

–Te quiero –susurró contra sus labios.

Le sintió sonreír antes de volver a besarla.

–¡Señorita Burney! –la señora Green salió corriendo de la trastienda al ver a su nueva empleada abrazando con pasión a un capitán de la Marina–. ¿Qué significa todo esto? ¡Es posible que esta conducta se le consienta en Edimburgo, pero en Oban no la permitimos!

–Bueno, por lo menos esta vez has utilizado tu verdadero nombre, Susanna –comentó Dev mientras la soltaba. Saludó a la señora Green con una elegante reverencia–. ¿Cómo estáis, señora? Soy el marido de la señorita Burney, sir James Devlin. De modo que, en realidad –miró a Susanna y sonrió–, Susanna es lady Devlin.

–¿Lady Devlin? –la señora Green le dirigió a Susanna una mirada de profundo recelo.

Susanna comprendía que se estaba debatiendo entre la desaprobación y el miedo a que Devlin estuviera diciendo la verdad y estuviera a punto de enemistarse con un miembro de la alta sociedad.

–¿Lady Devlin está trabajando en mi tienda?

–Me temo que ya no –contestó Dev alegremente–, pero quiero agradeceros que le hayáis proporcionado un trabajo mucho más respetable que el negocio al que antes se dedicaba.

–Bueno, en ese caso, supongo que debo desearos felicidad –replicó la señora Green.

–Gracias –contestó Dev. Le tendió la mano a Susanna–. Ya no tendrás que volver a huir –le dijo suavemente.

Una vez en la calle, expuestos al azote del viento y a la

sombra del malecón, Susanna se detuvo y posó una mano en su pecho.

—Devlin, ¿estás seguro? No he sabido confiar en dos ocasiones y… —se interrumpió.

Dev cubrió la mano que posaba en su pecho.

—No tendrás que hacerlo todo sola, Susanna —le dijo con voz queda. Su semblante se oscureció—. Rory me contó que habías perdido a tu padre en la guerra. Ahora entiendo por qué tenías tanto miedo a arriesgarlo todo años atrás, y también por qué huiste de Londres.

—¿Te lo ha contado Rory? —preguntó Susanna estupefacta.

—Le vi ayer, cuando venía de camino hacia aquí —contestó Dev con obvia satisfacción—. Fue él el que me dijo dónde podía encontrarte. Es un buen muchacho —añadió—. Estuvimos jugando al cricket. Está deseando salir de aquella casa. Sólo me dio permiso para casarme contigo cuando comprendió que, en cuanto acabáramos la luna de miel, iríamos a buscarlos tanto a él como a su hermana.

—¿Casarnos? ¿Luna de miel? —preguntó Susanna desconcertada.

—Tu conversación parece haber perdido la chispa —musitó Dev, rozando sus labios—. No haces nada más que repetir lo que yo digo —le agarró la mano—. Vamos.

—¿Pero adónde? —preguntó Susanna mientras Devlin le hacía acelerar el paso de tal manera que prácticamente corrían.

—Hoy es nuestro aniversario de boda. ¿Lo habías olvidado?

Caminaron hasta llegar a una capilla situada en lo alto de un promontorio. Lo alcanzaron justo en el momento en el que el sol comenzaba a esconderse tras las montañas distantes y sus rayos acariciaban un mar de plata líquida. Dev abrió la puerta y accedió al interior. Hacía frío y las motas de polvo danzaban en los haces de luz de las vidrieras.

–No hay nadie que sea testigo de nuestros votos –le explicó Dev mientras la conducía ante el altar–, pero sé que nuestras palabras serán escuchadas.

Sacó la alianza que llevaba en el bolsillo y se la deslizó a Susanna en el dedo.

–Un principio y un final –le dijo–. El eterno retorno.

Volvió a besarla y, aquella vez, fue un beso cargado de amor y promesas. Permanecieron allí durante largo rato, frente a las piedras de la iglesia bañadas por el sol, observando la puesta del astro solar.

Minutos después, Dev comenzó a moverse, le hizo a Susanna agarrarle del brazo, cruzaron la desvencijada puerta del jardín de la iglesia y comenzaron a subir un camino empedrado. Caminaban lentamente, con las cabezas inclinadas y muy juntos.

–Tenemos tres días antes de ir a por los mellizos –le explicó Dev–. Después iremos a Ivnergordon, allí tengo mi destino.

–Te has convertido en un marido muy autoritario –Susanna le miró con el ceño fruncido y le acarició la mandíbula, sintiendo el roce sutil de su barba contra la yema de los dedos y deleitándose en su aspereza.

Dev volvió la cabeza y la besó.

–Por supuesto. Ahora quiero hacer el amor contigo. Y me temo que también en eso me he vuelto muy autoritario.

–Vivo alquilada en una muy respetable casa de huéspedes –comenzó a decir Susanna y vio que Dev sonreía.

–Afortunadamente, disponemos de una pequeña cabaña justó allí, detrás de esa colina. Quería cierta privacidad, porque no pretendo que nos comportemos de forma respetable.

–¿Pero cómo has podido pagarla? Entre los dos, debemos tener suficientes deudas como para hundir un barco.

–Ya no. Las he pagado todas.

–¿Pero cómo? –preguntó Susanna, retrocediendo ligeramente.

Dev pareció apesadumbrado.

–Tenía algo de gran valor –la miró a los ojos y sonrió–. Bueno, en realidad, eran dos cosas, pero sólo pude vender una.

–¡Has vendido la perla! –susurró Susanna–. ¡Oh, Devlin!

Dev se echó a reír.

–No, no he vendido esa perla. La conservo para ti. Había dos –su sonrisa se tornó irónica–. Eran un símbolo de mi vida anterior –dijo suavemente–. Durante mucho tiempo, me sentí atado a ellas porque representaban la vida que había adorado y perdido, eran un símbolo de la aventura, de la emoción… –se interrumpió y enmarcó el rostro de Susanna entre las manos–. Pero ya no importa, porque ahora tengo una nueva vida contigo –la soltó y se echó a reír–. En realidad, lo que he dicho no es del todo cierto. Había tres perlas, pero una de ellas era falsa. Se la entregué a Tom Bradshaw a cambio de tus pagarés –sacudió la cabeza–. Pero ya te hablaré de todo eso en otro momento.

Ya estaba besándola y cruzando con ella el marco de la puerta de la cabaña, que cerró con gesto decidido tras ellos.

–Siempre llevas ropa de lo más frustrante –musitó mientras comenzaba a desabrocharle la tira de diminutos botones del corpiño del vestido–. Qué vestido tan respetable –continuó. Reprimió una maldición cuando se le resbaló un botón–. Justo lo que se espera de una dama que trabaja en la tienda de la señora Green.

–Soy una mujer muy respetable.

–No, no lo eres –deslizó la tela por su escote y posó los labios en la piel que dejó al descubierto–. Ninguna mujer respetable disfrutaría con la perla de un rey oriental.

Un delicioso escalofrío recorrió la espalda de Susanna.

–En ese caso, quizá prefiera ser perversa –musitó.

El corpiño de aquel respetable vestido se abrió por

completo en cuanto se desabrochó el último botón. Devlin deslizó la mano en su interior.

—Oh, por fin se ha rendido este vestido tan virtuoso.

Acariciaba con la palma de la mano el lateral de su pecho. Retiró el corpiño por completo e inclinó la cabeza para tirar suavemente del pezón, acariciándolo con los dientes.

Susanna gimió presa del más puro de los deleites. El corpiño del vestido cayó al suelo y Dev se empleó entonces con el lazo que ataba la falda. También la última prenda cayó con el mismo entusiasmo que Susanna sentía.

—Creo que esto va a acabar como siempre: yo desnuda y tú completamente vestido.

Dev soltó una carcajada.

—No, a lo mejor esta vez no.

La tomó en brazos y subió con ella al dormitorio del piso de arriba.

—¡Dios mío, qué belleza! —musitó Susanna al ver el enorme ventanal orientado al oeste y la puesta de sol sobre el mar.

Dev se colocó tras ella, posó el brazo en su cintura y le mordisqueó el cuello. Susanna sintió sus labios en la nuca, dibujando un delicioso camino por su espalda, y también la dura presión de su erección contra ella. Se volvió en sus brazos para besarle y se entregó durante unos instantes a aquel abrazo, antes de ayudarle a desprenderse de su uniforme.

—Estabas muy guapo con él —bromeó, mientras admiraba la firme musculatura de su cuerpo bajo el sol dorado del atardecer. Deslizó un dedo por su hombro—. Pero ahora te prefiero sin uniforme.

El brillo intenso de los ojos de Dev le hizo contener la respiración.

—A tus órdenes —susurró.

Le acarició el pelo, le enmarcó el rostro entre las manos y volvió a besarla, tentándola, saboreándola y dominando su deseo. Aquella vez fue diferente, pensó Susanna mientras entreabría los labios al sentir su demanda, menos salvaje, pero no menos apasionado. La rabia, el enfado, habían desaparecido anegados en el amor.

La cama estaba bañada en púrpura y oro cuando Dev la tumbó a su lado.

–A tus completas órdenes –insistió mientras jugueteaba con las hebras de su pelo, extendidas sobre el colchón en sedoso abandono–. Sólo tuyo, Susanna, ahora y siempre.

–Como siempre, hablas muy bien –dijo Susanna sonriendo, mientras le acariciaba la espalda lentamente y disfrutaba al verle estremecerse–. ¿Pero tus actos estarán a la altura de tus palabras?

Permanecieron durante unos segundos en silencio, mirándose el uno al otro. Estaban tan cerca que casi se tocaban. Susanna vio que la diversión del rostro de Dev se transformaba en un tenso deseo. Casi inmediatamente la colocó bajo él, se hundió en ella con una larga embestida y se apoderó de su boca al tiempo que tomaba sus labios. Susanna se entregó a aquella invasión, dejando que sus cuerpos y sus respiraciones se fundieran mientras él movía las manos sobre ella, evocando el más sublime de los placeres. La espiral se tensó, quemando en aquel fuego las miserias de los últimos años, uniéndoles con un deseo transmutado en ternura y pasión. Susanna se aferró a Devlin durante el más exquisito de los clímax, que alcanzaron los dos juntos, con las mejillas empapadas en lágrimas de emoción. Dev cambió ligeramente de postura para acunarla en sus brazos.

–Cariño –parecía asustado–, por favor, no llores.

Se tumbó a su lado y la estrechó contra él.

–Te amo –susurró contra su cálida piel–. Siempre te amaré.

–Lloro de felicidad –le explicó Susanna, sonriendo radiante–. Yo también te amo, James Devlin. Y creo que me va a encantar estar casada contigo.

Dev comenzó a besarla otra vez.

–Me alegro, porque tenemos toda una vida por delante.

Sherryl Woods

Otra vez el amor

Cassie Collins había regresado a su ciudad y quería retomar la relación con sus antiguas amigas para así poder olvidarse de todos sus problemas. Pero los problemas aumentaron con la aparición del sexy Cole Davis, el padre de su hijo. Tras descubrir su secreto, Cole insistía en casarse con ella... si no, Cassie se arriesgaba a perder a su hijo y tener que entregárselo al poderoso clan de los Davis.

El tiempo no había hecho desaparecer el odio que sentía por el hombre que la había traicionado diez años atrás...pero tampoco había enfriado la pasión que había entre ellos

Nº 58

Seduciendo al enemigo

Las amigas de Karen Hanson intentaban convencerla de que vendiera el rancho que tantos problemas le daba y cumpliera su viejo sueño de viajar por el mundo. El problema era que el único posible comprador del rancho era el enigmático Grady Blackhawk, el peor enemigo del difunto esposo de Karen. ¿Cómo iba a venderle sus tierras a un hombre así? Pero entonces Grady decidió de-mostrarle que no era la persona despiadada que ella creía. Karen sabía que pasar tanto tiempo con un hombre tan increíblemente atractivo podría costarle muy caro, de hecho, a Grady cada vez le importaba menos conseguir el rancho...y más hacerse con el amor de su bella propietaria.

www.ingramcontent.com/pod-product-compliance
Lightning Source LLC
Chambersburg PA
CBHW011925300726
48970CB00008B/2579